Leo P. Ard/Michael Illner

Flotter Dreier

Kriminalroman

grafit

Die Autoren:

Berlin nach dem Fall der Mauer: **Leo P. Ard & Michael Illner** treffen sich in einer Zelle in Moabit[1]. Ein mehrtägiges Kneipengespräch über Chandler, Marx und Sascha Hehn legt den Grundstein für die unverbrüchlichste Freundschaft und Zusammenarbeit seit dem Zusammenbruch des Warschauer Paktes.

Gemischtes Doppel (dekoriert mit dem Deutschen Krimipreis in Bronze) war der erste Krimi, der aus der Feder von Ard/Illner hervorging. Seither verfassen die beiden Autoren vor allem Drehbücher für Fernsehserien und -filme, wobei sie sich immer noch nicht einigen können, ob sie nun im »Team« oder im »Kollektiv« arbeiten.

Leo P. Ard (= **Jürgen Pomorin**) wurde 1953 im Elisabeth-Hospital in Bochum geboren. Neben zahlreichen Sachbüchern und Krimis veröffentlichte er zusammen mit Reinhard Junge das inzwischen auf vier Bände angewachsene »Ekel«-Epos (zuletzt *Meine Niere, deine Niere,* Grafit-Verlag 1992). 1991 erschien sein Satireband *Die Miteß-Zentrale,* mittlerweile ein deutscher »Hoax«-Klassiker.

Michael Illner (= **Michael Illner**) erblickte 1962 im Ost-Berliner Krankenhaus Köpenick das Licht der Welt und lebt seither am Ort der Handlung dieses Romans.

Der durchschlagende Erfolg des »Gemischten Doppels« machte es möglich: Nach fünfjähriger Brotarbeit als freier Fernsehjournalist in Berlin und Brandenburg sattelte der umtriebige Schreiber um und arbeitet heute überwiegend als Krimi- und Drehbuchautor. Als Gewohnheitstäter bereichert er jedoch auch weiterhin das Programm öffentlich-rechtlicher TV-Stationen.

1 In einer Telefonzelle

Dieser Roman spielt im wiedervereinigten Berlin. Alle Personen der Handlung sowie ihre Taten und Untaten sind der kriminellen Phantasie der Autoren entsprungen.

Für die fachliche Unterstützung danken wir Rüdiger Baumann, Kriminalkommissar a. D., und allen Berliner Kriminal- und Schutzpolizisten, die uns freimütig über ihre Arbeit berichteten.

Signora Sara Conte sind wir für ihre vielen Hinweise und die Durchsicht der sizilianischen und italienischen Passagen verpflichtet.

Tausend Dank an Birgit und Maybrit!

Die Hauptpersonen

Markus Horstmüller, Kriminalhauptkommissar	haßt Fisch, hat aber kein Glück damit
Jürgen Gabler, Kriminalkommissar	liebt Alleingänge und läuft prompt auf
Klaus-Dieter Wieczorek (KaDeWe), Referatsleiter	liebt Fisch, haßt Alleingänge
Dzieran & Köglmeier, Kriminalkommissare	ein Duo infernale mit tragischen Zügen
Anne, Gablers Freundin	löst ein Erdbeben aus
Hermann, Gablers Vater	klebt an seiner Scholle
Michele Minore, Gastwirt	wird zum Trauerfall
Giusto Minore	versucht sich als Witwentröster
Marcella Minore	läßt sich nicht trösten
Lusebrink & Bortz, Streifenpolizisten	halten die Stadt in Atem
John Rufus Speranza, Mafia-Boss	hält die Polizei in Atem
Knaucke, Rechtsanwalt	geht die Luft aus

1

Der Küchentrakt des italienischen Restaurants IL CORSARO war weiß und sauber und lichtdurchflutet wie der OP-Saal einer gut geführten Krebsklinik. Töpfe und Pfannen hingen in Reih und Glied, die Fliesen glänzten in jungfräulicher Reinheit. Ausgenommen die Fläche unter der Arbeitsplatte. Dort breitete sich ein See aus magentafarbenem Blut aus. Ein Kakerlak war in den austrocknenden Pfuhl geraten und dort klebengeblieben. Nach langen, vergeblichen Befreiungskämpfen hockte er ermattet auf seinem Hinterteil, seine Fühler tasteten mutlos umher.

Noch vor kurzer Zeit hätte seine Anwesenheit Michele Minore in rasende Erregung versetzt. Ein Kakerlak in seiner mustergültig geführten Küche! Die chemische Keule hätte das Insekt im Nu dahingerafft.

Jetzt aber ignorierte der Gastwirt die Küchenschabe mit einer Gelassenheit, die nur der Tod verleiht.

Zwei Stunden zuvor war der Besitzer des IL CORSARO in einer höchst unwürdigen Verfassung aufgefunden worden — den schweren Leib aufgebahrt wie ein zum Füllen bereiter Braten, mit durchschnittener Kehle, den Blick klagend zum Himmel gekehrt. Das Sakko des Toten schrie nach einem scharfen Fleckenmittel.

Horstmüller durchschritt langsam den kühlen, weißgekachelten Raum. Nicht ohne Andacht, nicht ohne Mitgefühl für den Toten. Die klinische Sauberkeit des Küchentraktes, die methodische Anordnung aller Gerätschaften nötigten dem Preußen in ihm Respekt ab. Michele Minore hatte seinen Laden im Griff gehabt.

In seinem langweiligen Regenmantel und seinen guten Schuhen, leicht übergewichtig, kam Horstmüller daher wie der Prototyp seines Berufsstandes: deutscher Polizist, Beamter, Besoldungsgruppe A 10.

Nun, er wußte, daß er eine Standardausführung war, aber das beunruhigte ihn nicht. Sein Lebensentwurf sah Außergewöhnliches nicht vor, er war bestimmt von dem Streben nach Vorausschaubarkeit und Komfort. Beides linderte den täglichen Druck des Chaos, das in dieser Stadt allgegenwärtig schien.

Horstmüller beugte sich über Michele Minore und sah ihm tief in die schwarzen Augen. Sie fixierten einen Punkt an der Küchendecke; in der Iris spiegelten sich Töpfe und Pfannen. Aus dem Mund des Toten quoll ein zerknittertes Bündel Banknoten hervor. Es waren kleine Scheine, Zehner und Zwanziger, mit zwei Griffen aus der Registrierkasse gerafft.

Der Hauptkommissar richtete sich wieder auf. Die Skepsis zog seine Mundwinkel nach unten. Wenn dies ein Mafiamord sein sollte, und danach sah es auf den ersten Blick aus, dann enthielt die Inszenierung ein bißchen viel Folklore: all das Blut, die heruntergezerrten Hosen, die Banknoten zwischen den Schenkeln und im offenen Mund.

Starker Tobak! befand Horstmüller, ein wenig benommen vom Geruch und dem Anblick der blutbeschmierten Geldscheine. Giusto Minore, der Bruder des Toten, riß ihn aus seinen Überlegungen.

»*Porca madonna! Porco dio!*«[2] Das Adergeflecht an seinen Schläfen trat deutlich hervor, als er diese gotteslästerlichen Flüche ausstieß. Der schwergewichtige Mann schüttelte wütend die Fäuste.

Giusto Minore war nach Berlin gekommen, um seinem zwei Jahre jüngeren Bruder Michele zum Geburtstag zu gratulieren – zum fünfzigsten. Jetzt leistete er statt dessen Trauerarbeit. Im wahrsten Sinne des Wortes. Der Atem des Sizilianers ging stoßweise, sein massiver Leib schwankte wie ein leckgeschlagener Öltanker.

»*Povero frate mio!*«[3]

Nach jedem Aufschrei krochen ihm Schweißtropfen über den Nacken. Seine Rückenpartie schwamm, als hätte jemand das Jackett mit einem tropfnassen Handtuch gepolstert.

»*Mannaggia! Porco dio!*[4] Was haben diese Schweine mit dir gemacht? Was haben sie dir angetan?«

Horstmüller räusperte sich unbehaglich. Das würde wohl noch eine Weile so weitergehen. Er versuchte, die Zeit zu nutzen und sich die Position der Leiche einzuprägen. Sie würde von allen Seiten fotografiert werden, aber es war doch besser, sich nicht nur auf die Bilder zu verlassen.

Der Restaurantbesitzer hatte versucht, die klaffende Wunde an

2 (Ital./ sizil.) = Schweinemadonna! Schweinegott!
3 (Sizil.) = Mein armer Bruder!
4 (Ital./ sizil.) = Mist! Schweinegott!

seinem Hals zuzuhalten – davon zeugten die Blutspuren an seinen Händen und Unterarmen. Auch die Sohlen seiner Schuhe waren mit getrocknetem Blut verklebt, was nur bedeuten konnte, daß er in der Lache zu seinen Füßen umhergewatet war, bevor er das Bewußtsein verlor. Danach hatte man ihn auf der Arbeitsplatte aufgebahrt und ihm das Geld zwischen die Schenkel und in den Mund gestopft.

Soweit es sich beurteilen ließ, war Michele Minore zu seinen Lebzeiten ein stattlicher Mann gewesen – klein, aber muskulös, mit sympathischen südländischen Zügen. Gut möglich, daß die Frauen auf ihn geflogen waren. Im Gegensatz zu seinem Bruder hatte Michele Minore darauf geachtet, daß er kein Fett ansetzte. Aber all dies nutzte ihm jetzt nicht mehr viel. Er war tot, und als sollte es diese Feststellung unterstreichen, funkelte neben seinem Kopf ein blutiges Messer aus Solingen. Der Täter hatte es tief in das Holz der Arbeitsplatte gejagt.

Horstmüllers Blick fiel auf das drahtlose Telefon, das neben der Arbeitsplatte lag. Nicht einmal einem Polizeischüler wäre der beschädigte Hörer entgangen: Ein Schlag oder ein Aufprall hatten aus ihm ein fingernagelgroßes Stück Plastik herausgesprengt. Horstmüller ließ sich einen Gummihandschuh geben, streifte ihn über und drückte die Wiederwahltaste. Er wurde enttäuscht. Das Display präsentierte keine vollständige Nummer. Lediglich die ersten zwei Ziffern – eine »3« und eine »4«. Immerhin stand damit eins fest: Minore hatten jemanden in Berlin erreichen wollen und war dabei gestört worden. »3« und »4«, das konnte ein Anschluß in Charlottenburg sein. Vielleicht standen ja die restlichen fünf Ziffern irgendwo in einem Notizbuch. Der Hauptkommissar tastete das Sakko des Toten ab, fand aber nur einen Quittungsblock und eine Stange Pfefferminzdrops. Horstmüller seufzte. Für einen Augenblick gab er sich dem Selbstmitleid hin. Das Telefon hatte geklingelt, als er im Begriff gewesen war, sich an den gedeckten Frühstückstisch zu setzen. Knusprige Brötchen, Kaffee und ein Strauß frischer Blumen, unter dem die Sonntagszeitung lag – die Requisiten eines unschuldigen, friedvollen Rituals. Er dachte an seinen Partner Jürgen Gabler, für den er an diesem Wochenende den Bereitschaftsdienst übernommen hatte. Der Teufel mußte ihn geritten haben, als er das tat. Jetzt hatte er den Salat. Und was konnte Gabler, dieser DIN-normierte Durchschnittssingle, dieses

Freiwild der Freizeitindustrie, schon vorhaben? Kneipe, Kino oder Video? Wahrscheinlich, nein, höchstwahrscheinlich lungerte er den ganzen Sonntag in seiner Nissenhütte herum. Oder er hockte auf seinem Balkon wie eine Eidechse auf einem warmen Stein. Bestenfalls sah er sich die Disney-Filmparade an. Schlimmstenfalls eine Sendung über Haarausfall. Allerschlimmstenfalls hielt er dann am Montag Vorträge über Haarausfall. Horstmüller fuhr sich besorgt durch seinen schütter werdenden Schopf.

2

Allen Horror-Meldungen des ADAC zum Trotz war die Linksspur der Autobahn nach Prenzlau wie leergefegt, und Gabler gab seiner Reisschüssel die Sporen. Anne lümmelte sich auf ihrem weit zurückgeschobenen Sitz, die Füße auf dem Handschuhfach. Irgendwann begann sie, ihm mit dem Fuß den Nacken zu massieren. Ihn überkam Lust, die Augen zu schließen und wie ein Kater zu schnurren.

»Ist das gut so?« fragte Anne.

»Hmmm«, machte Gabler.

Er freute sich, daß es ihm gelungen war, dieses Bereitschaftswochenende auf Horstmüller abzuwälzen. Als großes Opfer mochte er das Einspringen seines Partners allerdings nicht ansehen. Denn was konnte Horstmüller, dieser sackgrobe, frontstadtsozialisierte Spießer, für das Wochenende schon geplant haben? Freudlose, kleinbürgerliche Verrichtungen wie Rasenmähen oder Autowaschen!

Auf Gablers Lippen erschien ein mitleidiges Lächeln.

Eine Autobahnabfahrt kam in Sicht, und Anne hatte wieder einmal eine ihrer spontanen Eingebungen.

»Fahr mal da raus!«

Gabler warf ihr einen erstaunten Blick zu.

»Was ist denn los? Wir sind doch gleich da.«

Manchmal hatte sie Einfälle wie ein altes Haus.

»Tu, was ich dir sage!«

Er nahm den Fuß vom Pedal und betätigte den Blinker. Die Entschlossenheit, mit der ihn Anne zu diesem Abstecher auf einen einsamen Waldweg nötigte, hätte einen CSU-Ortsvereinschef dazu gebracht, die Internationale zu singen. Gabler zog es vor zu folgen.

»Das ist ein Fall von Kidnapping«, vermutete er.

»Korrekt«, sagte Anne. »Mach einfach nur, was ich sage. Dann geschieht dir nichts, mein kleiner Bulle!«

Drohend blitzte der kirschrot lackierte Nagel ihres Zeigefingers auf.

Der Toyota stotterte über Wurzelwerk und abgebrochene Äste und kam unter einer weit ausladenen Rotbuche zu stehen. Gabler blinzelte verwirrt in das Sonnenlicht, das sich durch die dichte Baumkrone bohrte. Er stellte den Motor ab.

»Hörst du die Piepmätze?« fragte Anne. Ihre Katzenaugen funkelten, eine blonde Strähne fiel wie ein Fächer über ihre Stirn. Sie öffnete das Handschuhfach.

Gabler wußte, daß dort eine Packung Kondome lag. Seine Kehle fühlte sich plötzlich trocken an; sein Gaumensegel begann zu flattern. Es sah ganz danach aus, als wollte es Anne zum Äußersten kommen lassen.

Sie reißt die Schachtel auf wie ein Westpaket, dachte er. Er hörte das saugende Geräusch, das die Bundesautobahn machte und – tatsächlich! – eine Andeutung von Vogelstimmen. Dann fiel sein Blick auf das, was Anne mit ihren Händen tat. Das Blut schoß durch seine Adern wie durch eine eben in Betrieb genommene Pipeline. Sie zog sich den Schlüpfer aus und schob sich auf ihn.

Etwa zehn Minuten verstrichen. Gabler hatte das Gefühl, auf kleiner Flamme geröstet zu werden. Er spürte, daß sich in seinem unteren Rückenmarkbereich eine Explosion zusammenbraute. Aber Anne war noch nicht so weit. Auf dem Weg zum Gipfel lag sie ganze Seillängen hinter ihm zurück. Da half nur eins. Er mußte seine Gedanken zu einem kleinen Ausflug zwingen – eine Methode, die er in seiner wildesten Zeit, als Student der Fachschule für Offiziere der mittleren Laufbahn, entwickelt und perfektioniert hatte.

Er durchforstete sein Gedächtnis nach einem möglichst trockenen Stoff. Schließlich fiel ihm eine Zeitungsmeldung ein, eine faszinierende Neuigkeit aus dem Reich tektonischer Verwerfungen. Sie würde ihn in den nächsten drei Minuten hinreichend ablenken.

Hoffentlich!

Es gab da zwei langgestreckte Erdspalten, die sich unterhalb von Los Angeles durch die Gesteinsmassive zogen, auf denen Wolkenkratzer, Flugzeugwerke und Filmstudios ruhten. Einer der Gräben verlief direkt unter dem Wilshire Boulevard. Der andere schlich sich unter dem Hollywood Boulevard hindurch. Nur eine hauchdünne Gesteinsschicht trennte ihn von der berühmten, aber schäbigen Straße, auf der die Touristen die Sterne mit den Namen der Filmgrößen bewunderten. Der MacArthur-Park-Graben und der Echo-Park-Graben! Er hatte es wieder!

Beide Spalten konnten Erdbeben der Stärke 6 auslösen, sofern sie – den geheimnisvollen Gesetzen der Tektonik folgend – zu arbeiten begannen und in Bewegung gerieten. Eine phantastische Vorstellung! Gabler schnaufte hingerissen.

»Gabler!«

»Ja?«

»Nimm dein Bein hoch!«

Das war leichter gesagt als getan. Gablers rechter Fuß steckte im Handschuhfach fest, und den linken hatte er im Lenkrad verkeilt, damit er nicht mit den Schuhsohlen die Windschutzscheibe eindrückte. Der Verschluß des Sicherheitsgurtes quetschte ihm fast eine Niere zu Brei, Anne machte etwas mit ihrer Zunge in seinem Ohr, und aus irgendeinem Grund gingen die Scheibenwischer an. Gabler zerrte das rechte Bein aus dem Handschuhfach. Er schlug dabei mit dem Knie gegen die Fensterkurbel.

»Ooohh!«

»Gabler!«

»Ja?«

»Lieg nicht so passiv da! Das heißt nein, beweg dich jetzt nicht!«

Sie vergrub ihr Gesicht an seiner Schulter. Ihre Fingernägel bohrten sich in seinen Rücken. Entgegen ihren Weisungen richtete sich Gabler ein wenig auf, um einen sichernden Blick auf die lange Gerade des Waldweges zu werfen. Eine Sekunde lang flackerte die panische Angst in ihm auf, ein Spaziergänger könnte die Szene in seinem Wagen beobachten …

Nichts! Alles wie leergefegt. Erleichtert ließ er sich zurückfallen. Anne verbiß sich in seiner Schulter. Ihre Fingernägel kasteiten seinen Rücken, ihre Zähne forschten nach seinem Kapuzenmuskel. Der Schmerz lenkte ihn ein wenig davon ab, was zwischen seinen Beinen geschah.

Mein Gott, ich liebe sie! dachte Gabler. Wenn sie das noch einmal macht, gehe ich hoch wie eine SS 20!

Aus Erfahrung wußte er, daß es zu früh war. Ein oder zwei Minuten lang mußte er seinen Höhepunkt noch hinauszögern. Er bemühte sich, wieder an die Erdspalten unter Los Angeles zu denken. Sein rechter Fuß rutschte erneut in das Handschuhfach. Eigenartigerweise kamen plötzlich die Scheibenwischer zum Stehen, dafür fuhr die Autoantenne sirrend aus.

»Neunzig Prozent aller Erdbeben entstehen durch den Ausgleich von Spannungen in der Erdkruste«, murmelte Gabler vor sich hin.

»Was?« fragte Anne.

»Nichts!« beeilte er sich zu versichern.

Er repetierte die Sonntagsbeilage seiner Zeitung wie einen Bannfluch gegen die vorzeitige Ejakulation. Als er die Augen wieder schloß, spürte er, wie sich Annes tanzende Bewegungen über die Stoßdämpfer des Wagens auf den Waldboden übertrugen.

Spannungen in der Erdkruste!

Die Erschütterungen mußten kilometerweit zu spüren sein!!

Sie bäumte sich auf, ihr Hinterkopf schlug gegen den Wagenhimmel, die Stoßdämpfer leisteten Schwerstarbeit. Gabler stöhnte und stellte sich die Panik vor, die in diesem Moment in den Erdbebenwarten der Welt ausbrach, und die irren Ausschläge der Seismographen, die rund um den Erdball Wache hielten. Schließlich hörte er erleichtert Annes Schrei, das Signal dafür, daß auch er sich nun gehen lassen konnte. Er erreichte den Point-of-no-return und hob ab. Ein scharlachroter Schleier überzog seine Lider. Dann sah er, wie die Wolkenkratzer in Los Angeles in Zeitlupe zusammenbrachen. Sie zerbröselten wie Burgen aus Sand, und die Stadt der Engel stürzte in den MacArthur-Park-Graben.

3

Horstmüller lotste Giusto Minore aus der Küche in das Büro des toten Restaurantbesitzers. Vielleicht würde der Mann dort sein inneres Gleichgewicht wiederfinden.

Der Hauptkommissar irrte.

Kaum daß er das Zimmer betreten hatte, stürzte sich Minore

aufschluchzend auf ein Foto, das auf dem Schreibtisch seines Bruders stand. Das Bild präsentierte einen Mann, der sich stolz gegen ein antikes Ford Cabrio lehnte. Dieser Mann war Giusto Minore selbst. Der Sizilianer warf einen verliebten Blick auf sein Konterfei. Dann ließ er sich wie eine Luftmine in den Sessel hinter dem Schreibtisch fallen. Unten angekommen, wischte er sich mit einem Taschentuch den Schweiß aus dem Nacken. Es war nicht heiß in den Geschäftsräumen des IL CORSARO, aber niemand schwitzt besser, als ein dicker Mann, der Angst hat.

»Auf diesem Foto, das sind Sie doch?« erkundigte sich Horstmüller.

»Natürlich«, erklärte Minore bereitwillig.

Anscheinend war er froh darüber, daß der Kommissar ein Thema anschnitt, das halbwegs unverfänglich erschien. Über den Toten in der Küche mochte er sich weniger gern unterhalten.

»Die Aufnahme stammt von 1969«, erläuterte Minore. »Vielleicht ist Ihnen aufgefallen, daß ich auf diesem Foto noch nicht ganz so kräftig bin wie heute.«

Kräftig! höhnte Horstmüller stumm. Du bist fetter als jeder mongolische Sumo-Ringer. Alles an dir ist XXL!

Minore schwelgte in Erinnerungen. Er drehte das Foto um und brachte die Widmung zum Vortrag, die auf der Rückseite notiert war:

»Property and investment never go wrong.«
Dein Dich liebender Bruder Giusto
Mai 1969

Ein Lebenssinn stiftender Satz. Horstmüller ahnte, daß es eine Geschichte dazu gab. Giusto Minore schien nichts dagegen zu haben, sie zu erzählen.

Er hatte dieses Motto vor über vier Jahrzehnten einem Amerikaner abgelauscht, der ihn die Windschutzscheibe seines Fords wienern ließ – an einer AGIP-Tankstelle in Palermo, zu einer Zeit, als der Liter Benzin noch nicht einmal neunzig Lire kostete. Sein Bruder Michele wienerte damals mit.

Horstmüller wollte ein guter Zuhörer sein. Er wußte, daß auch eine langweilige Geschichte aufschlußreich sein kann, also war er bemüht, sich zwei kleine Jungen vorzustellen, die an einer Zapfsäule Autos wuschen.

»Als uns der Amerikaner bezahlte«, erinnerte sich Minore in

den Tiefen seines Sessels, »tätschelte er uns beiden die Wangen. Seine Hand roch nach Nikotin und Schweiß. Und sie roch auch nach Geld. Nach viel Geld, wenn Sie mich heute fragen. Ich glaube, wir gefielen ihm. Er tätschelte die jungen Wölfe in uns. Und dann, ganz nebenbei, sprach er schließlich den Satz aus, der uns Brüder ein Leben lang begleiten sollte: *Property and investment never go wrong.*«

Minore grunzte andächtig. Er zupfte sich ein Haar aus der Nase und betrachtete es selbstgefällig. Dann schwafelte er weiter, aber Horstmüller verfolgte sein Geschwätz nur noch mit einem halben Ohr. In Gedanken war er schon längst wieder bei dem einsamen Toten in der Küche.

Michele Minore, geboren am 19. September 1943 in Palermo. Verheiratet, kinderlos, was für italienische Verhältnisse wohl ungewöhnlich war, ohne Ausbildung. In Berlin ansässig seit 1969. Zuvor hatte er es nach nicht einmal fünf Jahren vom Tellerwäscher zur Küchenhilfe gebracht – in der Aufsteiger-Metropole Bochum. Die Eierteigwaren, die er in dieser Zeit al dente gekocht hatte, hätten ausgereicht, um die Emscher zu stauen. Irgendwie mußte Minore dann zu Geld gekommen sein. Jedenfalls war er plötzlich vermögend genug, um seine Frau nach Deutschland zu holen, um den Umzug nach Berlin und den Kauf seines ersten Restaurants zu finanzieren. Es war nicht zu leugnen: Michele Minore hatte es zu bescheidenem Wohlstand gebracht. So weit, so gut. Die Geschichte hatte nur einen Schönheitsfehler, und das war ihr Ende – in Gestalt eines makaberen Stillebens in der Küche des IL CORSARO.

Ein Weinanfall schüttelte Giusto Minore. Das Foto, das ihn neben dem antiken Ford zeigte, entglitt seinen Händen und fiel zu Boden. Die Glasscheibe sprang heraus und zerbarst.

»Aber Giusto!«

Ein milder Vorwurf sprach aus der Stimme von Marcella Minore, als sie die Geschäftsräume des IL CORSARO betrat. Ihre dunklen Augen streiften Horstmüller, der mit übergeschlagenen Beinen lässig in seinem Sessel hockte. Für einen Augenblick verzog sie angewidert die Mundwinkel. Horstmüller verstand, sprang auf und half der schönen Witwe und ihrem Schwager beim Aufklauben der Scherben. Sein Einsatz trug ihm ein kühles »Danke!« ein.

Marcella Minore trug ihre Trauer vor sich her wie eine Madonnenstatue auf einer kirchlichen Prozession, was die Unterhaltung mit ihr etwas formell werden ließ. Aber eigentlich konnte man von einer *Unterhaltung* gar nicht sprechen. Er stellte ihr Fragen, sie antwortete, mechanisch, ohne ihn anzuschauen. Sie ignorierte ihn. Ihre dunklen Augen fixierten beharrlich den Werbekalender einer Küchengerätefirma, der ein Stück oberhalb von Horstmüllers rechter Schulter hing. Der Kommissar ließ seinen Blick über ihr verschlossenes, schönes Gesicht wandern und begann zu bedauern, daß sie ihn anscheinend nicht mochte.

An den Geschäften ihres toten Gatten wollte Marcella Minore keinen Anteil genommen haben. Und natürlich wußte sie das obszöne Arrangement in der Küche nicht zu deuten. Ihr Blick wanderte hilfesuchend zu ihrem Schwager, aber auch der zuckte ratlos mit den Schultern. Geldscheine zwischen den Genitalien? Damit konnte Giusto Minore nichts anfangen. Ob sein Bruder Feinde hatte? Woher hätte er das wissen sollen? Er lebte in Kanada, sein Bruder in Deutschland.

Horstmüller nickte verstehend – Giusto Minore wollte nichts wissen. Seine Angst materialisierte sich in schleichenden Schweißschwaden; man konnte die Furcht dieses Mannes förmlich riechen.

Marcella Minores Gesicht blieb erstarrt in abweisender Gelassenheit; ab und an warf sie einen verächtlichen Seitenblick auf ihren greinenden Schwager, der plötzlich vollends die Haltung verlor und sich wie ein trostsuchendes Kind in ihre Arme drängte.

Horstmüller war peinlich berührt.

Der Mund des fetten Mannes tauchte in die sanfte Beuge ihres Halses, seine behaarte Hand glitt kraftlos über ihren Rücken. Sie erzeugte dabei ein knisterndes Geräusch. Schließlich blieb sie auf der Höhe des Hinterns kleben. Zufall oder Plan? Waren soeben Minores Triebwerke angesprungen? Marcella Minore schien genau dies zu argwöhnen, denn nach einer Schweigeminute schob sie ihren Schwager irritiert von sich.

Horstmüllers Magen meuterte.

Er flüchtete in die Küche, wo sich inzwischen die Spurensicherung und ein von Kognakdünsten umwölkter Gerichtsmediziner tummelten, der Michele Minore soeben ein Thermometer zwischen die Hinterbacken schob. Dann begann er unaufgefordert, über die Umstände zu orakeln, die zu Minores Tod geführt haben konnten. Er war zweifellos der geschwätzigste Leichenfledderer, den Horstmüller je erlebt hatte.

»Die Haut des Opfers weist keine Abschürfungen oder Blutungen auf. Was darauf schließen läßt, daß es sich nicht gewehrt hat.«

»Wieso nicht?« erkundigte sich Horstmüller interessiert.

»Weil die Haut keine Abschürfungen aufweist.«

»Nicht doch«, klärte Horstmüller das Mißverständnis auf. »Warum hat er sich nicht gewehrt?«

Der Arzt wies auf Minores Kehle. »Ein tiefer, quer verlaufender Halsschnitt, etwas oberhalb des Kehlkopfes. Sehen Sie ... links angesetzt. Glattrandig, keilförmig, zum Ende hin flacher werdend. Sehr ordentlich, nachgerade klassisch. Der Täter stand vor unserem Mann und hat das Messer einmal quer durchgezogen – vermutlich für das Opfer absolut überraschend.«

»Hm!« sagte Horstmüller. »Michele Minore war im Begriff, jemanden anzurufen, als ihn die Klinge traf. An der linken Halsseite. Das läßt vermuten, daß der Täter das Messer in der linken Hand gehalten hatte, also – vielleicht – Linkshänder war!«

»Gut möglich!« bestätigte der Doc. »Er könnte das Messer von seiner rechten Schulter aus in einer raschen halbkreisförmigen Bewegung zum Hals des Opfers geführt haben, in diesem Fall hätte die Klinge in Richtung des Angegriffenen weisen müssen.«

Der alte Herr demonstrierte den möglichen Tathergang, indem er mit einem Holzspatel aus seiner Instrumententasche einen imaginären Gegner attackierte. Er wiederholte das Manöver ein paar Mal, bis er sich sicher sein konnte, daß Horstmüller ihn verstanden hatte. Danach beugte er sich wieder über die Leiche, leise schnaufend – seine Leibesübungen hatten ihn offenbar in Hitze versetzt.

»Die Luftröhre ist glatt durch«, ließ er sich weiter aus. Ein Hauch von Anerkennung schwang in diesem Satz mit. »Der Schnitt wurde also mit großer Kraft geführt. Vielleicht war die Tat das Ergebnis eines heftigen Gefühlsausbruchs, mit dem das Opfer keineswegs gerechnet hatte. Das würde auch erklären, warum die Hände und Arme des Toten keine Abwehrverletzungen aufweisen. Nun ...«, beendete der Doc seinen Vortrag, »das herauszufinden, ist Ihre Sache. Fest steht bislang nur eines: Dieser Mann ist aus der Halsschlagader verblutet!«

Horstmüller nickte anerkennend. Eine ganz brauchbare Rekonstruktion, wenn auch in eine penetrante Kognakfahne verpackt. »Und die Todeszeit?«

Der Arzt zwinkerte, was offenbar nur bedeuten sollte, daß er die Frage begriffen hatte. Schweigend machte er sich weiter an der Leiche zu schaffen. Er entfernte das Thermometer aus ihrem Rektum, schätzte ihr Körpergewicht und speiste beide Daten in den Computer in seinem Kopf ein. Als nächstes begann er, mit den Scharnieren des Toten zu spielen. Er betastete den Nacken, den Unterkiefer und ging zu den kleinen Gelenken über. Das haarsträubende Knacken, das er dabei erzeugte, sollte Horstmüller noch Wochen später beklemmende Alpträume verursachen.

»Der Mann ist gegen zwei Uhr morgens verstorben«, verkündete der Medikus schließlich sein Urteil. »Plus, minus eine Stunde«, setzte er vorsichtig hinzu.

Horstmüller überlegte. Um elf Uhr nachts – wegen seines Geburtstages früher als gewöhnlich – hatte Michele Minore seinen Laden dicht gemacht und die Leute nach Hause geschickt. Der letzte Mensch, der ihn lebend gesehen hatte, war sein Koch.

Falsch, korrigierte sich Horstmüller.

Der letzte Mensch, der ihn lebend gesehen hat, war sein Mörder!

4

Den Rest der Strecke fuhr Gabler ein wenig rasanter, als es sonst seine Art war. Anne vernahm ihn unterdessen zu so wichtigen Kindheitserlebnissen wie Windpocken, Begegnungen mit dem Schwarzen Mann und Figurenpinkeln im Schnee. Letzteres interessierte sie besonders.

»Ich hatte da nicht so viele Möglichkeiten«, erläuterte sie. »Als Mädchen …«

Gabler nickte verständnisvoll und kramte ausgiebig in seinem Gedächtnis. Es war erstaunlich, an wieviele Dinge er sich plötzlich wieder erinnern konnte: Belanglose Episoden, die er längst vergessen geglaubt hatte, Triumphe und Canossagänge, kleine Katastrophen, nur für einen Halbwüchsigen bedeutungsvoll.

Sie waren unterwegs zu einer Art Antrittsbesuch. Er war nicht zuletzt auf heftiges Drängen seiner Mutter zustande gekommen, der schon immer viel daran gelegen war, über sein Geschlechtsleben Bescheid zu wissen.

»Nun ... nicht im engeren Sinne«, präzisierte Gabler. »Eigentlich wollte sie immer nur wissen, mit wem ich gerade zusammen war. Ich meine, ob es sich um ein anständiges Mädchen handelte. Du verstehst?«

»Wie stehen denn da meine Chancen?«

»Wenn du ihr nicht erzählst, was wir gerade getrieben haben ...«

»Läßt sich einrichten«, beruhigte ihn Anne. »Und deinen Vater haben deine Weibergeschichten nie interessiert?«

»Nö«, sagte Gabler und versuchte sich an einer Porträtskizze seines Erzeugers. Sie ging ihm nicht leicht von der Hand. »Hermann Gabler ist ... Ex-Schweinezüchter und Veteran der Arbeitersportbewegung. Sozialist mit preußischen Zügen. Hobbyjäger mit nostalgischer Neigung zu 1. Mai-Ansteck-Nelken. Bis zu seiner Heirat war er Anhänger der Freikörperkultur. Das hat ihm meine Mutter dann aber ausgeredet, die hielt das nämlich für eine Sauerei.«

Anne zog die Augenbrauen hoch.

»Klingt eher wie ein Steckbrief für einen, der einen Sparren locker hat.«

Gabler nickte einsichtsvoll. »Ein bißchen verrückt ist er schon. Du hättest mal sehen sollen, wie er sich aufgeführt hat, als er seinen Jagdschein neu beantragen sollte. Nach Kohls Machtergreifung war das nämlich angesagt. Höchstrichterliche Anweisung! Keine Chance für alte Stasileute und Parteigenossen, die mit 'ner doppelläufigen Flinte auf Wessi-Pirsch gehen wollten. So ne Art nachträgliche Entnazifizierung des deutschen Jagdwesens. Du kennst das ja: Warum sollen wir die Fehler, die wir '45 gemacht haben, noch mal machen?«

»War denn dein Vater bei der Stasi?«

»Nö. Aber es wurden alle überprüft, und mein Vater war Vorsitzender der DSF-Gruppe in der Schweinemast. Und das hätte ihn fast seinen Jagdschein gekostet.«

Anne stellte einige Spekulationen an. »DSF? Deutsche Schweinezüchter Front? Oder war das mehr was Politisches?«

Gabler grinste und setzte Anne ins Bild[5].

Irgendwann nahm er die letzte S-Kurve vor dem Dorf seiner Kindheit und verkündete feierlich: »Wir sind da! Aber eine halbe Stunde zu spät. Wahrscheinlich steht das Empfangskomitee schon vor der Tür.«

Vor dem Ortseingang tuckerte ein nagelneuer Traktor über ein privatisiertes Spargelfeld. Der Traktor gehörte einem Landwirt aus dem Westen, der Mann hinter dem Steuer war ein früheres Mitglied der LPG, die ihn vor ein paar Monaten in die doppelt freie Lohnarbeit entlassen hatte.

THINK BIG! kommentierte ein großflächiges Werbeplakat diesen Vorgang – es nahm fast die gesamte Seitenfront einer verfallenen Scheune ein. Die Dorfstraße protzte mit ihrem neuen Asphalt, vor dem Konsum stand eine Telefonzelle, die dort vor ein paar Wochen noch nicht gestanden hatte. Grüppchen von alten Männern in schwarzen Hosen und fleckigen Pullovern hockten auf den Terrassen ihrer unscheinbaren Häuser. Ihrer Aufmerksamkeit entging nichts. Es war Sonntagmorgen, und irgend jemand mußte schließlich im Auge behalten, was im Ort so alles passierte. Also steuerte Gabler seinen Wagen durch ein Spalier von interessierten Blicken. Es war alles wie immer, wenn er nach Hause kam. *Fast* wie immer, dachte Gabler.

Irgendwas stimmte hier nicht!

Er wich Dorfsüffel Wilhelm Winter aus, der ihm auf seinem klapprigen Rad entgegenkam. Im Rückspiegel konnte er sehen, wie sich Winter nach ihm umdrehte, obwohl er dabei in einen wilden Slalomkurs verfiel. So neugierig war Winter doch sonst nicht. Und warum hörten die alten Männer auf zu reden, als sie ihn und Anne sahen?

»Nettes kleines Nest«, sagte Anne gönnerhaft.

»Warte!« antwortete Gabler. »Das Beste hast du noch nicht gesehen.«

Der Toyota erklomm den kleinen Hügel, auf dem die Kirche und das Kriegerdenkmal standen. Gabler stellte den Motor ab und stieg aus. Anne trat neben ihn. Über die Schneise der Dorfstraße hinweg konnte man die silbern glänzenden Futtersilos der Genossenschaft sehen und das alte Storchennest über den verlas-

5 DSF = Gesellschaft für Deutsch-Sowjetische Freundschaft.

senen Stallungen. Dahinter lag dunkles Ackerland, das in Weideflächen und Buchenwälder überging. Linkerhand zog sich eine Kette von Teichen durch die Landschaft, stählern schimmernd wie der blaugraue Herbsthimmel. Eine kleine Bungalow-Siedlung nistete an ihren Ufern.

»Es ist nicht nett«, berichtigte sich Anne ergriffen. »Es ist einfach wunderschön!«

Ein Bussard stieß seinen hohen, greinenden Schrei aus.

Gabler griente zufrieden. Er legte Anne den Arm um die Schulter. »Siehst du den Hof da hinten, am Dorfausgang? Der gehört meinen Eltern.«

Besitzerstolz schwang in seiner Stimme mit. Er lächelte glücklich. Die neugierigen Blicke der alten Männer hatte er schon wieder vergessen.

5

»Diese jottverdammten Halunken! Verbrecher!« fauchte der alte Hermann Gabler. Pfeifend sauste die Axt nieder. Gabler warf den Kopf zur Seite. Ein alter Boxerreflex. Die Hälfte eines akkurat gespaltenen Holzscheites zischte haarscharf an seinem Ohr vorbei und prallte gegen den Karnickelstall – Aufruhr unter einem Dutzend Weißer Hototen. Soviel stand fest, er hatte seinen Vater selten so wütend erlebt. Ein grauer Panther auf dem Kriegspfad!

Hermann Gabler war ein drahtiger Mittsechziger, der noch von seiner Zeit als Fichte-Sportler zehrte. Er war gut in Schuß, die dünner gewordenen Arme wirkten muskulös und beweglich. Das Gewicht der Axt, die er gegen die oberschenkeldicken Holzkloben schwang, schien er kaum zu spüren.

»Kriminelle! Faschisten!«

Anne verfolgte seinen Ausbruch mit schreckensgeweiteten Augen. Der axtschwingende Alte erinnerte sie an einen zornigen Stammesvater, der an der Spitze seines Clans in die Schlacht gegen die Ungläubigen zieht. Ein wutschnaubender, weißhaariger Krieger, der kein Pardon gab und ganz gewiß keine Gefangenen machen würde.

Sie war in ihrer Eigenschaft als Bankkauffrau zu der Unterredung zugelassen worden. Normalerweise wäre sie sofort von

Gablers Mutter in die Küche entführt und dort – unter einem durchsichtigen Vorwand – intensiv verhört worden. So hatte es Gabler angekündigt. Aber ihr Antrittsbesuch schien unter einem ungünstigen Stern zu stehen, und so war alles ganz anders gekommen.

»Mein Sohn hat meiner Frau erzählt, Sie sind im Bankjewerbe? Dann haben wir drei was Wichtiges zu besprechen!«

Hermann Gabler hatte sie in Beschlag genommen, kaum daß sie ihre Blumen losgeworden waren. Und der besorgte Blick, den ihnen Gablers Mutter hinterher geschickt hatte, war Anne keineswegs entgangen ...

Der von Flüchen und dröhnenden Axthieben begleitete Kriegstanz des alten Mannes dauerte mittlerweile fast zehn Minuten. Sein Zorn, soviel schien Anne inzwischen klar, entzündete sich an dem merkwürdigen Geschäftsgebaren eines ehemaligen LPG-Mitgliedes – eines Buchhalters namens Jablonski.

»Butler Jablonski«, erläuterte Hermann Gabler. »Das war sein Spitzname, weil er immer so arsch-vornehm tat. Der konnte bis zu den Knöcheln in der Schweinescheiße stehen und immer noch so tun, als sei er zum Wassertreten auf Sylt. Ich habe den Kerl ja nie jemocht! Der war ja noch nich mal in der Partei!«

Butler Jablonski, vornehm und parteilos? Gabler kramte in seinem Gedächtnis, aber da war nichts! Oder doch? Schließlich dämmerte ihm das Bild eines blassen Bürokraten, einer Erscheinung ohne jeden Glanz. Er war dem Mann gelegentlich auf den Betriebsfesten begegnet, die von der Genossenschaft einmal im Jahr ausgerichtet wurden. Aber der Schatten der bleichen Buchhalterseele wurde von stärkeren Eindrücken verdrängt – von der Erinnerung an duftenden Wildschweinbraten am Spieß, Prügeleien um die Dorfschönen und Unmengen Bier, das seinerzeit in Pappbechern ausgeschenkt wurde und so billig war, daß man mit einem Zwanzigmarkschein in der Tasche bis zum Sonnenuntergang zechen konnte.

Gabler lächelte verträumt.

Vielleicht hatte Butler Jablonski eines Tages genug davon, bis zu den Knöcheln in Schweineexkrementen zu stehen. Vielleicht war es diese entbehrliche Erfahrung, die ihn vor zwei Jahren veranlaßt hatte, die zerfallende LPG im Stich zu lassen und sich einen neuen Broterwerb zu suchen. Butler Jablonski hatte sich auf das

Maklergeschäft geworfen. Mit Erfolg – wollte man dem alten Gabler Glauben schenken.

»Und wißt ihr, wie er sich sein Startkapital beschafft haben soll? Er hat für die Wessis spioniert!«

Anne und Gabler schauten etwas ratlos drein, aber gleich darauf wurde ihnen Aufklärung zuteil.

»Na, das ist doch janz einfach. Jeden dritten Hof in der Jegend wollen irjendwelche Leute zurückhaben. Die sind doch damals alle rüberjejangen, weil se keine Lust hatten, den Sozialismus mit aufzubauen. Hätte ja zu anstrengend werden können.«

Der alte Gabler schüttelte entrüstet sein greises Haupt. »Das hab ich nie begriffen: Nach'm Krieg kriegen se das Land von der Bodenreform und zehn Jahre später lassen se alles stehen und liegen und hauen einfach ab ... Na ejal. Jedenfalls hat sich Butler Jablonski von diesen Leuten als Spion anheuern lassen; zuerst für einen jewissen Melnik, der kam damals aus den Sudeten – ein janz armes Schwein – und ist dann '54 rüberjejangen, nach Friesland. Ausjerechnet nach Friesland. Für den hat der Jablonski dann alles ausjekundschaftet: Ist das Land noch da, oder hat sich die LPG was draufjebaut und so weiter. Seitdem hat Butler Jablonski noch nen zweiten Spitznamen: Kundschafter für den Friesen.«

Der alte Mann bearbeitete wütend ein widerspenstiges Scheit. Sein Atem ging kurz, und er wirkte erschöpft. Aber mit dem Stapel Feuerholz, der sich neben dem Hackklotz auftürmte, schien auch sein Vorrat an Wut zu wachsen.

»Rausjekommen is das nur, weil unsere Postfrau die Anjewohnheit hat, jede Karte zu lesen. Die is da schärfer, als es die Stasi jemals war. Naja, und daß sich der Jablonski mit dem Melnik schreibt, das hatte die natürlich sofort raus. Da war vielleicht was los im Dorf!«

Wieder flogen ein paar Scheite auf den Holzstapel neben dem Kaninchenstall. Hermann Gabler verschnaufte kurz und setzte dann seinen Vortrag fort. Seine Stimme zitterte vor Erregung.

»Anscheinend hat sich da drüben rumjesprochen, daß der Jablonski sowas macht. Denn seit der Sache mit dem Melnik war dieses Arschjesicht ... entschulding' Se, junge Frau ... war dieses Arschjesicht ständig in der Jegend unterwegs, um zu schnüffeln. Mit'm Trabbi, weil es ja unauffällig sein sollte. Bloß, den haben se ihm dann irjendwann abjefackelt. Inzwischen fährt er 'nen Westwagen, den hat er sich für seinen Judaslohn gekauft! Na, und eines Tages fährt Butler Jablonski damit auch auf meinen Hof. Ihr kennt ja diese Typen, diese Neureichen aus dem Osten. Das sind die Schlimmsten. Nadelstreifenanzug und Mercedes, und einmal in der Woche besuchen se 'nen Kurs, wo se lernen, sich so zu benehmen, daß keiner merkt, daß se aus der Zone kommen.«

Hermann Gabler, Ex-Schweinezüchter und Veteran der Arbeitersportbewegung, legte den nächsthöheren Gang ein.

»Na, wie der Jablonski da so ankommt, frag ich mich natürlich: Was will der Kerl von dir? Und Jablonski – janz anders als früher – redet nich lange um den heißen Brei herum. Er will die zwanzig Hektar Weideland, die ich mit meinem Inventarbeitrag von der LPG zurückjekriegt habe.[6] Er hätte da einen Interessenten, der in der Jegend Grundstücke aufkauft – wofür, wollte er nich sagen, und für wen, wollte er auch nich sagen! Aber was er mir für meine zwanzig Hektar jeben wollte, das hat er mir verraten – hunderttausend Mark!«

Der alte Mann ließ die Axt auf den nächsten Holzkloben niederfahren. Diesmal mußte Gabler blitzartig in die Hocke gehen. Das Scheit segelte über seinen Kopf hinweg und landete nun hinter dem Kaninchenstall. Die Axtschneide krachte in den eichernen Hackklotz und fraß sich dort fest.

»Natürlich hab ich nein jesagt. Auf der Weide stehen meine sechs Schwarzbunten, und wo soll ich die denn hintun, hab ich den Jablonski jefragt. Und dann hab ich ja auch noch das Rote Holstein, das ich in der Tombola auf der Landwirtschaftsmesse jewonnen hab, was soll ich mit dem anfangen, hab ich den Jablonski jefragt. Soll ich ein Tier zum Schlächter zerren, das fünftausend Liter Milch im Jahr bringt?! Das wußte der auch nich , aber er is mit seinem Anjebot hochjejangen. Andere Leute aus'm Ort hätten auch schon verkauft, und ich solle doch nich so starrköpfig sein ... Da hab ich ihn vom Hof jeschmissen – mit so einem Judas mach ich nämlich keine Jeschäfte. Das hab ich ihm auch jesagt! Und ein paar Tage später ging es dann los ...«

Hermann Gabler wischte sich den Schweiß von der Stirn. Er zerrte ein weiteres Mal an der Axt. Die rührte sich nicht.

6 Nach der »Wende« erhielten ehemalige LPG-Mitglieder auf Wunsch das Inventar zurück (Boden, Maschinen, Vieh), das sie mit ihrem LPG-Beitritt in das Vermögen der Genossenschaft eingebracht hatten.

»Was ging los?« fragte Gabler seinen Vater.

»Der Terror!« sagte Hermann Gabler.

Ein merkwürdiges Glitzern erschien in seinen Augen. »Die wollen mich fertigmachen, Junge!«

6

Der Koch des IL CORSARO hieß Africo C. Novacco. Horstmüller ließ ihn zu sich kommen, nachdem zwei hurtige Leichenträger Michele Minore in einer sargähnlichen Kunststoffwanne entführt hatten.

Novacco erweckte den Eindruck, als könne ihn auch ein Ätna-Ausbruch nicht aus der Ruhe bringen. Er war klein, adrett und schlau und hatte sich die träge Vornehmheit eines Stardirigenten zugelegt, der den Taktstock nur noch dann schwingt, wenn er Lust dazu hat.

Nein, versicherte er, es war nichts Ungewöhnliches daran, daß Michele Minore nach Geschäftsschluß noch einige Zeit allein im Restaurant blieb. Er trug die Tageseinnahmen in die Bücher ein. Natürlich, bestätigte Novacco, die Tatwaffe kenne er. Er benutze das Messer, das neben dem Kopf des Toten in der Arbeitsplatte steckte, zum Ausnehmen von Fisch.

Horstmüller rümpfte die Nase. Er haßte Fisch. »Wie sind Sie eigentlich zu Ihrem Job gekommen?« erkundigte er sich beiläufig.

Africo C. Novacco ließ sich mit der Antwort Zeit, als sei dies etwas, worüber er genau nachdenken mußte, bevor er sich äußerte.

»Ich hatte Freunde, die mich Minore empfahlen.«

Horstmüller nickte verständnisvoll. »Gut, daß es Freunde gibt, nicht wahr? Und das Geld für den Kauf seines ersten Restaurants – hatte das Minore auch von Freunden?«

Der Sizilianer musterte nachdenklich seine blitzsauberen Fingernägel, aber er machte dabei nicht den Eindruck, als wenn ihm zu dieser Frage noch viel einfallen würde. Er hatte dunkle Augen, die sich wie in Trance bewegten. Die Pupillen darin wirkten winzig klein. Ihm lief die Nase. Horstmüller war kein Drogenspezialist, aber er wußte, wie jemand aussieht, der sich eine ordentliche Dosis Kolumbianisches Marschierpulver reingezogen hat. Kein Wunder, daß der Küchenchef die Ruhe selbst war.

»Benutzen Sie zum Koksen einen kleinen Platinspatel oder Ihre Kreditkarte?«

Die Männer von der Spurensicherung hörten auf, an den Fliesen herumzupinseln. Africo C. Novacco blinzelte irritiert. »Wie bitte?«

»Versuchen Sie nicht, mir blöd zu kommen! Sie wären nicht der erste Koch, den wir wegen Kokain rankriegen.«

Fast tat er Horstmüller leid. Eigentlich war es verständlich, daß sich der Mann ein bißchen die Nerven massierte, nachdem man seinen Arbeitgeber filetiert hatte.

»Ach das ...« Novacco wischte sich den Rotz von der Nase. »Das ist nur meine Allergie ...«

»Die Allergie kenne ich!« schnauzte Horstmüller. »Sie wird durch ein teures, weißes Pülverchen hervorgerufen. Und wissen Sie was, ich bin auch allergisch – gegen Leute, die versuchen, mich zu verarschen. Das darf nicht einmal ein italienischer Pasta-Prinz. Machen Sie mal Ihre Taschen leer!«

Novacco war zu erschrocken, um zu protestieren. Er trug den Stoff nicht mit sich herum, aber in seinem Spind fand Horstmüller ein halbes Gramm für den Eigenbedarf.

»Wegen sowas kann man eingebuchtet werden«, erklärte Horstmüller dem Koch die Rechtslage. Er mochte sich selbst nicht besonders für diese Holzhammer-Masche, aber er hoffte dennoch, überzeugend zu wirken.

Die Drohung lockerte dem Mann die Zunge. Aber was er sagte, schien in keinem Zusammenhang mit Horstmüllers Fragen zu stehen.

»Es gibt da diesen Großmarkt in Moabit«, begann Novacco. »Minore hat dort eingekauft. Es ist ein wenig teurer als anderswo, aber Michele meinte immer, dafür sei die Qualität gut.«

»Und ... stimmt das?« lauerte Horstmüller.

»Die einen sagen so, die anderen sagen so. Ich persönlich fand die Ware immer überteuert, aber Minore war der Chef.«

Mehr hatte Africo C. Novacco anscheinend nicht zu sagen.

Horstmüller war davon nicht begeistert. »Das ist ja nicht gerade üppig! Ein Großmarkt heißt Großmarkt, weil dort jede Menge Leute zugange sind. Wie wäre es denn mit einem Namen oder einer Standnummer?«

Novacco verfiel in einen Flüsterton. »Vielleicht habe ich da noch was für Sie ...«

Horstmüller nickte aufmunternd und lieh ihm huldvoll sein Ohr.

Als er das Notizbuch wegsteckte, wirkte er zufrieden. Warum kaufte Minore zu überhöhten Preisen? Weil es jemanden gab, der ihn dazu zwang. Jemand, der die Macht dazu hatte. Und wer war dieser Jemand? Ein emsiger Südfruchtimporteur, der auf dem Großmarkt an der Beusselstraße seine Waren unter die Leute brachte. Zufällig ein Landsmann Minores. Zufällig ein Sizilianer.

Novacco durfte gehen.

Horstmüller warf einen letzten Blick in die Runde. Auf den weißen Fliesen schimmerten schwärzliche Inseln von Magna Brush-Pulver. Die Arbeitsplatte würde man auswechseln müssen, schon aus Gründen der Pietät, von hygienischen Aspekten ganz zu schweigen.

Der Kommissar seufzte mitfühlend – das kleine, umsichtig verwaltete Reich des IL CORSARO war in heillose Unordnung geraten.

Ein Mitarbeiter der Spurensicherung kniete an der Blutlache unter der Arbeitsplatte. Er hatte den festsitzenden Kakerlaken erspäht und versuchte nun, ihn mit der Pinzette zu evakuieren.

»Na, mein Kleiner, du steckst aber ganz schön in der Scheiße!«

Das Insekt fand sich auf dem blitzsauberen Kachelboden wieder, opferte seinem Schöpfer eine Sekunde dankbarer Besinnung und schoß davon.

So, hielt Horstmüller fest, jetzt hat er den einzigen Tatzeugen entkommen lassen!

7

»Der Terror?« fragte Gabler seinen Vater. Er warf Anne einen besorgten Blick zu.

»Guck nich , als hätte ich nich mehr alle Tassen im Schrank!« knurrte ihn Hermann Gabler an. »Wenn ich Terror sage, meine ich auch Terror. Seit ein paar Wochen klingelt jede Nacht das Telefon, und wenn ich den Hörer abnehme, ist ein Typ dran, der lacht wie der Satan.« Er zerrte erneut an dem festgefressenen Axtstiel. »Und das ist nicht das Schlimmste. Jeh mal hinter den Hof und guck, wo die sechs Schwarzbunten sind!«

Gabler dachte an die seltsamen Blicke der alten Männer an der Dorfstraße. Er dachte an den Slalomkurs des neugierigen Süffels Winter. In seinem Kopf setzte ein leises Grillenzirpen ein.

»Na los, jeh schon!« schrie Hermann Gabler. »Schau nach, ob sie noch da sind.«

Gabler blinzelte erschrocken in die Mittagssonne.

Aus dem Haus war die elektrische Kaffeemühle zu hören, die er seiner Mutter irgendwann einmal zum Geburtstag geschenkt hatte. Der Hof seiner Eltern lag wohlgeordnet im Sonnenlicht, ein jedes Ding an seinem vertrauten Platz. Unter seinem rostigen Blechdach träumte der invalide Wartburg von fairen Rennen gegen stinkende Viertakter. Die Karnickel dösten in ihren Boxen und begriffen nicht, daß sich die Welt täglich schneller drehte. Kurz – alles schien in der alten Ordnung. Und doch lag über dem Hof eine merkwürdige, Unbehagen erzeugende Spannung – wie das Summen eines Fliegenschwarms über einem Kadaver.

Dann fiel Gablers Blick auf die Milchkannen. Sie standen vor der Stalltür, als wären sie seit Wochen nicht benutzt worden. Eine Kanne lag umgestürzt auf der Erde, und niemand hatte sich die Mühe gemacht, sie aufzuheben.

»Nein!« flüsterte Gabler.

»Doch, verdammt nochmal!« schrie Hermann Gabler. »Als ich jestern mit deiner Mutter aus der Stadt kam, lagen alle sieben hinten auf der Wiese. Sechs Schwarzbunte und ein Rotes Holstein! Vier Tonnen totes Fleisch!«

Er legte all seine Wut in die Bewegung, mit der er den festgefressenen Axtstiel zu lockern versuchte. »Verdammter Bockmist, dieses Scheißding, warum krieg ich das nich raus?!«

»Laß mich mal!« sagte Gabler leise. Er langte geistesabwesend nach der Axt, aber sein Vater wischte seine Hand wütend beiseite.

»Quatsch! Das kann ich noch allein. Oder denkst du, dein Vater ist reif für's Seniorenheim?«

Seniorenheim. Er spie das neue, unhandliche Wort aus wie einen faulen Zahn.

»Und ich weiß auch, wem ich die Sauerei mit meinen Kühen zu verdanken habe – nicht nur Jablonski! Dem janzen Dorf mit seiner beschissenen Jeldgier. Haben! Haben! Haben! Die werden doch hier alle langsam verrückt … Das janze Nest guckt jeden Tag Glücksrad! Und jestern haben sie dann alle vor dem Hof jestanden und jeglotzt, wie der Abdecker die Tiere jeholt hat, wie Autowracks, mit 'nem Kran.«

Gabler starrte auf die schmutzigen Milchkannen vor der Stalltür. Mit einem Mal erschien ihm der Hof wie entzaubert, all seiner Romantik entkleidet, so daß nichts blieb als der nüchterne Anblick eines Gehöftes, dessen spartanische Ordnung nicht über einen gewissen Mangel an Wohlstand hinwegtäuschte.

Er spürte Annes Hand auf seiner Schulter. Als er ihrem Blick folgte, sah er die Schweißperlen, die über die hochrote Stirn des alten Mannes rollten. Hermann Gabler warf das nasse Haar, das ihm in die Augen fiel und ihm die Sicht nahm, mit einer wilden Kopfbewegung zurück. Seine Fingerkuppen waren weiß, die Adern auf seinen Handrücken geschwollen, als er beide Hände um den Axtstiel legte und ein weiteres Mal daran zerrte.

»Himmel, Herrgott, Sakrament!«

Gabler atmete auf. Endlich hielt sein Vater das Werkzeug in der Hand.

Hermann Gabler lächelte böse. »Na, endlich! Ich dachte schon, ich kriege das Ding nie raus. Und hör mal...« – ein hinterlistiges Funkeln erschien in seinen Augen – »...wenn sich dieser Jablonski noch mal auf meinen Hof wagt, ramme ich ihm diesen Axtstiel in den Arsch!«

Er schüttelte die Axt triumphierend – wie ein Feldzeichen, das er einem hartnäckigen Gegner abgetrotzt hatte. Sein Mund verzerrte sich zur Karikatur eines Lachens. Es erstarb in einem trockenen Rasseln.

Hermann Gabler ging in die Knie.

»Was is denn nun ...« flüsterte er verwundert.

Dann kippte er vornüber in den märkischen Sand.

8

Der Krankenwagen mit seinem Vater fuhr an und glitt die frisch asphaltierte Dorfstraße hinauf. Er fuhr schnell, ohne den Schlaglöchern ausweichen zu müssen, von denen es noch vor kurzem einige Dutzend gegeben hatte. Die Leute waren vor ihre Häuser getreten. Alte Männer in fleckigen Pullovern und ihre Frauen in den unvermeidlichen bunten Kittelschürzen.

Gabler schloß die Augen und preßte sich die Fäuste auf die schmerzenden Schläfen, die Sirene des Krankenwagens drang wie eine Kralle durch seine Lider und wühlte in dem herum, was sie dahinter fand. Seine Mutter begann wieder zu weinen. Anne begleitete sie ins Haus. Als sie über den Hof gingen, fiel ihr Blick auf die Axt, die neben dem Hauklotz lag. Sie machte den Eindruck eines überflüssigen Gegenstandes, den nie wieder jemand benutzen würde.

»Du hättest ihn sehen sollen«, sagte Dorfpolizist Kubisch zu Gabler.

Sie standen auf der Straße. Eben war das Blaulicht des Krankenwagens hinter der Kirche verschwunden.

»Er ist mit seinem Jagdgewehr durch das Dorf gerannt und hat damit gedroht, Jablonski über den Haufen zu schießen! Das kann ihn den Waffenschein kosten. Ich meine, wenn es jemand meldet ...«

Gabler nickte geistesabwesend. Er hatte noch immer nicht verstanden, was gerade geschehen war. Und am Tag zuvor. Sieben tote Rinder, an Rattengift verreckt.

Sieben auf einen Streich!

Kubisch nahm die Mütze ab. Sein Haar war feucht und verklebt. »Auf der Wiese hinter seinem Hof sah es aus wie auf einem Schlachtfeld«, erklärte er.

»Natürlich«, sagte Gabler. Er hatte seine Stimme nicht unter Kontrolle. Sie zitterte. »Wo hat dieser Jablonski sein Büro?« fragte er Kubisch.

»Irgendwo in Potsdam. Wenn du willst, kann ich dir seine Karte geben. Manchmal kommt er aber auch übers Wochenende hier raus. Zum Angeln. Er hat einen von diesen neuen Bungalows an den Teichen.«

Gabler wartete, bis er wieder das Gefühl hatte, wie ein Polizist sprechen zu können und nicht wie ein kleiner Junge, der gerade den Schwarzen Mann gesehen hat.

»War Butler Jablonski auch bei dir?« fragte er Kubisch.

»Klar!« sagte Kubisch. »Der war bei fast jedem, der 'n bißchen Land hat, das er nicht braucht.«

»Und? Hast du verkauft?«

»Ein paar Hektar hinter dem alten Schäferhaus«, gestand Kubisch. »Da haben die Russen immer ihren Müll raufgeschmissen. Was willst du damit schon anfangen?«

9

Horstmüller ging früh zu Bett, stand um zwei Uhr morgens auf und fuhr nach Moabit. Während der Fahrt begann es zu regnen, und als er über die Beusselbrücke kam, lagen die Lichter des Westhafens hinter einem dichten, diesigen Schleier, der vom Wind hin- und hergeworfen wurde wie ein schlaffes Segel. Im Turm des Verwaltungsgebäudes waren die Fenster hell erleuchtet: In den Büros der Hafen- und Lagerhaus-Gesellschaft herrschte bereits Hochbetrieb genauso wie in den Niederlassungen der Speditionen. Riesige Berge von Bauschutt warteten auf ihren Abtransport auf brandenburgische Deponien. Ein grauer Tankzug kroch die Gleise vom Güterbahnhof entlang. Unzählige Brummis, beladen bis unter das Dach, wälzten sich vom Stadtring her auf den Großmarkt zu, der die Stadt mit Fleisch, Fisch, Obst und Gemüse versorgte.

Horstmüller kam früh genug, um zu sehen, wie sich die Türen der Zeitarbeitsvermittlung des Arbeitsamtes öffneten und die Tagelöhner schluckten, die auf einen Job warteten – für einen halben Tag oder einen ganzen, die Stunde zu zehn Mark. Ein Obdachloser kam triefend und zitternd aus dem Gebüsch gekrochen. Er fluchte, weil sein Schlafsack naß geworden war. Dann verschwand er wie die anderen in der Baracke.

Es war erst vier, aber der Großmarkt brummte schon. Der Pförtner winkte die Einzelhändler durch, die mit ihren Kleinbussen Schlange standen, und kommandierte dabei herum wie der selige Marschall Blücher. Als einem Türken ausgerechnet in der Einfahrt der Motor absoff, kam er wie ein Kettenhund aus seiner Pförtnerloge geschossen. Zunächst baute er sich vor dem unglücklichen Fahrer auf, um ihn zu beschimpfen. Dann nahm er unter den Besatzungen der nachfolgenden Busse eine Zwangsrekrutierung vor. Murrend kletterten die Leute hinaus in den Regen.

»He, Sie da!« blaffte er auch Horstmüller an. »Stehen Sie hier nich so rum! Wir müssen die Türkei anschieben.«

Horstmüller war Preuße genug, um sich einem energisch vorgetragenen Befehl nicht zu widersetzen. Zu fünft brachten sie den dreirädrigen Karren in Schwung. Der Mann im Fahrerhaus hupte dankbar, und sein Gefährt verschwand im Dschungel der Marktstraßen und der Parkplätze, auf denen der Wind den Regen gegen die Planen der Lastwagen warf.

Der Kommissar orientierte sich, marschierte eiligen Schrittes durch die Pfützen und betrat den Fruchthof. Kaltes Neonlicht lag auf den langgestreckten Wällen aus Obst- und Gemüsekisten, die einander in zwei unregelmäßigen Fronten gegenüberstanden: hochgetürmtes Schanzwerk, labile Bastionen aus dünnem Holz. Dazwischen die schmalen Gänge, in denen die Gabelstapler umherrollten – Belagerungsmaschinen, die auf einen Befehl zum Angriff zu warten schienen.

Horstmüller staunte wie ein kleines Kind. Die Illusion einer befestigten, mittelalterlichen Stadt war perfekt. Zu Füßen der Kistenwälle herrschte babylonisches Sprachgewirr. Deutsche und polnische Händler versuchten einander auszustechen wie Krämer auf einem mittelalterlichen Marktflecken, und Türken, Griechen und Holländer standen ihnen darin in nichts nach. Die Kunden, vom Spitzenkoch aus dem Drei-Sterne-Restaurant in der City bis zum kleinen Gemüsehändler aus Kreuzberg, zogen scharenweise durch den schmalen Burggraben zwischen den Warenstapeln. Der Geruch von feuchtem Obst lag in der Luft, versetzt mit den Ausdünstungen der Motoren der Lieferfahrzeuge. Es war kalt, laut und ungemütlich. Horstmüller lächelte. Er mochte diesen Ort.

Die FRUITEX ITALIA hatte ihren Stand gegenüber einer gut frequentierten Imbißbude. Horstmüller ließ sich einen Kaffee geben und schlürfte ihn, während er einem deutsch-türkischen Händler-Duo lauschte, das sich über die Leistungsprofile von Hertha und Turkyemspor hoffnungslos zerstritt. Einig war man sich in der Ansicht, daß ein gewisser Mustafa Demir mit seinen Dumpingpreisen den gesamten EG-Obstmarkt ruinierte.

»Ick sage dir, der hat se nich mehr alle!« entrüstete sich der Landsmann des Geschmähten in lupenreinem Berlinisch. »Allah hat det Verkaufen erlaubt, aber den Wucher verwehrt«, zitierte er den Koran, »2. Sure, Vers 276.« Und er setzte hinzu: »Jegen Schleuderpreise hat Allah bestimmt och wat, aber dazu hat er sich dem Propheten leider nicht offenbart, weder zu Mekka, noch in Medina, noch anderswo.«

Horstmüller lächelte und bestellte neuen Kaffee.

Die Geschäfte der FRUITEX ITALIA liefen gut. Weintrauben, Orangen und Artischocken gingen weg wie warme Semmeln. Zwischen vier und sechs Uhr zählte Horstmüller allein zwölf Italiener, die sich bei ihren Landsleuten mit frischem Obst, Gemüse und Südfrüchten eindeckten. *Buy Italian!* schien ihr Tagesbefehl zu lauten. Vom wirtschaftlichen Standpunkt aus gesehen, trug ihnen die Treue zu den heimatlichen Produkten nichts ein. FRUITEX gewährte ihnen einen fünfzigprozentigen Preisaufschlag, für jeden Salatkopf und jede Olive. Ein fragwürdiges Privileg.

Horstmüller brachte das heraus, indem er sich in der Nähe des Standes herumdrückte, bis er sich die ersten mißtrauischen Blicke einfing. Mit seinen Beobachtungen zufrieden trat er den Rückzug zur Imbißbude an, wo er zwei Brötchen mit frischem Gehackten orderte.

Gegen sechs ließ der Andrang der Einkäufer allmählich nach. Die Kolonnen der Gabelstapler schleppten vollgetürmte Paletten mit Abfällen aus der Halle, emsig wie Ameisen. Rings um Horstmüller sammelten sich die ersten der über dreihundert Händler – diejenigen, die ihre Waren bereits an den Mann gebracht hatten. Der Kaffee floß in Strömen.

Viertel nach sechs erhielt die FRUITEX-Dependance Besuch von einem nußknackergesichtigen, zerbrechlich wirkenden Greis. Der alte Mann trug eine getönte Brille. Vielleicht vertrug er das grelle Neonlicht nicht.

Vielleicht, dachte Horstmüller, ist er aber auch blind wie Bruder Jorge von Burgos in »Der Name der Rose«, und die Gläser verbergen seine weißen, toten Augen.

Ihn überfiel ein leichtes Frösteln. Dem Wirbel nach zu urteilen, den die Ankunft des alten Mannes auslöste, war er entweder ein Legat des Papstes oder der Capofamiglia[7] persönlich. Wenn ein roter Teppich vorrätig gewesen wäre, hätte man ihn vermutlich für ihn ausgelegt.

Der Nußknacker wurde von zwei Assistenten begleitet. Einer der beiden war ein feingliedriger, stiller Mensch, der gut in den Lesesaal einer Bibliothek gepaßt hätte. Ab und an strich er das schwarze, feucht glänzende Haar über seinen Schläfen kokett zurück. In der lauten, nach Diesel stinkenden Halle wirkte er fehl am

7 der Repräsentant einer »Familie«, der untersten Struktureinheit der Cosa Nostra.

Platz. Sein Partner hingegen sah aus wie ein Rausschmeißer, der es nach Jahren auf der Türschwelle eines Bumslokals endlich zu einer guten Stellung gebracht hatte. Er hatte ein Gesicht, das so kantig wirkte, als wäre es aus einer Kuchenform gefallen. Die Burschen paßten zueinander wie zwei linke Latschen, aber die Anwesenheit des alten Mannes ließ ihre Zwillings-Existenz natürlich erscheinen. Vermutlich arbeitete der eine als Sekretär, der andere als Bodyguard des Nußknackers.

Der Greis begutachtete sorgfältig die zum Verkauf stehenden Waren, stellte ein paar Fragen und wandte sich dann zum Gehen. Er wurde aufgehalten. Eine kleine Delegation von Landsleuten baute sich vor ihm auf. Zwei der Bittsteller trugen uniforme Kittel, ihr Wortführer war ein dunkelhäutiger Lockenkopf in Zivil, der jedem seiner Sätze eine Drohgebärde mit dem Gipsarm folgen ließ. Ganz offenkundig war der Mann verärgert. Der Nußknacker hörte ihn huldvoll an und schüttelte dann ungehalten sein greises Haupt.

Horstmüller schlürfte beeindruckt seine fünfte Tasse Kaffee. Er verstand kein Wort von dem Palaver, das da gut zwanzig Meter entfernt von ihm stattfand, aber soviel schien klar: er war Zeuge eines Aktes patriarchalischer Rechtsprechung. Hier wurde eine Autorität konsultiert, deren Führungsanspruch ebensowenig zur Debatte stand wie der Jakobs oder Abrahams zu biblischen Zeiten. Es war unglaublich. Da stand dieser fragile, dünnknochige Rentner, umgeben von Leibgarde, Beratern und Vasallen, und hielt unter dem grellen Neon-Himmel des Großmarktes Gericht wie ein mittelalterlicher Lehnsherr.

Der Sekretär des Nußknackers erklärte die Audienz für beendet. Der Greis schaltete in den zweiten Gang und zockelte die lange Gerade der Marktstraße entlang, gefolgt von seinem Hofstaat. Sein Gesicht wirkte starr und bleich in dem kalten Licht. Horstmüller entschloß sich, ihn ziehen zu lassen. Der Mann würde leicht aufzuspüren sein. Dank Africo C. Novacco kannte er seinen Namen und seine Telefonnummer. Sie begann mit den Ziffern »3« und »4« …

Sein Interesse galt momentan dem Lockenkopf mit dem Gipsarm, der seine Handlanger fast die kompletten Restbestände des FRUITEX-Lagers aufladen ließ. Ein Handschlag besiegelte den Handel, und ein Gabelstapler schnurrte mit einer Palette um fünfzig Prozent überteuerter Südfrüchte in Richtung Laderampe.

Der Lockenkopf hatte einige Schwierigkeiten, sich mit seinem bandagierten Arm durch den Publikumsverkehr zu fädeln. Horstmüller war das recht, es erleichterte ihm die Verfolgung. Es würde interessant sein, zu erfahren, worüber der Mann bei dem nußknackergesichtigen Alten Beschwerde geführt hatte.

Der Italiener verließ den Fruchthof, zog die Schultern hoch, um sich gegen den Regen zu schützen, und trippelte über den Hof, leichtfüßig wie ein Jungmanager vor seiner ersten Bypass-Operation. Sein Ziel war der Fleischgroßmarkt.

Verfolgter und Verfolger tauchten ein in einen weiteren neonlichtgleißenden Verkaufstempel.

Horstmüller orientierte sich. Wo war er hingeraten? In ein Golgatha hingemetzelter Schweine und Rinder? Oder in einen Basar, von verführerischen Düften geschwängert, üppig wie ein holländisches Stilleben?

Es war eine Frage des Geschmacks. Die Massen rosigen Fleisches, edel gemasert und frei vom abstoßenden Geruch der Todesangst, konnten einen Küchenchef zur Ekstase bringen und einen Vegetarier zum Kotzen. Horstmüller war da vorbelastet. Ihn erinnerte die ganze Szenerie an die Küche des IL CORSARO und den geschlachteten Mann auf dem Buchenholz.

Der Lockenkopf machte vor einem Stand halt und begann zu feilschen. Horstmüller verstand kein Wort, aber der Fleischhändler schien den Italiener zu kennen – Vertraulichkeit schwang mit in der spielerischen Auseinandersetzung um Qualität, Menge und Preis. Der Gipsarm fuhr temperamentvoll auf und ab.

Ziemlich rasch war der Handel perfekt. Der Lockenkopf drehte sich um, ein Lächeln auf den Lippen, das Lächeln eines Mannes, der ein gutes Geschäft gemacht hatte.

Dann baumelte plötzlich eine ovale Messingmarke vor seinen Augen.

Horstmüller machte sein nettestes Gesicht – er wollte den Mann nicht verschrecken. Anscheinend war es nicht nett genug, denn der Lockenkopf fuhr blitzschnell herum, rammte Horstmüller – versehentlich oder nicht – den Gipsarm in die Magengrube und floh. Er legte dabei ein Tempo vor, das Ben Johnson zu einer Schildkröte degradierte.

Horstmüller pumpte Blut in seine Adern wie ein Maikäfer vor dem Jungfernflug, trat an und machte sich an die Verfolgung.

In seinen Schläfen hämmerte es. Wenn ein deutscher Polizist die Szene betritt, hat sich eine deutlich sichtbare Gasse zu bilden! Davon hatte hier anscheinend noch nie jemand was gehört! Alle Nase lang stellte sich ihm etwas in den Weg — Publikum, Gabelstapler, Fleischträger in fettigen Kitteln. Der behende Lockenkopf tauchte unter einer Schweinehälfte hindurch, die auf Horstmüllers Sakko einen Fleck hinterließ, der glänzte wie frischer Rotz. Er schlitterte ein Stück über den gefliesten Fußboden, kam zum Stehen und orientierte sich. Keine Spur mehr von dem Gejagten.

Doch, da war er! Horstmüller trat wieder an, schniefend, mit pfeifender Lunge, aber er gab sein Bestes.

Er rannte in sein Unglück. Eine auf- und zuschwingende Tür, eine Rohrhängebahn, die Laderampe, glatt und glitschig, frisch gebohnert mit Tierfett, schaukelnde Rinderhälften in einem Kühlwagen. Schließlich: das Ende der Rampe, über das er mit rudernden Armen hinausschoß. Die Flugphase dauerte nicht lang genug für einen letzten, klaren Gedanken. Sein Kopf schlug gegen einen Kistenstapel, der sich sofort bedrohlich neigte, ins Wanken geriet und ... haltlos in sich zusammenstürzte.

Horstmüller sah die Fleischkiste auf sich zutrudeln. Die Kollision fand statt, und in seinem Schädel begann eine Gruppe zivilisationsmüder Yuppies mit einem Trommelworkshop ...

Alles, was nun folgte, geschah wie in einem Traum. Wie in einem Alptraum. Ein paar starke Arme schoben sich unter ihn. Südländische Wortfetzen. Eine schaukelnde Bewegung, als würde er irgendwohin getragen.

Wo würde er landen?

In einer Reifehalle, unter Bananenstauden, die Vogelspinnen und Taranteln ausbrüteten? Unter einem Fleischmesser, verarbeitet nach der strengen EG-Frischfleisch-Richtlinie 0/8/15?

Irgend jemand gab ein Kommando, und das Schaukeln ging in ein Gleiten über, eine sanfte, fast erschütterungsfreie Reise begann. Lag er auf irgendeinem Fließband in der Tierkörperbeseitigung? Da war etwas, das klang wie Maschinengeräusche. Würde man ihn nun unter Knorpel und gelbliche Fleischbrocken unterpflügen und dann zu einem Fettkuchen pressen? Oder ihn als grobe Verunreinigung im Trubabscheider aussieben?

Es kam alles ganz anders. Horstmüller verspürte einen sanften, schmatzenden Aufprall. Als hätte man ihn auf ein Wasserbett geworfen. Benommen und haltsuchend griff er um sich. Kein fester Punkt. Stattdessen Nebel. Küstennebel. Horstmüller ließ sich zurücksinken und begann zu träumen. Er träumte, er sei mit einem Fischkutter auf großer Fahrt.

10

»Das wäre aber nicht nötig gewesen!«

Streifenführer Lusebrink streichelte mit seinen dicken Fingern zärtlich die weiße Stoffserviette über dem Bastkorb. Sein Kehlkopf glitt glucksend auf und ab, in seiner Mundhöhle strömte der Speichel zusammen wie die Wasser an der Mündung des Amazonas.

Fleischhändler Sambraus klopfte dem Polizeiobermeister freundschaftlich auf die Schulter. Er mußte sich dazu nicht sonderlich strecken, denn er hatte fast die gleiche Größe wie der bullige Zwei-Zenter-Schutzmann. Jetzt lächelte Lusebrink und präsentierte dabei die hocherotische Lücke zwischen seinen Schneidezähnen.

»Nur eine kleine Aufmerksamkeit!« versicherte der Großhändler dem Polizisten und fuhr sich mit dem Handrücken über seinen Kaiser-Wilhelm-Bart. Es war eine Geste, die Nervosität verriet. Zehn Meter hinter Lusebrink entluden Sambraus' Kulis gerade einen Gefrierfleisch-Transport, der zwei Wochen in der Äquatorsonne gestanden haben mußte – mit abgeschaltetem Kühlaggregat. Tauwasser zeichnete den Weg der Träger. Unter den Schweinehälften hatte sich eine knöchelhohe Lache gesammelt, in der Spaltpilze und Schizomyzeten umherplanschten wie eine außer Kontrolle geratene Schulklasse. Wenn man ganz still gewesen wäre, hätte man die Salmonellen juchzen hören. Aber dazu ließ es Sambraus nicht kommen.

»Ein Dankeschön für Ihre Wachsamkeit«, schwadronierte er weiter. »Wir fühlen uns sehr sicher, wenn Sie in der Nähe sind!«

Das war ein nettes Statement, das die Pressestelle des Polizeipräsidiums sicher gerne kolportiert hätte. Lusebrink errötete wie eine Ziertomate. Für Komplimente war der altgediente Streifencop immer noch empfänglich. Das letzte hatte er vor vier Jahren von seiner Frau gehört, als er sie mit einem Nerz überraschte, den Ermittlungsbeamte versehentlich am Tatort vergessen hatten.

Lusebrink suchte nach einer großen Geste des Dankes. Er ging in Gedanken die letzte Rede des Bundespräsidenten durch, um eine kleine verbale Anleihe zu nehmen.

»Naja. Man tut, was man kann!« erklärte er schließlich treuherzig. Die bündige Formel war seinen rhetorischen Fähigkeiten angemessen.

Sambraus überreichte dem Beamten als Draufgabe eine Flasche Korn. »Das fällt doch auch nicht unter Bestechung, oder?«

Er musterte sein Gegenüber — die glatte, von kleinen Schweißperlchen überzogene Stirn, die ehrlichen Augen, über denen sich zwei pelzige Brauen sinnend in die Höhe schoben. So sah Lusebrink aus, wenn er nachdachte. Und jetzt war er wirklich schwer am Grübeln. Was faselte denn der Sambraus da von Bestechung? Und wieso legte er in seine Frage diesen hinterfotzigen Unterton?

Sambraus verabschiedete sich ohne Gewissensbisse. Schließlich konnte er nichts dafür, wenn auf einem seiner Brummis das Kühlaggregat ausfiel. Und den Präsentkorb für den Bullen, der gerade ein Gesicht zog, als müsse er eine Lösung für alle Menschheitsprobleme finden, hakte er unter dem Stichwort Landschaftspflege ab.

Das Denken fiel Lusebrink tatsächlich schwer, denn trotz der Serviette kitzelte ihm der Duft frischer Würste die Nüstern. Seine Gedanken begannen, sich mit der herannahenden Brotzeit zu beschäftigen, und schon hatte er das häßliche Wort Bestechung vergessen. Er blinzelte zum Bulli hinüber. Die Neonlampen enthüllten erbarmungslos alle Vorgänge auf der Fahrerbank.

Wachtmeister Günther Bortz, Lusebrinks Kompagnon, hatte den Kopf auf das Lenkrad gebettet und träumte mit offenen Lidern dem Schichtwechsel entgegen. Seine Augen schimmerten friedvoll wie die eines Kalbes, das ein treusorgender Landwirt mit *STRESNIL* gedopt hatte.

Lusebrink riß die Beifahrertür auf. »Komm, pack mal mit an!«

Der Freßkorb hatte erhebliche Ausmaße, und Lusebrink plante keineswegs, sich einen Bruch zu heben.

Bortz pellte sich vom Beifahrersitz. Indiskret wischte er die Serviette beiseite. Seine Augen nahmen einen feuchten Glanz an. Dann erschien etwas Trotziges in seinen Zügen.

»Diesmal krieg ich aber nich nur die Blutwurst!«

Lusebrink stemmte die Arme in die Hüften. Er brauste ein bißchen auf. »Willst du damit sagen, wir würden nicht immer brüderlich teilen?«

»Laß es uns mal mit fifty-fifty versuchen«, erwiderte Bortz aufmüpfig.

Lusebrink schüttelte traurig den Kopf. In den letzten Wochen mehrten sich die Anzeichen dafür, daß der Ossi den Aufstand probte. Da lief etwas aus dem Ruder! Dabei hatte alles so gut angefangen – in den Oktobertagen des Jahres '90, als mit den beiden Hälften Berlins auch die Polizeitruppen zusammengelötet worden waren und der Spandauer Cop seinen Marschbefehl an die Ostfront erhielt. Zur gleichen Zeit tauschte Bortz den Platz des Versorgungshiwis in einer Marzahner Polizeikaserne mit dem Pilotensitz auf einem grün-weißen Lada. Zusammen durchstreiften sie fortan das feindliche Terrain, dessen Grenzen durch den Tierpark Friedrichsfelde und die Russenkaserne in Karlshorst markiert waren.

»Wir beide zusammen in einem Team – das ist ein klarer Fall von Elitenbildung!« hatte Lusebrink seinem neuen Partner damals erklärt. Selbstredend übernahm Lusebrink das Kommando über das kleine, aber auserlesene Team. Und alles lief wie geschmiert – bis zu jenem grauen Februartag, da Lusebrink einen renitenten Fahrradfahrer mit der Taschenlampe verprügelte, weil er ihnen die Vorfahrt genommen hatte. Leider gab es für diesen Vorfall Zeugen. Zeugen, die bereit waren, vor Gericht auszusagen. Strafverschärfend kam hinzu, daß es sich bei dem Geschädigten um den Sohn des Lichtenberger Bezirksbürgermeisters handelte. Das Ganze hatte ein Disziplinarverfahren und Lusebrinks umgehende Versetzung in den Polizeiabschnitt 33 zur Folge. Bortz ließ ihn nicht im Stich und beantragte seinerseits die Versetzung, was ihm Lusebrink hoch anrechnete. Dem Antrag wurde stattgegeben.

Bislang haben wir uns eigentlich immer gut verstanden, bilanzierte Lusebrink.

Leider gehörten die Putschversuche des Ostberliner Wachtmeisters inzwischen zur Tagesordnung. Das war heute nicht das erste Mal, daß er Widerworte gab! Vielleicht war er inzwischen sogar schon Mitglied der PDS! Sollte das der Fall sein, würde er eigens für Bortz den Radikalenerlaß neu auflegen.

Die Stirn des Obermeisters umwölkte sich.

Bortz entging das nicht, und er erbleichte. Im Zorn konnte Lusebrink furchtbar sein!

Wieder einmal wich er einer Konfrontation aus und schuf stattdessen auf den hinteren Sitzbänken hastig Platz für den Präsentkorb. Die Wurstwaren landeten zwischen einer Kiste mallorquinischer Orangen und einer halben Staude Bananen. Den Korn verstaute Bortz dort, wo er hingehörte – im Erste-Hilfe-Kasten.

Im Grunde, sagte er sich, hat sich die Versetzung bezahlt gemacht. Wir haben uns eingearbeitet, der Job hier läuft wie geschmiert!

Ladendiebstähle in der Turmstraße, Kneipenschlägereien, rivalisierende Jugendgangs im Freibad – damit konnte man klarkommen. Und der Großmarkt erwies sich als ergiebige Einnahmequelle. Warum sollte er all das in Gefahr bringen, indem er seinem Partner den Krieg erklärte?

Lusebrink nahm die devote Geschäftigkeit seines Untergebenen zufrieden zur Kenntnis. Allmählich hellte sich seine Miene wieder auf. Am Ende wuchtete er Bortz huldvoll die Pranke auf die Schulter.

»Jetzt haben wir uns aber ein gutes Frühstück verdient!«

Er stemmte seine zwei Zentner auf den Beifahrersitz. Sofort lag der Bulli zehn Zentimeter tiefer. Bortz startete den Motor und legte den ersten Gang ein. Plötzlich drückte sich das hochrote Gesicht eines Händlers gegen die Fensterscheibe.

»Das ist einer vom Fischgroßhandel!« behauptete Bortz.

»Wie kommst 'n darauf?«

»Guck dir doch mal die Schürze an. Lauter Fischschuppen drauf!«

»Sag ihm, er soll sich trollen!« knurrte Lusebrink. »Für heute haben wir genug.«

Bortz leierte die Scheibe herunter. »Wir brauchen heute keinen Fisch!«

Der Mann prallte überrascht zurück. »Ich will Ihnen doch nichts verkaufen, meine Herren! Hinter unserem Lager liegt eine Leiche.«

Lusebrink schickte ein Stoßgebet gen Himmel. »Bitte! Jetzt bloß keinen Ärger! Die Schicht hat gerade erst angefangen!«

Bortz würgte den Motor ab; Lusebrink seufzte. »Na gut. Vielleicht nehmen wir bei der Gelegenheit ein bißchen Lachs mit!«

Die beiden Polizisten trotteten dem Händler hinterher, der ihnen aufgelöst seinen grauenhaften Fund präsentierte: Der Mann lag auf dem Bauch, hatte alle Viere von sich gestreckt und stank, als hätte man eine Tonne Fischkadaver über ihm entleert. Und man *hatte* eine Tonne Fischkadaver über ihm entleert!

»Dreh ihn mal um!« kommandierte Lusebrink.

Bortz tat, wie ihm geheißen. Danach musterte er angewidert die Fischschuppen auf seinen Schuhspitzen.

»Ziemlich dummes Gesicht!« kommentierte Lusebrink die schlaffen Gesichtszüge des Mannes.

»Ist er wirklich tot?« erkundigte sich Bortz teilnahmsvoll.

»Quatsch!«

»Woher weißt du das?«

»Weil er atmet, du Dödel! Der is bestimmt bloß besoffen. Typische Hülle!«

»Hülle« war die nicht ganz amtsdeutsche Bezeichnung für eine hilflose Person.

Der Großhändler schien Lusebrinks Kompetenz in Frage stellen zu wollen, denn er beugte sich über den Bewußtlosen. »Der ist nicht besoffen. Der hat eine Kopfverletzung!«

Bortz und Lusebrink warfen sich entnervte Blicke zu.

»Tja!« meinte Bortz schließlich. »Dann müssen wir ihn wohl mitnehmen.«

Lusebrink sah das anders. »Wenn wir den in den Wagen laden, können wir die Wurst vergessen.«

Bortz legte seine Stirn in Falten. »Meinst du, der frißt die unterwegs? So wie der aussieht?«

»Quatsch! Aber die nimmt doch den Fischgestank an!«

Das leuchtete Bortz ein. »Naja. Aber wir können ihn hier nich liegenlassen!«

»Habe ich ja nicht gesagt! Wir rufen 'nen Krankenwagen!«

Bortz hielt das für eine gute Idee. »Sehen wir mal nach, ob der Mann Papiere bei sich hat«, schlug er vor. »Hier ist schon mal die Brieftasche.«

Lusebrinks röntgte ihren Inhalt und entdeckte drei blaue Scheine. »Bestimmt geklaut!«

Er konfiszierte einen Hunni und widmete sich dann dem Führerschein und einem Ausweis, der ihm bekannt vorkam.

Im gleichen Augenblick entdeckte Bortz die ovale Marke mit dem Berliner Bären und der Aufschrift KRIMINALPOLIZEI. »Ein Kollege!«

Lusebrink nickte und stierte auf den Polizeiausweis. »Markus Horstmüller. Hauptkommissar!«

Die beiden legten eine Schweigeminute für ihren gefallenen Kameraden ein.

Dann rang sich Lusebrink zu einem Entschluß durch: »Ich glaube, wir wecken ihn besser auf! Vielleicht spritzen wir ihn mit einem Schlauch ab? Das könnte der sowieso gebrauchen.«

Horstmüller vereitelte diese Maßnahme, indem er zu sich kam. Er sah die Gesichter der beiden Cops über sich. »Jungs«, stöhnte er, »wie gut, daß ihr da seid!«

Lusebrink und Bortz geleiteten ihn, jeden körperlichen Kontakt vermeidend, zu ihrem Bulli. Dort geschah es. Horstmüller taumelte, griff hilfsuchend um sich und ließ sich, da ihm niemand zur Hilfe kam, schwer gegen die Außenfront des Wagens fallen.

»Mein Gott, ist mir schlecht!«

Er wartete, bis er wieder einen klaren Kopf hatte und kroch dann auf die Rückbank, die von Bortz fürsorglich mit Zeitungspapier ausgelegt worden war. Lusebrink blickte angeekelt auf die schleimig glänzende Substanz, die Horstmüller auf der Außenfront des Bullis hinterlassen hatte. Es sah aus, als sei ein glibbriges extraterrestrisches Monster über das Fahrzeug gekrochen, ätzenden, sämigen Schleim absondernd, der sich unzweifelhaft wie Salzsäure durch den Lack fressen würde.

ALIEN IV! dachte Lusebrink. Vielleicht steckt so ein Baby-Ungeheuer schon in den Eingeweiden des Kommissars. Während der Fahrt wird es sich durch seine Bauchdecke bohren und uns hinterrücks überfallen!

Auch Bortz betrachtete ausgiebig den Fleck auf der Bordwand des Bullis.

»Äääähhks!« machte er.

Horstmüller verlor wieder das Bewußtsein.

11

Gabler verbrachte einen Teil der Nacht auf der Wartebank vor der Intensivstation des Kreiskrankenhauses. Nachdem ihm ein junger Arzt eindringlich versichert hatte, daß sein Vater eine Chance hätte, machte er sich auf den Heimweg. Die Autobahn war gespenstisch leer. Nur die schlafwandelnden Brummifahrer zogen ihre Slalomspur über den Beton, taumelnd wie Dorfsüffel Wilhelm Winter auf seinem alten MIFA-Rad mit Anhänger.

Um drei Uhr morgens saß er mit Anne in seiner Küche, die Hände um den dampfenden Kaffeepott geschlossen.

»Mein Vater hat seit Jahren Diabetes«, begann er. Er fuhr sich mit der Zunge über die Zähne. Sie fühlten sich pelzig an, und auch der Kaffee spülte den bitteren Geschmack in seinem Mund nicht fort.

»Was wir heute früh erlebt haben, war ein Zuckerschock. In seinem Herzmuskel ist eine Faser gerissen. Vater hatte noch Glück, sagt der Arzt – es ist ein Längsriß, und sowas kann verheilen. Sie haben seinen Zuckerspiegel wieder eingepegelt und den Kreislauf stabilisiert. Frühestens morgen können sie eine Prognose darüber abgeben, ob er durchkommen wird. Achtundvierzig Stunden nach dem Anfall.«

Er goß sich nach und schlürfte hastig.

Anne saß ihm in seinem Morgenmantel gegenüber, fröstelnd, die Arme um ihre nackten, hochgezogenen Beine gelegt.

»Nicht soviel Kaffee!« mahnte sie. »Du wirst nicht schlafen können.«

Sie sollte recht behalten.

Gabler kroch ins Bett, zog sich die Decke über den Kopf und sackte weg wie ein Boxer nach einem Kinntreffer. Aber schon nach ein paar Atemzügen hatte er sich in einem Labyrinth marternder Träume verlaufen.

Er schreckte schweißnaß auf und schlief nicht wieder ein. Den Rest der Nacht verbrachte er mit Patrouillengängen zwischen Küche und Wohnzimmer.

Kurz vor acht parkte er seinen Wagen vor der Direktion Verbrechensbekämpfung in der Keithstraße. Das Dienstzimmer war leer, noch keine Spur von Horstmüller. Gabler überflog die letzte Seite der Zeitung – die Katastrophenseite. Die Müdigkeit ließ seine Augen brennen, er fühlte sich wie ein hundertjähriger tibetanischer Greis, der frei von aller Begierde nur noch darauf wartet, mit dem Schöpfer eins zu werden.

Kurz nach acht ging die Tür auf. Horstmüller kam, und mit ihm drängte sich eine Wolke von Fischgestank ins Büro. Gabler stürzte zum Fenster.

Der Wessi war übel gelaunt.

»Glotz nicht so, ich hatte einen kleinen Unfall.«

Das war offensichtlich. Gabler nickte und ließ seinen Blick entgeistert über Horstmüllers Anzug wandern, der mit blitzenden Fischschuppen geschmückt war. Er funkelte wie der Smoking eines Conférenciers.

»Wie ... ich meine, wie konnte denn das passieren?«

»Ich hab versucht, 'nen Mafiamord zu klären.«

»Ach ja? Wer hätte das gedacht ...«

»Was?«

»Daß der Polizist mit der größten Aufklärungsquote seit Oswalt Kolle mal als Fischkonserve endet.«

»Wenn du mir weiter ein Ohr abkaust, lege ich deine Eier in dänische Dillsoße ein!«

»Wenn das deine Frau hören würde!«

»Die macht sich gar nix aus sowas. Aber mein Hund. Der liebt Eier in dänischer Dillsoße. Im übrigen«, ergänzte Horstmüller, »der Mauerfall ist längst Geschichte. Der Artenschutz für Zonis ist aufgehoben. Also achte darauf, was das sagst!«

Gabler steckte auf. Er war nicht in Stimmung für einen Schlagabtausch. Außerdem hatte er Mitleid mit seinem Sozius. Der Mann sah wirklich erbärmlich aus.

»Wenn ich so nach Hause komme ...« Horstmüller vollendete den Satz nicht. Stattdessen hängte er sein Sakko über einen Fensterflügel, anscheinend in der Hoffnung, es würde dort ein wenig auslüften. Diese Überlegung erwies sich als naiv.

Gabler dachte nach. Er hatte einen kompletten Anzug im Schrank – für den Fall, daß ihm mal ein Autoknacker ein fettiges Montiereisen auf die Klamotten haute. Der Anzug war nagelneu, ein ziemlich teures Stück, aber Horstmüller sah danach aus, als käme ihm eine Kleiderspende gerade zupaß. Gabler erinnerte sich an eine Situation, die der jetzigen aufs Haar geglichen hatte, wenn auch mit umgekehrtem Vorzeichen. Vor gut zwei Jahren hatte Horstmüller seinem neuen Kollegen Gabler seinerseits mit einem Einreiher und einer Hose aus der Verlegenheit geholfen, nachdem der Kripo-Mann aus dem Osten in die Fänge einer Skin-Schutzstaffel geraten war.

Dem Mann *kann* und *muß* geholfen werden! entschied Gabler. »Obacht!«

Mit ausgebreiteten Armen stürzte ein Sakko auf Horstmüller zu. »Englische Wolle«, erklärte Gabler stolz. »Darin siehst sogar du nach was aus.«

Er boxte seinem Kompagnon kumpelhaft in den Bauch.

Horstmüller lächelte säuerlich. Dennoch empfand er in diesem Moment so etwas wie Sympathie für Gabler. Es war ein Augenblick verzeihlicher Schwäche. Seine Glieder schmerzten, und der Gestank, den seine Kleidung ausströmte, hüllte sein Hirn in giftige Nebel. Er fühlte sich wie ein Neugeborenes, das hinter einem Fischstand zur Welt gekommen war.

»Könnte passen«, murmelte er, nachdem er im Kragen nach der Größe geschaut hatte.

»Na, siehste!« sagte Gabler.

Horstmüller lächelte schüchtern. In Situationen wie dieser würde sich jedes menschliche Wesen nach Wärme und Zuwendung sehnen, nach ein paar tröstlichen Worten. Nach etwas Mitgefühl. Selbst wenn es von einem Zoni stammte.

»Naja, danke!« grummelte er.

»Nichts zu danken«, versicherte Gabler.

»Guck mal, ob einer auf'm Gang ist!«

Gabler steckte den Kopf durch die Tür. »Keiner zu sehen.«

»Bist du sicher?«

»Wenn ich's dir sage!«

Horstmüller verschwand aufs Klo. Er wusch sich notdürftig und wechselte die Klamotten. Als er seinen Ausweis und den Führerschein in die Innentasche des neuen Sakkos stopfte, warf er einen Blick in die Brieftasche.

Merkwürdig!

Er war sich sicher, daß ein Blauer fehlte!

12

Lusebrink legte einen Hundertmarkschein auf die Theke.

»Waschen, bitte!«

Der Rotschopf an der Kasse der Tankstelle legte sein Duty-Free-Schmink-Set beiseite und blickte den Obermeister spöttisch an. »Ist euch das Wasser ausgegangen?«

»Sondereinsatz!« brummte Lusebrink. Es sollte geheimnisvoll

klingen, aber er begann sich auf der Stelle zu ärgern, denn »Sondereinsatz« war nun wirklich eine schwachsinnige Erklärung.

Normalerweise wurde der Bulli durch die polizeieigene Waschanlage in der Kruppstraße gejagt. Das war momentan aber problematisch, denn auf dem Rücksitz des Wagens stapelten sich noch die Lebensmittel. Andererseits mußte die Kiste so schnell wie möglich entseucht werden. Nachdem sie Horstmüller in der Keithstraße abgesetzt hatten, waren sie zwanzig Minuten mit offenen Fenstern durch die City gebrettert. Der Fischgestank war geblieben. Und auch der sämige Belag auf der Außenfront, der nach und nach austrocknete und dabei immer mehr das Aussehen einer gigantischen Ejakulatspur annahm.

Es fiel Lusebrink schwer, sich das einzugestehen, aber sein Dienstfahrzeug sah aus, als hätte ein Brontosaurus dagegen gewichst.

»Da hilft nur eine Radikalkur!« hatte der Obermeister geschlußfolgert und die nächste Tankstelle mit Waschanlage angesteuert. Jetzt schnipste er Bortz lässig den Plastikchip zu. Die Botschaft war unmißverständlich – der Ossi hatte Waschtag.

»Weißt du, wie es geht?« erkundigte sich Lusebrink. Bei einem neuen Bundesbürger konnte man absolut nichts als selbstverständlich voraussetzen.

Bortz würdigte ihn keines Blickes und ging.

»Was für ein Sondereinsatz?« fragte die Dame hinter der Kasse. Offenbar langweilte sich die junge Frau.

Lusebrink lehnte sich mit seinem Ellbogen auf die Resopal-Theke. Sie antwortete mit einem Ächzen, aber sie hielt stand.

»Ich sage nur ein Wort – Drogen!«

Dabei setzte er eine Miene auf, bei der normalerweise die Alarmanlagen von allein losgingen. Mit dem Daumenballen strich er zärtlich über das Holster seiner Pistole.

»Wir nehmen sie heute hoch. Alle!«

Der Rotschopf verfiel in ehrfürchtiges Schweigen. So sahen sie also aus – die letzten Männer, die wirklich noch hart waren wie eine Trinkerleber.

Mit einem Lied auf den Lippen kehrte Bortz zurück. Er widmete sich dem Illustriertenstand. Seine wässrigen blauen Augen schimmerten erwartungsfroh. Nach einem sichernden Blick in alle Richtungen griff er sich einen »Playboy« und verfiel in routiniertes Blättern nach den ganzseitigen Fotos.

»Haben Sie denn keine Angst vor einer Schießerei?« interviewte die Rothaarige Lusebrink weiter.

»Ich war der beste Schütze auf der Polizeischule!« wußte Lusebrink zu berichten. Er schlug kokett die Augen nieder, schoß dabei aber einen Seitenblick auf Bortz ab, inständig hoffend, daß sein Partner hinreichend abgelenkt war. Das schien der Fall zu sein. Also präsentierte Lusebrink seine ungekürzte und unzensierte Version von »Lusebrink – allein gegen die Mafia«. Das blutige Epos kulminierte in der Schilderung eines zweistündigen Feuergefechtes, das sich der Polizeiobermeister mit dem Berliner Ableger eines Camorra-Clans geliefert haben wollte.

Seine Prosa, vorgetragen unter vollem Körpereinsatz, entlarvte Charles Bronson als Anfänger und Clint Eastwood als Stümper. Das Publikum, das sich an den Glasscheiben des Ladens die Nase plattdrückte, war hingerissen.

»Sie waren in der Überzahl«, schrie Lusebrink, während er hinter einen Stand mit Autokarten hechtete. Dort angelangt, berichtete er weiter: »Also warf ich mich hinter meinen Wagen und gab einen Warnschuß ab. Sie antworteten mit einer Salve aus ihren Uzzis.«

Lusebrink ahmte Pistolenschüsse und MP-Salven nach, er schlüpfte in die Rolle panisch fliehender Mafiosi, um gleich darauf wieder das Gesetz zu verkörpern, das ihnen erbarmungslos nachsetzte.

Der Rotschopf riß entsetzt die Augen auf. Ihre Tankstelle verwandelte sich in einen Abenteuerspielplatz. Bleifrei blieb bestenfalls noch das Benzin.

Lusebrink sprang, rollte und hüpfte wie ein Kautschukball zwischen den Regalen hindurch. Er zischte auch an Bortz vorüber, der von alledem aber nichts mitbekam, weil er immer noch sein Herrenmagazin studierte, als habe er vor, eines Tages über den »Playboy« zu promovieren.

Im Publikum, das selbstredend nicht wagte, den Laden zu betreten, bildeten sich zwei Parteien. Die Mehrheit ging davon aus, daß Lusebrink mit einem Känguruh-Tanz das Totem seiner australischen Vorfahren beschwor. Eine intellektuelle Minderheit erkannte in dem Uniformierten einen berühmten israelischen Performance-Künstler, der gerade gegen das Berliner Nachtflugverbot protestierte.

Die Vorstellung ging ihrem Ende entgegen.

Lusebrink erschreckte eine alte Frau fast zu Tode, als er sich gurgelnd an den Hals griff und das Todesröcheln eines Mafioso imitierte.

»Wir haben sie fertiggemacht«, schloß er seinen Bericht. »Und zwar alle! Einen Orden aus der Hand des Regierenden Bürgermeisters habe ich abgelehnt.«

»Aber wieso denn?« hauchte der Rotschopf.

»Ich habe doch nur meine Pflicht getan!« flötete Lusebrink.

Das Wort Pflicht riß Bortz aus seinen erotischen Phantasien. Er steckte den »Playboy« zurück und wischte seine schweißnassen Hände an der Uniformhose ab.

»Hör mal, du mußt noch das Protokoll über diesen Ladendiebstahl schreiben«, erinnerte er Lusebrink. »Du weißt doch, der Achtjährige, der das 'Bambi'-Video geklaut hat.«

Lusebrink stierte grimmig auf seinen Untergebenen und sehnte sich nach dem Kalten Krieg zurück. Da war die Mauer noch zu und Bortz im Osten.

»Idiot!« zischte er, als sie ins Freie traten.

Bortz war sich keiner Schuld bewußt.

»Wir hatten doch abgemacht, daß du die Protokolle pinselst, wegen der Rechtschreibung!«

Lusebrink schwieg verbissen. Bortz hatte ihm bei der Rothaarigen die Tour vermasselt. Er würde nie, nie wieder ein Wort mit diesem Dödel reden.

Lusebrink ließ Bortz einfach stehen. Der Wachtmeister schaute seinem wutschnaubenden Partner fassungslos hinterher und folgte ihm dann in die Waschanlage.

»Hör mal, hab ich was falschgemacht?« erkundigte er sich betreten.

Lusebrink schwieg verächtlich. Er warf einen Blick durch die Glasscheibe. Der Bulli strahlte wie neu. Die Düsen an den Seiten der Kabine sprühten soeben den letzten kräftigen Strahl Wasser auf das Dienstfahrzeug.

Eine Sekunde lang plagte Lusebrink eine unschöne Eingebung. Er schüttelte sie ab wie ein lästiges Insekt.

Aber dann fuhren die flauschigen Walzen zurück und gaben den Blick auf die Seitenfront des Bullis frei. Lusebrink glaubte nicht, was er sah.

»Sag mal!« wandte er sich an Bortz, der durch die Glasscheibe linste wie ein neugieriges Kind. »Hast du eigentlich die Fenster wieder zugemacht?«

»Nö!« erwiderte Bortz mit entwaffnender Naivität. »Davon hast du ja auch nix gesagt.«

13

Gabler las noch einmal die Meldung über den Japaner, der in der Tokioter U-Bahn an einem Herzschlag gestorben war, und seine Seele knirschte vor Mitgefühl. Der Tote war ganze fünf Stunden unterwegs gewesen – man hatte ein Ticket bei ihm gefunden, aus dessen Stempel die Fahrzeit zweifelsfrei hervorging.

Wäre der Mann schwarzgefahren, dachte Gabler, hätte nie jemand davon erfahren, daß man in einer Stadt wie Tokio oder London oder Berlin stundenlang als Geisterfahrer in der U-Bahn sitzen kann, ignoriert, völlig unbeachtet.

Die Zeitung handelte das tragische Ableben des Japaners in ein paar lakonischen Zeilen ab, aber Gabler sah die Szene dennoch vor sich, als säße er mit dem Verschiedenen in einem Abteil: Niemand kümmerte sich um ihn, während er – scheinbar schlummernd – den Kopf im Rhythmus des Zuges wippen ließ. Die stählernen Räder trommelten ihre stupide Melodie auf die Gleise, Leute stiegen ein und aus, ihre druckfrischen Illustrierten raschelten, irgendwo plärrte ein Kind. Der tote Japaner fuhr bis zur Endstation. Seine Seele stieg über die Köpfe der Menge auf und schlüpfte an irgendeiner Station ins Lichte, Freie – heim zu den Ahnen.

Gabler legte die Zeitung beiseite, seltsam berührt. Horstmüller hatte ihm einmal vorgeworfen, er sammele Katastrophen wie bunte Schmetterlinge. Je bizarrer, desto besser. Aber wenn er das tat, dann nicht aus Voyeurismus. Er war von Natur aus ein melancholischer Mensch, und das Chaos vor der Türschwelle seines Büros nährte seine Melancholie. Dort draußen warfen Teenager von Autobahnbrücken aus Gullideckel auf Mittelklassewagen. Paketbriefträger stahlen LEGO-Steine aus der Post. Und irgendein Wahnsinniger war erst vor zwei Tagen in ein märkisches Dorf eingefallen, um dort sieben Rinder zu vergiften.

Horstmüller war gegen Mittag verschwunden, um an der Obduktion Michele Minores teilzunehmen. Vermutlich würde der Autopsiebericht festhalten, daß den Organen des Toten ein intensiver Fischgeruch ungeklärter Herkunft anhaftete. Horstmüllers Anwesenheit in der Gerichtsmedizin war nicht zwingend notwendig, aber in letzter Zeit entwickelte er ein morbides Interesse für Leichensachen – ein neuer und merkwürdiger Zug, der nicht so recht zu seinem ausgeprägten Harmoniebedürfnis und seiner Sehnsucht nach Komfort passen wollte.

Sie hatten sich darauf geeinigt, daß sich Gabler ein paar Tage um seinen Vater kümmern würde.

»Wenn mein Fall wirklich was mit der Mafia zu tun hat, bin ich ihn sowieso bald los«, hatte Horstmüller frohlockend erklärt. »Das ist dann eindeutig eine Nummer zu groß für mich, und der OK-Staatsanwalt – der dann für die totale Mobilmachung wieder ein Argument mehr hat – wird die Sache einem seiner Vertrauten übergeben. Damit bin ich aus dem Schneider.« Nach diesem Statement, das von seiner Neigung zeugte, Herausforderungen konsequent auszuweichen, hatte er sich auf den Weg gemacht. Seinen alten Anzug trug er über dem Arm – in einer versiegelten Plastiktüte.

Anne rief an und erkundigte sich, wie es Gablers Vater ging.

»Achtundvierzig Stunden!« erinnerte Gabler. »Vorher wollen sie nichts sagen. Immerhin haben sie versprochen, mir Bescheid zu geben, wenn sich sein Zustand verschlechtert.« Sie plauderten ein bißchen, aber Gabler dachte die ganze Zeit an die Bettdecke mit dem Monogramm des Kreiskrankenhauses und die fleckigen Hände seines Vaters, die auf dem weißen Leinen ruhten. Plötzlich war Annes Stimme weit, weit entfernt.

»Bist du noch da?« fragte sie, und er mußte sich für seine Zerstreutheit entschuldigen.

Am frühen Nachmittag machte er sich auf den Weg nach Potsdam. Er fuhr bis Wannsee, passierte einen ehemaligen Grenzbahnhof und den Griebnitzsee, in dem vor sechs Wochen eine männliche Leiche gefunden worden war – ein Georgier, den jemand an einen Betonpfahl gefesselt und versenkt hatte. Gabler fiel auf, daß sich seine Ortskenntnisse im Laufe der Jahre zwangsläufig mit der kriminellen Topographie der Stadt verknüpft hatten. In seiner Berlin-Karte steckten viele kleine Fähnchen – in

Straßenzügen, Parks und Industrieanlagen. Jedes dieser Fähnchen stand für einen unnatürlichen Todesfall.

Butler Jablonskis Maklerunternehmen hatte sich auf dem Gelände einer alten Fabrik eingenistet, auf dem noch Hallen aus der Gründerzeit standen, sie stammten aus dem Erbe der berühmten Maschinenbaupioniere Orenstein & Koppel. Gabler hielt seinen Ausweis hoch, der Pförtner winkte ihn durch, ohne einen Blick darauf zu werfen. Zwei mit Aufräumungsarbeiten beschäftigte ABM-Kräfte wiesen ihm den Weg. Jablonskis Firma logierte in der einzigen Baracke, die mit Rollrasen dekoriert war. Sein Büro lag gleich neben dem Herrenklo. Die Firmenschilder auf der Tür gaben darüber Auskunft, daß sich Jablonski den Raum mit vier weiteren Firmen teilte.

Gabler lauschte an der Tür. Dahinter war es still. Er trat ein, ohne anzuklopfen.

Der Raum war winzig und nahezu leer.

Ein blasses Geschöpf hockte vor einem Telefon, einem Computer und einem Stapel Bücher.

Germanistik, zweites Semester, schätzte Gabler. Single, Tai-Chi-Kurs, Frauen-WG.

Ihr schnurgerader Pony stieß auf den Rahmen einer Brille, die ihre verschleierten Augen noch größer erschienen ließ. Sie starrte Gabler fassungslos an. Offensichtlich erhielt sie nicht oft Besuch.

»Bitte … Ich meine, was wollen Sie?«

Sie legte einen Merkzettel in Max Webers *Gesammelte politische Schriften* und stieß dabei einen Becher Fruchtjoghurt um, der ihre Notizen mit linksdrehender Milchsäure überschwemmte.

Irrtum! dachte Gabler. Das Mädel ist schon ein bißchen weiter. Soziologie, drittes Semester. Sie hat sich gerade von ihrem Lover getrennt, besucht eine Shiatsu-Reflexzonen-Therapie und lebt in einer Einraumwohnung mit Außen-Klo.

Er bot ihr ein Tempo an.

Sie nahm es, aber ihre Dankbarkeit hielt sich in Grenzen. »Darf ich erfahren, was Sie hier wollen?«

Gabler probierte es mit einer kleinen Geschichte. »Joachim Winter. Finanzberater. Leider zur Zeit ohne Job. Ich hatte vor, mich mit Herrn Jablonski zu unterhalten …«

»Da werden Sie kein Glück haben, Herr Winter.«

Das Mädchen löste zwei verklebte Blätter voneinander. Sie stellte sich dabei nicht sehr geschickt an.

Garantiert Single, dachte Gabler. Vielleicht hat sie gerade inseriert: *Studentin (20), mit Sinn für Nähe und Distanz, möchte sich neu verlieben.* Oder etwas in der Art.

»Herr Jablonski kommt hier nur sehr selten vorbei. Wenn Sie einen neuen Job suchen, versuchen Sie es besser auf dem Arbeitsamt.«

Für eine Soziologie-Studentin zeugte dieser Rat von bemerkenswerter Ignoranz. Der ostdeutsche Arbeitsmarkt brummte derzeit nicht gerade.

Sie lächelte den vermeintlichen Finanzkaufmann dennoch ermutigend an.

Gabler lächelte zurück.

»Wie gehen denn Jablonskis Geschäfte so?« fragte er.

Das Mädchen wurde mißtrauisch. »Sind Sie ein Detektiv? Schickt Sie eine Wirtschaftsauskunftei? Oder warum sind Sie so neugierig?«

Gabler gab seine Tarnung auf. Er ließ seine Polizeimarke aufblitzen. »Kripo. Hilft Ihnen das auf die Sprünge?«

»Nein.« Entweder sie nahm ihm das kleine Täuschungsmanöver übel, oder sie wußte tatsächlich nichts.

»Sind Sie sicher?«

Sie blies empört ihre Ponyfransen hoch. »Schon mal was von einem Auftragsdienst gehört? Ich nehme hier nur den Telefonhörer ab. Und manchmal mache ich ein paar Schreibarbeiten. Verträge und so. Damit hat sich's für mich.«

»Wer hat Ihnen den Job vermittelt?«

»Ein Typ von PREUSSEN-IMMOBILIEN. Alle anderen haben sich nur rangehangen, auch Jablonski mit seiner Firma.«

Das Telefon klingelte. Das Mädchen drückte den Knopf, unter dem das Lämpchen blinkte und meldete sich mit SCHMIDT-BAUER-STEUERBÜRO. Sie verkeilte den Telefonhörer unter ihrem Kinn, schaltete das Textfenster im Computer um und notierte sich einen Termin.

Das Gespräch dauerte keine Minute. Gabler nutzte die Zeit, um ein bißchen in der Postablage zu stöbern. Das hatte eine scharfe Verwarnung zur Folge.

»Wenn Sie einen Durchsuchungsbefehl haben, sind Sie herzlich eingeladen, das Büro auf den Kopf zu stellen. Wenn nicht, sollten Sie besser aufhören, hier herumzustöbern!«

Gabler sah auf die Uhr. Es war kurz nach vier. In einer Stunde dürfte Büroschluß sein.

»Naja, nichts für ungut.«

Er trat den Rückzug an und prallte mit einem aufgekratzten Mittfünfziger zusammen, dessen Launigkeit in einem krassen Mißverhältnis zu seiner abgehärmten, kränklichen Erscheinung stand. Gabler hatte diesen Mann lange nicht gesehen, aber nun erkannte er ihn sofort wieder.

»Tag, Herr Jablonski!«

»Ich grüße Sie, Verehrtester!« Butler Jablonski griff sich Gablers Hand und schüttelte sie enthusiastisch. »Ist das nicht ein wunderschöner Tag heute?«

Gabler mußte nicht aus dem Fenster schauen, um zu wissen, daß der graue Septemberhimmel wie ein Sargdeckel über Potsdam lag.

Jablonski schien die Skepsis in seinem Gesicht nicht entgangen zu sein. »Nun, mein Bester, das ist alles eine Frage des Standpunkts. Von so ein paar Wolken lassen wir uns doch nicht die gute Laune verderben. Hab Sonne im Herzen!«

Ein irres Lachen straffte Jablonskis schlaffe Wangen. Gabler gruselte sich.

Der Kerl sieht aus wie Nosferatu! stellte er fest. Man könnte Werbung mit ihm machen – für UNITED COLORS OF BENETTON.

»Gabler«, stellte er sich vor. »Jürgen Gabler.«

Jablonski wußte sofort, worum es ging. Er senkte seine Lider auf Halbmast und griff ein zweites Mal nach Gablers Hand. Ein leichtes Zittern lief über seine gräuliche Physiognomie.

»Herr Gabler! Sie glauben gar nicht, wie leid mir tut, was Ihrem Vater zugestoßen ist. Aber ich glaube, das ist hier nicht der richtige Ort, um über diese Angelegenheit zu reden. Eigentlich wollte ich ja nur meine Post holen.«

Auf dieses Stichwort hin kam das Mädchen hinter seinem Schreibtisch hervorgeschossen, um dem Makler einen Stapel Briefe auszuhändigen.

»Ich habe auch noch ein paar Dutzend Anrufe notiert«, berichtete sie pflichtbewußt, aber Jablonski wies sie mit einem »Jetzt nicht!« zurück.

»Glauben Sie mir«, beschwor er Gabler auf dem Weg ins Freie,

»mein Laden läuft gut; ich bin in der Lage, den Leuten faire Preise zu machen. Da würde ich doch niemals auf die Idee kommen, zu solchen Methoden zu greifen. Mit Rattengift ... eine schreckliche Geschichte!«

Sie traten auf den rollrasengesäumten Kiesweg vor der Baracke. Ein Windstoß fuhr in Jablonskis Anzug und zerrte an dem klapprigen Knochengestell des »Jung«-Maklers, der auf Gabler zunehmend wie ein wehendes Vakuum wirkte.

»Was wollen Sie eigentlich mit dem ganzen Land?« erkundigte er sich. »Sie haben doch das halbe Dorf aufgekauft!«

»Hören Sie!« Jablonski senkte seine Stimme. »Ich handle für ein renommiertes internationales Firmenkonsortium, und Verschwiegenheit ist Bestandteil meines Vertrages. Nur soviel – in unmittelbarer Nähe des Dorfes soll ein CONGRESS & RECREATION-CENTRE entstehen, mit Hotels, Reitställen, Golfplatz und allen Schikanen.«

»Und der Hof meines Vaters liegt genau auf Loch achtzehn?«

»Bitte, Herr Gabler!« flehte Jablonski. »Ich rede mich um Kopf und Kragen. Alles, was ich sagen kann und muß, das habe ich bereits Ihren Kollegen erzählt – selbstverständlich im Beisein meines Anwalts. Es gibt auch so etwas wie ein Maklergeheimnis.«

Gabler packte Jablonski am Kragen und erschrak – der Mann war federleicht. Er mußte sich einen Moment sammeln, bevor er richtig wütend werden konnte.

»Mein Vater liegt auf der Intensivstation, Sie Arschgesicht! Er wäre beinahe draufgegangen. Und Sie spielen hier den seriösen Geschäftsmann – wollen Sie mich für dumm verkaufen?«

»Mensch, Gabler! Das können Sie doch nicht machen!« Jablonski, aschfahl, mit zitternder Unterlippe, riß sich los. Er rannte mit wehenden Sakkoschößen zu seinem Wagen. Manchmal schob ihn der Wind ein bißchen.

»Ich werde mich bei Ihrem Vorgesetzten beschweren!«

Gabler entdeckte, daß Jablonskis Hosen zu kurz waren. Beim Laufen blitzten seine weißen Tennissocken auf. Sie waren blendend weiß, aber Butler Jablonski sah trotzdem aus, als hätte er nie aufgehört, durch die Scheiße zu waten.

14

Gabler stand eine Weile ratlos umher. Dann fuhr er seinen Wagen vom Hof und parkte ihn außerhalb des Fabrikgeländes. Hinter einem Transformatorenhäuschen kletterte er über den Werkzaun, ohne daß ihn jemand sah. Nur eine Amsel schoß wie ein Torpedo durch das Gebüsch und stieß dabei einen scheppernden Warnruf aus.

Das Herrenklo war gesperrt, also zog er sich in die Damenabteilung zurück und schloß sich in einer Kabine ein, in der glücklicherweise eine alte Zeitung lag. Auf dem Klo herrschte eine meditative Stille. Die Toilettensitze erneuerten auf Knopfdruck automatisch ihren Plastikfolienüberzug, was Gabler sehr amüsierte, denn dergleichen hatte er noch nie gesehen. Er probierte das ein paar Mal aus; dann las er seine Zeitung.

Eine Meldung fesselte ihn. Sie handelte von einem Mann, der versucht hatte, eine Ratte umzubringen, die in seiner Garage hauste. Am Ende wurde der Rattenjäger ein Opfer seines eigenen Anschlages, weil die Garagentür blockierte, als er das giftgasgeschwängerte Schlachtfeld verlassen wollte.

Gablers Phantasie begann augenblicklich auf Hochtouren zu arbeiten: Mensch und Tier hingestreckt nach einem ungleichen Kampf, die ersterbenden Blicke ineinander verkrallt. Wieder einmal hatten sich Hochtechnologie und perfekte Waffen gegen ihren eigenen Erfinder gewandt …

Irgendwann nickte er ein, was kein Wunder war, schließlich hatte er die ganze Nacht kaum ein Auge zugemacht. Als er aufwachte, war es dunkel. Er tastete sich an Klotüren und Kacheln entlang bis auf den Flur und sondierte die Lage. Kein Mensch zu sehen!

Er fand die Tür des Auftragsbüros. Nach zwei kräftigen Tritten, die donnernd durch den Gang hallten, gab das Schloß seinen Geist auf. Wenig später saß er vor dem blau schimmernden Monitor. Er überflog die Notizen, die für die Manager von PREUSSEN-IMMOBILIEN und für das SCHMIDTBAUER-STEUERBÜRO bestimmt waren, und hielt sie für uninteressant. Danach ließ er sich alles ausdrucken, was er unter dem Namen *Jablonski* fand. Seine Herzkammern flimmerten, als der 24-Nadeldruckkopf über das Endlospapier schrappte. Um sich von dem infernalischen Lärm abzulenken, brach er den Akten-Container auf, in dem er einen Ordner mit Vertragskopien entdeckte. Er pflückte ihn auseinander und jagte die einzelnen Blätter durch den Kopierer. Der antike Nadeldrucker lärmte weiter, und alle zehn Sekunden trat ein Lichtschein aus dem Kopierer, der summte und leuchtete wie ein soeben gelandetes UFO.

Nach einer halben Stunde sah er seine Recherchemöglichkeiten als erschöpft an. Aber seine Mission war noch nicht beendet – er mußte den Einbruch in das Auftragsbüro tarnen. Im Zimmer nebenan residierte ein privates Fortbildungsunternehmen. Jemand hatte vergessen, die Kaffeemaschine abzustellen. Er knackte einen Büroschrank, schaffte ein wenig Unordnung und ließ einen Weltempfänger mitgehen. Er brach in den dritten Raum ein, klaute eine Flasche Metaxa und trat dann den Rückzug an, eine dicke Papierrolle mit Vertragskopien unter dem Sakko – eine Beute, über deren Wert er sich noch nicht ganz im Klaren war. Im Damenklo kletterte er aus dem Fenster und schlug es von außen ein.

Die Werkstraße lag einsam und verlassen im Mondlicht. Keine Wachleute, keine Schäferhunde mit messerscharfen gelben Zähnen. Mit hämmerndem Herzen enterte Gabler ein zweites Mal den Werkszaun.

Um ein Uhr nachts quetschte er sich vor Annes Haus in eine Parklücke, die keine war. In ihrer Wohnung brannte noch Licht. Er warf den Weltempfänger in einen Müllbehälter und schleppte sich die vier Treppen hoch, um Anne seine Verzweiflung und Müdigkeit aufzubürden. Als Gegenleistung schenkte er ihr eine Flasche Metaxa.

»Wo hast du denn die her?« fragte sie schlaftrunken.

»Geklaut«, antwortete er.

Bis zum Morgengrauen gingen sie Jablonskis Papiere durch. Das wehende Vakuum hatte nicht gelogen. Anscheinend gab es tatsächlich jemanden, dem vorschwebte, auf Hermann Gablers Kuhweide ein Euro-Disney für Yuppies zu errichten. Jablonski hatte in den vergangenen vier Monaten für über zwölf Millionen Mark Grundstücke erworben, die mitten in der märkischen Heide lagen, und sie kurz darauf weiterveräußert – an eine Berliner Bauträgergesellschaft: die KNAUCKE GMBH & CO. KG.

»Und nun?« fragte Anne müde. »Was fängst du damit an?«

»Naja«, dachte Gabler laut nach. »Ich werde mir diesen Knaucke mal vorknöpfen.«

»Wird das der private Rachefeldzug von Jürgen Gabler? Ein zorniger Mann auf der Suche nach Gerechtigkeit?«

Anne hatte recht. Vielleicht war es an der Zeit, sich an das Referat für Wirtschaftsdelikte zu wenden.

»Ich werde mich zurückhalten!« versprach Gabler.

»Was soll denn das schon wieder heißen?«

»Ich lasse diesen Knaucke in Ruhe. Ehrenwort.«

Sie war noch immer nicht ganz beruhigt. »Selbstjustiz ist in der Berliner Polizei nicht gerade ein Beförderungsgrund. Und was soll aus dir werden, wenn sie dich auf die Straße setzen? Du hast doch nichts Anständiges gelernt!«

Gabler grinste. »Ich krümme dem Knaucke kein Haar!« schwor er. »Trau mir – ich bin ein Cop!«

»Ja! Ein alter Quatschkopp!«

Sie mußte eben immer das letzte Wort haben.

15

»Menschenskind, Gabler! Was Ihrem Vater passiert ist, tut mir leid. Natürlich werden wir von Amts wegen ermitteln. Das heißt, wir werden die Potsdamer Kollegen einschalten, denn bislang kann ich nicht erkennen, daß auf dem Gebiet dieser Stadt eine Straftat verübt wurde. Und damit hört die Geschichte auf, Ihre Privatangelegenheit zu sein. Also halten Sie sich da raus! Und jetzt entschuldigen Sie mich!«

Eine Tür fiel ins Schloß. Der Chef des Referats »Wirtschaftsdelikte« ließ Gabler stehen wie einen lästigen Bittsteller. Keine Vorzugsbehandlung, seine Leute waren ohnehin überlastet, drei Mann abkommandiert zur *ZERV*[8], bei ihm war nichts mehr zu holen! Und damit basta.

So einfach ging das.

Gabler kochte. Es bereitete ihm Mühe, sich an eine Situation zu erinnern, in der er ähnlich abgebürstet worden war …

8 Zentrale Ermittlungsstelle für Regierungs- und Vereinigungskriminalität

Vor drei Jahren wäre das alles keine Affäre gewesen. Im Ost-Berliner Polizeipräsidium war er mit Hinz und Kunz befreundet. Aber von den alten Kollegen hatte es viele aus dem Rennen geworfen, und ausgerechnet bei der »Wirtschaft« kannte er keine Menschenseele!

Gabler kaute sich die Unterlippe ab und kam sich vor wie ein Idiot. Der Geruch der Auseinandersetzung lag noch immer in der Luft. Und dann war da noch dieser fischäugige Bulle, der hinter seinem Schreibtisch hockte wie Buddha persönlich. War das womöglich die Andeutung eines Lächelns, was da um seine feisten Wangen spielte? Was machten diese Schreibtischtäter eigentlich den ganzen Tag? Kleine Gauner vernehmen, die in Bahnhofstoiletten herumlungerten und auf die Chance lauerten, einen Betrunkenen auszunehmen?

Das Fischauge meldete sich zu Wort. »Sie sollten dem Chef nichts nachtragen, Kollege!«

Eine extrem unsympathische Erscheinung! entschied Gabler. Er war sich sicher: Wenn ihm dieser Hängearsch jetzt dämlich kam, würde er sich vergessen.

»Er hat in letzter Zeit eine Menge um die Ohren. Genau genommen, ist er etwas überlastet«, erklärte der Mann hinter dem Schreibtisch.

Du meinst also, er bringt es nicht mehr! übersetzte sich Gabler diese Bemerkung. Er fand, daß es an der Zeit war, zu gehen.

»Zeigen Sie doch mal her, was Sie da haben, Gabler. Wie hieß dieses Unternehmen gleich?«

»Soll das heißen, Sie interessieren sich für die Geschichte?«

»Könnte man so sagen.« Fischauge lächelte jetzt tatsächlich.

»KNAUCKE GMBH & CO. KG«, gab Gabler mißtrauisch zurück. »Eine Bauträgergesellschaft.«

Der Mann vom Wirtschaftsreferat hievte seine blauen Wildlederschuhe von der Tischkante, beugte sich über den Schreibtisch und streckte ihm erwartungsvoll die offene Hand entgegen.

»Viel hab ich nicht«, murmelte Gabler. Das war in der Tat so. Alles, was er besaß, waren ein paar Vertragskopien. Er drückte sie Fischauge in die kleine, fette Hand. Der Mann überflog die Papiere.

»Wie kommt man denn an sowas ran?«

»Ähm«, stammelte Gabler. »Das war ein glücklicher Zufall.«

»Manchmal verschaffen einem solche Zufälle 'ne Menge Ärger«, sinnierte Fischauge.

»Und Sie? Kriegen Sie keinen Zoff mit Ihrem Chef?« fragte Gabler der Form halber.

»Du hast doch gehört — wir werden von Amts wegen ermitteln. Aber ich verspreche dir, daß ich mir den Fall persönlich vorknöpfen werde.«

Jetzt sind wir also schon beim »du«, konstatierte Gabler.

Der Mann klatschte das Dossier auf den Schreibtisch. »Wenn dieser Knaucke Dreck am Stecken hat, kriege ich das raus!«

Gabler starrte ihn an, als hätte man ihn soeben zu vier Wochen Florida eingeladen. »Warum machst du das?«

»Na hör mal. Schließlich sind wir Kollegen.«

»Na und?

»Naja, ich finde, wir Bullen sollten ein bißchen zusammenhalten.«

Findest du! dachte Gabler. Er entschloß sich, den Dicken doch ganz annehmbar zu finden. Bei Lichte betrachtet wirkte der Typ mit seiner schnoddrigen, respektlosen Art sogar richtig sympathisch. Die blauen Schuhe waren zwar das Allerletzte, aber was sollte es? Der Mann würde ihm helfen.

»Laß mir deine Telefonnummer da!« wurde Gabler aufgefordert.

Er kramte in seiner Tasche, fand einen alten BVG-Fahrschein und kritzelte seine Dienstnummer darauf.

»Meine Karte! Ich schulde dir was. Vielleicht gehn wir mal ein Bier trinken?«

Fischauge grinste, als könne er sich nichts Schärferes vorstellen als einen Saufabend in einer Kneipe im Friedrichshain. Dieses spitzbübische, offenherzige Lächeln gab den Ausschlag zu seinen Gunsten — Gabler reichte ihm die Hand und lächelte zurück.

»Danke.«

»Nichts zu danken. Was hast du jetzt vor?«

»Ich werde mal mit diesem Knaucke reden.«

Er mußte an Anne denken, als er das sagte. Prompt stellte sich das schlechte Gewissen ein. Der Mann von der Wirtschaftskriminalität fuhr sich mit einer nervösen Geste durch das dünne Haar. Seine Miene verriet Besorgnis.

»Du könntest eine Menge Porzellan zerschlagen. Und warum

willst du den Mann warnen, indem du einen Riesenzirkus veranstaltest?«

»Das wird eine ganze formelle Unterredung!« versicherte Gabler. »Außerdem wird er nicht erfahren, daß ich Polizist bin.«

Er war schon auf der anderen Seite der Tür, als ihm einfiel, daß er Fischauge nicht mal nach seinem Namen gefragt hatte. Er stand auf dem Kärtchen neben dem Türrahmen: KHK Martin Köglmeier. Gabler rieb sich nachdenklich das Nasenbein. Er gelobte sich, nie wieder dem ersten Eindruck zu trauen, den er von einem Menschen gewann. Selbst wenn der Betroffene blaue Schuhe trug.

16

»Dumme Geschichte, das mit Gablers Vater«, erklärte Kriminaloberrat Klaus-Dieter Wieczorek. Seine Stimme triefte vor Mitgefühl.

»Tja …« räusperte sich Horstmüller, erfüllt von dem innigen Wunsch, der Chef möge umgehend das Thema wechseln. Denn als nächstes würde ihn KaDeWe fragen, was Gabler gerade trieb, und dann würde er lügen müssen, und das haßte er. Als er heute früh zum Dienst erschienen war, hatte er einen Zettel auf seinem Schreibtisch vorgefunden: »Bin im Krankenhaus – bei meinem Vater. Gruß, Jürgen!«

Das war an sich eine gute Nachricht. Aber Gabler hatte auf seinem eigenen Schreibtisch das Branchenbuch aufgeschlagen liegen lassen – mit drei fingerdicken Ausrufezeichen auf der Seite 1860, auf der sich Rechtsanwälte und Notare verewigt hatten. *KNAUCKE!!!*

Offensichtlich war Gabler gerade im Begriff, diesem bedauernswerten Mann auf die Pelle zu rücken. Horstmüller schniefte verärgert. Es gelang ihm beim besten Willen nicht, sich einzureden, daß der Name Knaucke nicht zwingend mit dem Fall Hermann Gabler verknüpft sein mußte. Todsicher war das Gegenteil der Fall. Damit hatte Gabler eindeutig gegen ihre Abmachung verstoßen, nach der er sich um seinen Vater kümmern würde und nicht um seinen privaten Rachefeldzug. Aber es war besser, wenn Kriminaloberrat Wieczorek von all dem nichts erfuhr.

»Für heute nacht haben sie Frost angesagt«, nahm Horstmüller die Unterhaltung wieder auf.

KaDeWe schüttelte mißmutig sein weißes Haupt. »Viel zu früh – für die Jahreszeit!«

Die Ledersohlen seiner auf Hochglanz polierten Schuhe quietschten durch die langen Flure der Direktion Verbrechensbekämpfung.

»Ich hasse es, wenn ich früh am Morgen zu meinem Wagen komme und die Scheiben sind eisverkrustet.«

»Och«, sagte Horstmüller, froh darüber, die Aufmerksamkeit seines Chefs auf ein unverfängliches Thema gelenkt zu haben. »Da gibt es einen ganz einfachen Trick.«

»So?« Der Chef zog die Augenbrauen hoch. Er zupfte sich am Ärmelbund seines smaragdgrünen Sweatshirts, über dem er ein in Mint gehaltenes Sakko mit Hahnentrittmuster trug. Zwei Jahre vor der Pensionierung und der Mann läuft rum wie ein Smartie im Frack, dachte Horstmüller. Vermutlich wird er irgendwann in Turnschuhen zum Dienst kommen.

»Na los, Horstmüller, laß dir nicht jedes Wort aus der Nase ziehen!«

»Ganz einfach. Du nimmst eine 2-Liter-Plastikflasche, füllst sie mit kochendheißem Wasser und legst sie abends in deinen Wagen. Am nächsten Morgen hast du mit deinen Scheiben kein Problem.«

»Erstaunlich. Und du glaubst, das funktioniert?«

»Todsicher. Nehmen wir noch einen Kaffee in meinem Büro?«

KaDeWe nahm die Einladung an. »Hast du's denn schon mal probiert?«

»Diesen Trick mit der Wasserflasche?«

»Natürlich.«

»Hab ich.«

»Und?«

»Nun, am nächsten Morgen waren meine Scheiben eisfrei. Die der anderen Wagen allerdings auch.«

KaDeWe kicherte, Horstmüller griente und öffnete die Tür zu seinem Dienstzimmer. Dort hockte ein fischäugiges Individuum auf Gablers Schreibtisch und las in einer Akte.

»Oh, hallo«, sagte Köglmeier.

Mit Horstmüller konnte er nicht viel anfangen, aber der alerte, weißhaarige Kriminaloberrat war ihm als hohes Tier im Referat »Delikte am Menschen« bekannt.

»Ich ähm … Ich warte auf Hauptkommissar Gabler.«

»Und wenn Sie auf Ihren Arzt warten, dann lesen Sie zur Zerstreuung in den Patientenakten?« erkundigte sich KaDeWe mit schneidender Stimme.

Köglmeier grinste frech und warf die Akte auf den Tisch.

»Köglmeier, Wirtschaftskriminalität«, stellte er sich vor. »Schnüffeln ist eine Berufskrankheit von mir«, setzte er hinzu, als sei damit alles geklärt.

»So, so!« sagte KaDeWe.

Köglmeier quetschte sich so etwas wie eine Entschuldigung ab. »Nichts für ungut, Herr Oberrat. Wann kann ich mit Gabler rechnen?« Die Frage richtete sich an Horstmüller.

»Keine Ahnung. Das heißt, er wird wohl früher oder später hier auftauchen. Was wollten Sie denn von ihm?«

Das Gesicht des Befragten nahm einen irritierten Ausdruck an. »Es ist mehr oder weniger privat … Ich komme dann am Nachmittag noch mal vorbei …«

Aber KaDeWe hatte Lunte gerochen. »Wirtschaftskriminalität, sagten Sie? Das ist ja bemerkenswert. Gabler hat Sie nicht zufällig in einer bestimmten Angelegenheit konsultiert?«

»Nun …«, druckste Köglmeier herum.

»Lieber Kollege!« verwarnte ihn KaDeWe mit scharfer Stimme. »Was mit Gablers Vater geschehen ist, geht mir durchaus zu Herzen. Schließlich bin ich kein seelenloser Bürokrat. Aber private Eskapaden — kann — ich — nicht — dulden!«

Köglmeier schien innerlich stramm zu stehen. Das Blut schoß ihm ins Gesicht wie einem Schuljungen, der bei etwas unsagbar Peinlichem erwischt worden war. Er hatte eine unscheinbare Narbe zwischen den Brauen, die jetzt sichtbar wurde, weil sie als kleines, weißes Dreieck von ihrer rotverfärbten Umgebung abstach.

Kommt immer gut, wenn KaDeWe den Chef raushängen läßt, dachte Horstmüller.

Er war schwer beeindruckt, aber auch beunruhigt. Es sah ganz danach aus, als hätte Gabler für seine Privatfehde gegen den Rinderkiller bereits die halbe Direktion Verbrechensbekämpfung eingespannt. Und wenn das tatsächlich der Fall war, würde KaDeWe Köglmeier diese Information jetzt auf der Stelle aus der Nase ziehen.

»Wissen Sie?« setzte der Oberrat scheinheilig nach. »Ich glaube, da kenne ich Ihren Chef sehr gut.«

Er hatte dem Delinquenten die Instrumente gezeigt. Sollte Köglmeier jemals beabsichtigt haben, Stillschweigen über seine Mission zu wahren, so war es jetzt damit vorbei. Er beantwortete KaDeWes drängende Fragen fast ohne Widerstand.

»Was wollten Sie Gabler mitteilen?«

»Nun ...« Eine letzte kleine Pause, dann brachen die Dämme, und Köglmeiers Redestrom sprudelte wie eine leckgeschlagene Ölquelle. »Er hatte mich gebeten, etwas über eine Berliner Bauträgergesellschaft herauszufinden. Und da gibt es diesen Rechtsanwalt ...«

»Ja, und?« fragte KaDeWe. »Wie heißt der Mann?« Seine Stimme klang jetzt versöhnlicher.

»Knaucke«, stammelte Köglmeier.

Jetzt zupfte er sich tatsächlich vor Nervosität an den Geschlechtsteilen. Horstmüller mußte sich zum Fenster drehen, um sein Grinsen zu verbergen. Nun ja, Mut vor Königsthronen war eben nicht jedermann gegeben!

»Knaucke?« fragte KaDeWe nachdenklich.

»Genau. Das Problem ist ... naja, ich habe den Namen über das ISVB[9] laufen lassen.«

»Und? Ist er eine polizeilich interessante Person?«

»Kann man wohl sagen. Es gibt Vermerke anderer Ermittler. Aus der OK[10].«

KaDeWe runzelte besorgt die Stirn. »Wo ist Gabler jetzt?«

Horstmüller kam nicht umhin zu lügen. Er heuchelte Unwissenheit.

17

Das Interieur des Restaurants erinnerte Gabler an die Schiffsmensa aus »Der Untergang der Titanic«. Nur handelte es sich hier um eine eingefärbte Kopie des alten UFA-Films. Er blieb einen Augenblick in der Tür stehen und ließ die Szenerie auf sich wirken: Die glitzernden Kronleuchter, die Kübelpalmen hinter dem Buffet und das Lächeln der Damen, die ihre Beine kokett übereinanderschlugen, wenn sie sich nach dem letzten Lachsschnittchen zu-

9 Informationssystem Verbrechensbekämpfung
10 Das für Organisierte Kriminalität zuständige Referat

rücklehnten, um eine Light zu rauchen. Er holte tief Luft und machte seine ersten Schritte in diese fremde, versnobte Welt.

»Welcher von den Herrschaften ist Knaucke?« erkundigte er sich.

»Bitte?« hauchte der Mann hinter dem Empfangspult.

»Knaucke. Der Rechtsanwalt. Seine Sekretärin meinte, er sei hier zum … Brunch verabredet.«

»Der Tisch dort hinten, mein Herr, neben dem Springbrunnen. Herr Doktor Knaucke telefoniert gerade.«

Gabler marschierte quer durch den Saal. Er hatte reichlich Zeit, seinen Widersacher zu studieren. Knauckes Typ lag irgendwo in der Mitte zwischen Bundespräsident und Lamadeckenverkäufer. Irgendwann mußte er zu Geld gekommen sein. Seither schien er einen Gutteil seines Lebens in Bräunungsstudios zu verbringen.

»Herr Knaucke?«

Der Rechtsanwalt legte den Hörer des drahtlosen Telefons auf. Die ROLEX an seinem Handgelenk schimmerte so protzig, als habe Gott nur um ihretwillen die Zeit erfunden. Knaucke musterte Gabler. Gabler musterte Knaucke.

»Sie sind sicherlich Herr Gabler?«

Das Telefongespräch! dachte er. Seine Sekretärin hat ihn gerade angerufen und ihm von meinem Auftritt erzählt.

Gabler hatte allen Grund, besorgt zu sein, denn vor einer halben Stunde war er an Knauckes Vorzimmerdame vorbeigestürzt, um den Schreibtisch ihres Arbeitgebers zu durchstöbern. In dessen Terminkalender hatte er prompt den Namen des Restaurants gefunden, in dem Knaucke für elf Uhr verabredet war. Genau genommen hatte er damit den Tatbestand des Hausfriedensbruchs erfüllt.

»Ich habe Sie erwartet«, erklärte Knaucke sachlich.

»Sie sind also vor mir gewarnt worden«, stellte Gabler fest.

»Ich bitte Sie, Herr Gabler. Sollte das nötig gewesen sein?« Knaucke präsentierte seine perlweißen Zähne. Das Lächeln zauberte rührende kleine Krähenfüße um seine Augen, aber sein Blick blieb frostig.

Er wies auf einen Stuhl. »Setzen Sie sich doch, Herr Kommissar.«

Gabler nahm verblüfft Platz. Er hatte die Sekretärin nicht darüber in Kenntnis gesetzt, daß sie einen Polizisten vor sich hatte.

Blieb als Informationsquelle nur noch Jablonski. Es sei denn, sein Beruf war ihm bereits so sehr in Fleisch und Blut übergegangen, daß er einen Bullengeruch verströmte, der einfach nicht mehr zu ignorieren war.

Er lehnte einen Kaffee ab und setzte zu einem erschöpfenden Bericht über die dubiosen Vorfälle an, die sich im Umfeld eines größeren Grundbesitz-Deals zugetragen hatten, für den Butler Jablonski verantwortlich zeichnete – als Strohmann einer Berliner Bauträgergesellschaft.

Der weißhaarige Advokat hörte zu und spielte dabei versonnen mit dem wundertätigen Drako-Magneten, der an einem goldenen Kettchen um seinen Hals hing.

Schließlich unterbrach er Gabler. »Ich bitte Sie, Herr Gabler, Sie sehen hier etwas völlig falsch.«

Seine Stimme klang warm und samtig wie die tiefste Saite eines Cellos.

»Mein Unternehmen – die KNAUCKE GMBH & CO. KG – hat einen tadellosen Ruf. Es verfügt durchaus über die nötigen Mittel, um einen Grundstückserwerb mit völlig reellen Preisen abzuwickeln. Wir müssen niemanden unter Druck setzen, damit er zu Dumpingpreisen verkauft. Solche Mafia-Methoden sind uns fremd.«

Knaucke warf einen Blick auf seine Armbanduhr. Er schien einen Augenblick lang abzuwägen, wieviel seiner kostbaren Zeit er an sein Gegenüber verschwenden sollte, und fuhr dann fort:

»Und natürlich habe ich auch Verständnis dafür, wenn es Ihr Vater vorzieht, das Stück Scholle hinter seinem Hof – und darum geht es ja wohl, soweit ich informiert bin – wenn er also diesen Streifen Land behalten will. Nur, vielleicht sollten Sie ihn dann darüber aufklären, daß er damit den Aufschwung in seiner Region behindert. Unser Projekt würde dort eine Menge Arbeitsplätze schaffen. So wie ich die Sache sehe, wäre es gut möglich, daß Ihr Vater seine eigenen Nachbarn gegen sich aufgebracht hat …«

Gablers Faust knallte auf den Tisch. Der Espresso aus Knauckes Tasse flutete die Untertasse. Knaucke lehnte sich in den Stuhl zurück. Er gab sich völlig unbeeindruckt.

»Sie scheinen ein Hitzkopf zu sein, Gabler. Und in dieser Angelegenheit schießen Sie eindeutig etwas über das Ziel hinaus. Glauben Sie, Ihre Vorgesetzten werden das gutheißen?«

Gabler lauschte mit regloser Miene, aber er mußte zugeben, daß der Advokat seinen wunden Punkt getroffen hatte.

Knaucke neigte sich ihm vertraulich zu. »Mir scheint, Sie spielen mit ihrem Job!«

Gabler stutzte. Er begann zu ahnen, was jetzt folgen würde. Knaucke mußte einen Trumpf in der Hinterhand haben – er war einfach zu entspannt.

»Es gibt da ein kleines Büro in Potsdam, das gestern nacht Besuch hatte.«

Der Rechtsanwalt lächelte zynisch. »Jemand hat sich dort an einem Computer zu schaffen gemacht und alles ein bißchen auf den Kopf gestellt. Es sieht aus wie ein ganz normaler Einbruch, und davon gehen Ihre Kollegen in Potsdam wohl auch aus. Aber wenn Sie mich fragen … also ich denke, da steckt ein bißchen mehr dahinter.«

18

Der Chef griff zum Telefonhörer, wählte eine vierstellige Nummer und wartete.

»Jochen? Ja, hier ist Klaus-Dieter. Wie? Das glaube ich nicht! Das ist ja toll!« KaDeWes Gesicht, eben noch von Sorgenfalten durchfurcht, heiterte sich schlagartig auf, seine Stimme bebte vor Begeisterung – anscheinend war sein Gesprächspartner gerade Vater geworden. So aufgekratzt, wie der Oberrat war, mußte sein Freund Jochen mindestens Drillinge bekommen haben.

»Na, herzlichen Glückwunsch! Ich habe die Strecke nie unter vierzehn Schlägen geschafft …«

Horstmüller verdrehte die Augen. Der Chef war bei seinem Lieblingsthema, was bedeutete, daß dieses Gespräch Stunden dauern konnte. Der Golfplatz war für KaDeWe, was die Kirche für einen treuglaubenden Christen ist – eine Erbauungsstätte, ein Ort der inneren Einkehr.

»Nein, du solltest einen three-peace-ball nehmen!« Der Chef ereiferte sich zusehends. »Die entwickeln einen atemberaubend hohen Spin. Am besten einen Balat-Ball. Balat-Bälle haben nur einen Nachteil, wenn du sie nur mit der Kante des Schlägers erwischst, kriegen sie eine Macke; dann kannst du sie wegschmeißen …

Was? Nein, deswegen rufe ich nicht an. Sag mal, sagt dir der Name Knaucke was?«

KaDeWe lauschte in den Hörer hinein. Sein Gesichtsausdruck wirkte zunächst interessiert, dann überschattet von der Ahnung kommender Katastrophen. »Nee! Das ist ja unglaublich!«

Köglmeier sprintete zu der Sitzgelegenheit, auf die der Kriminaloberrat wies. Er rollte hurtig den Sessel herbei.

»Er hat was? Oh, Gott! Gut, ich komme gleich rüber ...« Wieczorek ließ sich fallen wie ein erschöpfter Boxer, der sich in seiner Ringecke dem Mann mit dem Eisbeutel und dem Handtuch anvertraut. Er wirkte um Jahre gealtert. Horstmüller überlegte allen Ernstes, ob er ihm ein Glas Wasser bringen sollte.

»Dieser Knaucke ...«, stöhnte der Kriminaloberrat, »...trifft sich gleich mit einem waschechten sizilianischen Paten. In einem Restaurant in der City; die OK hat Großeinsatz.«

Horstmüllers Fingerkuppen trommelten einen kleinen, quirligen Marsch auf die Schreibtischplatte. Er hatte das Gefühl, daß KaDeWes Vorrat an Hiobsbotschaften noch nicht erschöpft war. Er sollte recht behalten.

»Es kommt noch besser«, hauchte der Chef, die Sprechmuschel des Telefonhörers zuhaltend. »Vor zehn Minuten ist Gabler in diesem Nobelschuppen aufgetaucht. Seitdem hält er Knaucke eine Standpauke.«

19

»Na, gut«, sagte Knaucke. »Sie haben Chuzpe, was ich unter sportlichem Aspekt in Ordnung finde. Nebenbei gesagt, aber auch riskant. Ich mache Ihnen ein Angebot: Wir werden darauf verzichten, Ihre Vorgesetzten über den Einbruch zu informieren. Und Sie stören nicht länger meine Kreise. Das ist noch nicht alles. Ein kleines Zusatzangebot, ein kleiner Bonus für Ihr Wohlverhalten uns gegenüber ...« Ein anzügliches Lächeln erschien auf seinen Lippen. »In den nächsten Tagen wird Ihr Vater eine Veränderung seines Kontostandes feststellen. Wie wäre es mit fünfzigtausend Mark? Das ist kein Schuldeingeständnis. Ich möchte lediglich, daß der Schaden, den Ihr Vater erlitten hat, wieder ausgeglichen wird. Im übrigen wäre es schön, wenn mein Name im Zusammenhang mit einer so unappetitlichen Geschichte nicht erwähnt würde.«

Gabler spürte, wie ihm das Blut in die Wangen schoß. Knaukkes selbstgefällige, naßforsche Art ging ihm entschieden gegen den Strich.

»Ihnen geht doch der Arsch auf Grundeis, Mann! Sie haben Dreck am Stecken! Ich hätte die größte Lust, Ihnen ...«

»Hören Sie«, unterbrach ihn Knaucke. Er polierte irritiert an dem Opal herum, der seinen linken Ringfinger zierte. »Ich erwarte jetzt jemanden zu einer Besprechung. Lassen Sie uns wie zwei vernünftige Männer auseinandergehen. Mir liegt nichts daran, Ihnen Ärger zu machen. Im Gegenteil. Es ist mir ein Vergnügen, wenn ich Vertretern des Rechtsstaates behilflich sein kann; schließlich stehen wir auf derselben Seite des Gesetzes. Und Ihr Vater könnte das Geld sicher gut gebrauchen ...«

Die nachfolgende Stille bezeugte Gablers inneren Kampf. Nur das Gemurmel der Gäste überlagerte die feinen Schwingungen des zweiminütigen Schweigens. Er versuchte sich an die Stelle seines Vaters zu versetzen. Wie würde Hermann Gabler, Ex-Kommunist und Ex-Schweinezüchter, reagieren, wenn er von diesem Angebot hörte? Würde er es annehmen?

Gabler warf ein Glas um, als er aufsprang.

»Das können Sie vergessen!« fauchte er Knaucke über die Rosen hinweg an. Jahrgangs-Champagner kroch über das Tischtuch.

Der Rechtsanwalt nahm eine dezente Rotfärbung an.

Gabler beglückwünschte sich zu seinem Hollywood-Abgang, wandte sich zum Gehen und prallte gegen einen anthrazitfarbenen Kammgarnanzug von HUGO BOSS, in dem ein kleiner, nußknackergesichtiger Mann steckte. Der Nußknacker schenkte Gabler ein strahlendes Lächeln und erkundigte sich bei Knaucke, ob etwas nicht stimme. Er sprach mit starkem südländischem Akzent, und seine Stimme klang voll und suggestiv, wenn auch ein bißchen verkratzt wie ein Rezitativ auf einer alten Schellackplatte.

Knaucke beteuerte, daß alles in schönster Ordnung sei, aber im gleichen Moment langte Gabler über den Tisch, um den Rechtsanwalt beim Revers zu packen und ihm eine an dieser Stelle nicht wiederzugegebende Drohung zuzuflüstern. Knaucke spürte die Blicke der Restaurantgäste auf sich ruhen und lief erneut rot an. Ein unartikuliertes, empörtes Zischen drang zwischen seinen Lippen hervor. Gabler beobachtete grinsend, wie seine schmalen, kultivierten Hände versuchten, die Fäuste zu sprengen, die sein Sakko umschlossen.

Kurz darauf schwebte Gabler selbst in der Luft. Eine Schlägervisage, eckig, quadratisch, unsympathisch, hatte sich aus dem Dunstkreis des Nußknackers geschält. Das Gesicht des Mannes, das aussah, als sei es gerade aus einer Kuchenform gefallen, bewies, daß ein Bodyguard nicht unbedingt aussehen muß wie Kevin Costner. Der vierschrötige Schläger schwenkte Gabler aus der Konfliktzone; Gabler hörte, wie eine Naht unter seiner Achsel riß. Er ruderte hilflos in der Luft herum, bevor er auf beiden Beinen zu stehen kam und einen Schlag in Richtung des Quadratschädels schicken konnte. Die Gerade wurde von einer Pranke gestoppt, die größer war als der Fanghandschuh eines Baseballspielers. Seine Fingergelenke knackten vernehmlich, als sich der Schraubstock um seine Faust zusammenzog. Gabler hechelte nach Selbstvertrauen wie ein Bergsteiger nach Sauerstoff, aber ein Blick auf seinen Peiniger ließ ihn Böses ahnen.

»Aber, aber, Enzo!«

Die Stimme des Nußknackers, warm und melodisch, mit kleinen nervösen Spitzen, war Musik in Gablers Ohren. Er ließ die Luft aus seinen Lungen und probierte, wie es sich anfühlte, wenn er die Hand öffnete und wieder schloß. Der Mechanismus schien im großen und ganzen in Ordnung zu sein. Er musterte den kleinen Mann vor sich. Er hatte graues, zurückgelegtes Haar, dunkle Augen und ein braunes, glänzendes Gesicht. Gabler rieb sich die geschundene Linke und suchte nach einer schmissigen Bemerkung. Der kleine Mann kam ihm zuvor.

»Ich hoffe, Sie haben sich nicht verletzt.« Es klang keineswegs heuchlerisch.

Der Alte warf einen Blick in die Runde. Offensichtlich war er ein Meister der Massensuggestion, denn die Gäste hörten auf, ihre Blicke in Gablers Gesicht zu bohren. Der normale Restaurantbetrieb setzte wieder ein.

»Vielleicht möchten Sie uns jetzt lieber verlassen?« erkundigte sich der Nußknacker. Diese Frage war eine Feststellung, schließlich setzte er sich bereits, während er sie stellte, wobei er sich kokett an der Fliege zupfte.

»Darauf können Sie Gift nehmen«, sagte Gabler. »Und noch

was — Sie sehen aus, als stünden Sie ganz oben auf der FBI-Fahndungsliste, aber vielleicht sind Sie ja auch nur ein harmloser Geschäftsmann. Für diesen unwahrscheinlichen Fall rate ich Ihnen, mehr auf Ihren Umgang zu achten.«

Knaucke machte einen letzten Versuch, ihn zu beschwichtigen: »Menschenskind! Sie bringen sich in Teufels Küche!«

Gablers Blick glitt an Knaucke herunter wie Ketchup an der Außenseite eines Hotdogs. »Weißt du was?« erklärte er dem Anwalt freundschaftlich. »Du kannst mir mal einen blasen!«

Vielleicht hätte er das besser nicht sagen sollen. Der Nußknacker ließ seinen Kettenhund von der Leine …

20

Natürlich hatte die Sache ein Nachspiel. Übel zugerichtet flog Gabler auf die Straße, wo er von zwei maulfaulen Zivil-Bullen in Empfang genommen wurde, die verhinderten, daß ihn der Schläger des Nußknackers an der frischen Luft weiter verhackstückte — unbeobachtet von den Gästen und entsprechend hemmungslos.

Gabler wankte zu dem Wagen seiner Kollegen und ließ sich auf die Rückbank fallen.

Als er wieder halbwegs beieinander war, bewunderte er im Rückspiegel abwechselnd seine geplatzte Augenbraue und die störrische Miene des Burschen, der vor ihm saß und alle drei Minuten sein Schulterholster zurechtrückte. Dann fing er an, sich Gedanken zu machen, woher die Jungs so plötzlich aufgetaucht waren. Wenn man in dieser Stadt Hilfe brauchte, erschien normalerweise eher der Messias als ein Streifenwagen.

Gabler behielt diesen Gedanken nicht für sich. Die Reaktion war überwältigend. Der Bulle auf dem Beifahrersitz spielte mit dem Lederzeug unter seinem Sakko und glotzte aus dem Fenster, als hätte er Gabler einfach nicht gehört. Der Mann hinter dem Steuer war gesprächiger. Seine Antwort bestand aus dem schönen Satz: »Wenn Papa kocht, häng deine Eier nich in die Küche!«

Gabler dankte und verbrachte den Rest der Fahrt damit, diesen Orakelspruch zu deuten.

In der Direktion Verbrechensbekämpfung marschierte KaDeWe derweilen auf und ab wie ein Tiger mit Käfigmacke. Er hielt seinen Tobsuchtsanfall zurück, bis er seinen Subalternen auf Anschißlänge vor sich hatte. Dann legte er los.

Gabler konnte sich nicht erklären, was er falsch gemacht hatte. Also nahm er die Kaskade von Schmähungen gelassen hin. Seine stoische Miene veranlaßte KaDeWe zu der Ankündigung, sein Vorrat an Gelassenheit würde sich rascher verbrauchen als ein Schminknapf in einer Tuntenbar — wenn er erst etwas über den Hintergrund der Geschichte erführe!

Und der sah dann etwa so aus: Knaucke war seit über einem Jahr Zielperson der OK-Spezialisten der Berliner Polizei und des BKA. Allem Anschein nach bewegte er im Auftrag gewisser Leute größere Geldbeträge. Summen, deren Herkunft nach Meinung ihrer Besitzer besser im Dunkeln bleiben sollte.

»Der Mann ist alles andere als ein kleiner Fisch!« versicherte KaDeWe. »Von 1976 bis 1980 hat er eine Kanzlei in Frankfurt/Main unterhalten, Münchener Straße, mitten im Rotlichtviertel. Im Herbst '80 ist er dann nach Berlin umgezogen. Hier eröffnete er eine neue Kanzlei. Nebenbei engagierte er sich im Baugeschäft.«

Aus KaDeWes Tonfall sprach eine gewisse Verärgerung. Offenkundig wäre es ihm lieber gewesen, wenn sich Knauckes Aktivitäten auf die Main-Metropole beschränkt hätten.

»Der Mann ist Duzfreund mehrerer polizeilich bekannter Personen aus dem Frankfurter und dem Berliner Milieu«, setzte er mit neutraler Stimme fort. »Die hat er zum Teil auch vor Gericht vertreten — mit Erfolg. Seine Kontakte zu Mafia-Kreisen sind seit Mitte der '80er aktenkundig. Erst unlängst hat er einen Gastwirt aus Belpasso verteidigt, der in drei Jahren über zweitausend geklaute Euroschecks an Einlöserbanden in Italien weitergeleitet hat — die Gewinne flossen vermutlich in den Drogenhandel. Aber diesmal hatte Knaucke Pech — das Landgericht Frankfurt hat seinen Mandanten zu drei Jahren verurteilt. Tja«, schlußfolgerte KaDeWe messerscharf, »alles spricht dafür, daß unser Mann ein Handlanger der 'Ehrenwerten Gesellschaft' ist.«

Gabler dachte an den Nußknacker mit der samtigen Stimme und kriegte die große Flatter.

»Sie meinen also, Knaucke spielt nicht nur den Advokaten, sondern auch den Geldwäscher für die Cosa Nostra?«

KaDeWe nickte bekümmert. »Er investiert es in Golfplätze und Autohäuser im Berliner Umland. Er hat eine Firma, über die er seine Baugeschäfte laufen läßt – die KNAUCKE GMBH & CO. KG. Und der Laden läuft gut! Bei Paretz hat er eine Herz-Klinik in Auftrag gegeben – mit Blick auf den Ruhesitz von Friedrich Wilhelm III. Was wohl Königin Luise dazu sagen würde?«

Er schien ernsthaft über diese Frage nachzudenken. Preußische Geschichte war neben Golf das einzige Hobby, das er sich gestattete. Gabler machte mit einem verzweifelten Räuspern auf sich aufmerksam.

»Und dieser Nußknacker? Dieser Napoleon-Verschnitt, der seinen Schläger auf mich losgelassen hat?«

An dieser Stelle schaltete sich Horstmüller ein. »John Rufus Speranza. Italo-Kanadier. Die Leute von der OK halten ihn für einen der Burschen, in dessen Auftrag Knaucke mit den Millionen jongliert. Drogengelder, wenn man der kanadischen Polizei glauben darf. Die hat schon zwei Rechtshilfeersuchen auf Beschlagnahme von Narco-Dollars gestellt, aber das hat hier keinen interessiert.«

Horstmüller schniefte verächtlich. »Dabei wäre das selbst ohne das Geldwäschegesetz möglich gewesen, weil Vermögen, das auf kriminelle Weise erworben wird, nach deutschem Recht dem Verfall unterliegt. Geldwäsche ist Verfallsvereitelung. Und das ist strafbar. Paragraph 258 StGB.«

KaDeWe schüttelte betrübt den Kopf. Die Sorge über die Zukunft des Rechtsstaates meißelte ihm eine tiefe Falte zwischen die Brauen. Man sah ihm das unbändige Verlangen an, Leuten wie Knaucke und Speranza mit zentnerschweren Hämmern eine Maniküre zu verpassen.

»Dieses Geschmeiß breitet sich bei uns aus wie die Pest«, stellte er dann auch fest.

»Speranza ist 1988 das erste Mal in die Bundesrepublik eingereist«, fuhr Horstmüller fort. »Mit fünfhunderttausend nicht deklarierten kanadischen Dollars im Handgepäck, was ihm eine stattliche Geldstrafe einbrockte. Eine Zeitlang kam er nur auf Stippvisite nach Deutschland, aber seit zwei Jahren lebt er hier. Erst in Frankfurt, dann in Berlin. Anscheinend lassen seine Leute aber auch bei ihm zu Hause nichts anbrennen – seine Verwandten beherrschen angeblich eine ganze Stadt in der Provinz Catania. Das liegt auf Sizilien«, erklärte er Gabler. »Dem Augenschein nach ist dieser Speranza nicht mehr als ein kleiner Geschäftsmann, der mit Südfrüchten handelt, aber seine Kontobewegungen sprechen eine andere Sprache.«

»Woher weißt du soviel über den Mann?« wollte Gabler wissen.

»Ich bin mir ziemlich sicher«, sagte Horstmüller, »daß ich Speranza meinen versauten Anzug zu verdanken habe. Übrigens: ich wollte ihn zur Reinigung bringen, aber sie haben sich geweigert, ihn anzunehmen.«

Gabler fiel die Kinnlade herunter.

»Und der tote Spaghetti im IL CORSARO«, setzte Horstmüller seine Schilderung unwahrscheinlicher, aber wahrer Begebenheiten fort, »war Kunde bei Speranza! Er hat auch sein gesamtes Personal über Speranza bezogen, unter anderem einen koksenden Koch.«

»Das klingt alles sehr interessant!« murmelte KaDeWe nachdenklich vor sich hin. Dann seufzte er. »Wir hätten Sie für die Klärung dieses Falles gut brauchen können, Gabler. Aber momentan stehen Ihre Aktien leider sehr, sehr schlecht. Ihr Auftritt in diesem Nobel-Restaurant hat Knaucke und Speranza sicher gewarnt. Speranzas Telefon wird überwacht, aber seine Gespräche dürften von nun an nur noch für Hobby-Golfer interessant sein. Naja, die Plätze, auf denen dieser Kerl spielt, werde ich mir wohl niemals leisten können.«

Gabler erfüllte tiefes Mitgefühl für seinen Chef.

»Die Überwachung der beiden ist zunächst eingestellt worden«, führte KaDeWe weiter aus. »Die Lage soll sich erst einmal beruhigen. Das bedeutet natürlich ein paar Wochen Zeitverlust.«

Gabler schuf in seinem Herzen Platz für eine weitere Portion Anteilnahme – für die Kollegen von der OK, denen durch seine Schuld vielleicht ein großer Fisch durch die Lappen gehen würde. Zugleich empfand er tiefe, ehrliche Trauer mit der gesamten Berliner Polizei, deren Aufklärungsquote den niedrigsten Stand seit Kriegsende erreicht hatte. Und schließlich war er auch erfüllt von tiefem, ehrlichen und innigst empfundenen Mitgefühl für Kriminalhauptkommissar Markus Horstmüller, der nun all die Arbeit allein erledigen mußte, weil man ihn – Gabler – todsicher feuern würde. Womit sich Annes finsterste Visionen bewahrheitet hätten.

Horstmüller drückte Gabler anteilnehmend die Schulter und reichte ihm ein Papiertaschentuch, denn die Wunde über seiner Braue war wieder aufgeplatzt und hatte zu bluten begonnen.

»Diesmal kommt es ganz dick!« vermutete Gabler, und Horstmüller war nicht leichtfertig oder nicht heuchlerisch genug, um das Gegenteil zu behaupten.

Am Ende wurde Gabler dazu verdonnert, am nächsten Tag noch einmal bei KaDeWe aufzulaufen – nach einem morgendlichen Plausch zwischen KaDeWe und dem Leiter der Direktion. Es war abzusehen, daß dieser Kaffeeklatsch unter anderem die berufliche Zukunft Gablers zum Gegenstand haben würde.

»Oh, Mann!« stöhnte er. »Ich muß morgen früh zum Schießen nach Wannsee. Hoffentlich kann ich nicht hinterher gleich meine Marke abgeben!«

21

»Und was nun?« fragte Anne, als sie am Abend an einem Tisch im DA CAPO hockten und Gablers kommenden Karriere-Knick begossen.

Er zuckte mit den Schultern. »Keine Ahnung. Am besten, wir reden nicht mehr über die Geschichte.«

Anne fuhr ihm tröstend mit der Hand über die Wange.

Jump they say! sang ein in die Jahre gekommener David Bowie auf den Bildschirmen, die unter der Kneipendecke schwebten. Das Publikum bestand größtenteils aus Männern. Am Tresen trainierten ein Yuppie-Verschnitt und ein Red-Skin ihre Zungenkußtechnik. Gabler musterte die übrigen Gäste und gelangte zu einer elementaren Erkenntnis. »Das ist 'ne Schwulenkneipe!«

Anne lächelte durch den Zigarettenqualm wie die Katze in »Alice im Wunderland«.

»Stört's dich?«

»Nö.«

»Dann reg dich ab. Das ist der beste Laden in deiner Gegend.«

Gabler durchzuckte die schmerzhafte Erkenntnis, daß Anne inzwischen die Kneipenszene in seinem Kiez besser kannte als er selbst. Die zwei Jahre nach seiner Scheidung hatten ihn zu einer Art Höhlenmensch mutieren lassen – zu viele Stunden vor dem Fernseher. Das Lagerfeuer des 20. Jahrhunderts hatte ihn ausgetrocknet.

»Gehen wir noch ein paar Runden um den Block?«

Gabler hatte nichts dagegen.

Anne zahlte und hakte ihn unter.

Über der Kreutziger Straße wehte noch immer die schwarzrote Flagge der Besetzer. In der Mainzer erinnerten nur noch ein paar verblichene Grafitti an die Schlachten, die sich die Szene hier einst mit der Polizei geliefert hatte. Nach den Räumkommandos waren die Bautrupps angerückt. Eine letzte grellbunte Festung des Widerstandes behauptete sich gegen eine makellos sanierte Wohnumwelt. Sie bildete das groteske Gegenstück zu den frisch verputzten Fassaden, hinter denen sich Normalbürger vor der Rache der Autonomen fürchteten. Zu recht, wie Gabler wußte, denn die vertriebenen Besetzer hatten sich nach Abschluß der Bauarbeiten noch einmal nachdrücklich in Erinnerung gebracht – mit Farbbeuteln und Schraubenmuttern, die sie durch die neuen Fensterscheiben katapultierten.

»Tja«, schlußfolgerte Anne, »das dürfte dem Image der Bewegung sehr geschadet haben.«

»Da kannst du Gift drauf nehmen. Die Leute im Kiez waren stinksauer.«

Arm in Arm gingen sie weiter.

»Du denkst immer noch an deine Arbeit!« stellte Anne nach einer Weile fest.

»Woher willst du das wissen?«

»Klare Sache. Du hattest gerade mal wieder diesen abwesenden Blick.«

Gabler seufzte. Er war gut beraten, den ganzen Fall zu vergessen. Köglmeier gehörte vielleicht zu den Freaks, die auf ihrem Spezialgebiet Wunder bewirken können. Aber wenn der Junge auch nur ein bißchen an seine Karriere dachte, würde er den Namen Gabler aus seinem Gedächtnis streichen, anderenfalls mußte er mit KaDeWes Vergeltungsmaßnahmen rechnen. Fazit: Köglmeier war als Informeller Mitarbeiter gestorben. Auch was Horstmüller anbetraf, gab sich Gabler keinen Illusionen hin – sein Partner würde weiterhin Dienst nach Vorschrift machen, ohne auch nur um Haaresbreite vom Pfad der Tugend abzuweichen.

Gabler zog ein unglückliches Gesicht. Von allen Getreuen verlassen, konnte er den Fall Knaucke schlicht und einfach vergessen. Was blieb, war die Hoffnung, daß sich zumindest die Kollegen in angemessener Weise um Knaucke kümmern würden. Aber das war ein schwacher Trost, denn Gabler hatte – ähnlich wie Horstmüller – die Devise: Was man nicht selbst macht, wird nicht gut.

Er blickte sich um und stellte fest, daß sie inzwischen auf Höhe des alten Schlachthofs angelangt waren, aus dem früher bis tief in die Nacht das Schreien verzweifelter Schweine gedrungen war. Jetzt schwebte über dem mehr als hundert Jahre alten Bauwerk das andächtige Schweigen eines Friedhofs für Kuscheltiere.

»Ziemlich gruslig!« fand Anne.

Gabler gab ihr recht und schloß sie fester in den Arm.

Mauerkunst statt Schweinedunst – die Parole, die auf der roten Backsteinmauer prangte, kündigte der Jungen Rechten eine Folge von lehrreichen Sprüchen an: *Nazis raus! – Nazi verrecke! – Nazi denk nach!*

Was in dieser Reihenfolge selbst dem besserungswilligsten Fascho schwer fallen dürfte, wie Anne treffend bemerkte.

Fünf Minuten später verharrte Gabler andachtsvoll an jenem Ort, an dem bis vor kurzem die Werner-Seelenbinder-Halle gestanden hatte.

»Hier hat mal Henry Maske gekämpft!« erklärte er andächtig. »Und ich kann sagen, ich bin dabei gewesen.«

Anne machte große Augen.

»Henry Maske?« fragte sie. »Wer in aller Welt ist das?«

»Den mußt du nicht kennen!« erklärte Gabler sarkastisch. »Das ist nur der neue Box-Weltmeister. Und er kommt aus dem Osten.«

Er träumte sich fünf Jahre zurück, und die alte Halle wuchs wieder aus ihren Trümmern zusammen – wie in einem rückwärtslaufenden Film.

»Der Bursche war damals schon ein Unikum«, erinnerte sich Gabler. »Es gab eine Menge Leute, die ihn nicht mochten, weil er so unglaublich defensiv boxte. Wenn er merkte, daß er drei Punkte mehr hatte als sein Gegner, hörte er einfach auf.«

»Ganz gute Strategie«, befand Anne. »Du solltest dir von dem Burschen eine Scheibe abschneiden.«

Gabler spulte für Anne ein paar hundert Meter alten Film ab. Er beschrieb, wie Maske das '87er TSC-Turnier für sich entschied, indem er den mehrfachen BRD-Meister Sven Ottke mit einem Leberhaken auf die Matte schickte. Er erinnerte sich an Tausende von tobenden Zuschauern in dem ausverkauften Saal. Jetzt sollte an Stelle der Seelenbinder-Halle für ein paar hundert Millionen ein Olympia-Velodrom entstehen und auf dem alten Schlachthof an der Thaerstraße das Olympische Mediendorf. Der Name Seelenbinder würde dabei vermutlich unter den Tisch fallen; der Mann war KPD-Mitglied und Teilnehmer der '36er Olympiade gewesen und ein paar Jahre später von den Nazis hingerichtet worden – mit solchen Leuten war in der neuen Bundeshauptstadt nicht mehr viel Staat zu machen.

Gabler warf einen letzten Blick auf den Bauplatz.

»Gehen wir nach Hause«, schlug er Anne vor.

22

Horstmüller nahm all seinen Mut zusammen und besuchte am nächsten Morgen noch einmal den Großmarkt. Er marschierte schnurstracks zu dem Fleischstand, an dem er seine Verfolgungsjagd auf den Lockenkopf begonnen hatte und präsentierte ein zweites Mal seine Marke. Den Namen des südländischen Doktor-Kimble-Doubles kannte dort niemand, aber man wußte, daß der Italiener der Koch eines Steakrestaurants in der Karl-Marx-Straße war.

»Im PENTITO.[11] Das ist gleich neben dem KARL-MARX-GRILL«, erklärte der Mann hinter dem Fleischstand dem Kommissar. Er hatte eine Freibiervisage und schmutzige Fettränder unter den Fingernägeln, aber Horstmüller glaubte ihm und fuhr nach Neukölln.

Das PENTITO machte seinem Namen alle Ehre. Niemand wäre auf die Idee gekommen, diesen Laden ein zweites Mal zu besuchen, ausgenommen vielleicht die Schnüffler vom Hygieneamt.

Horstmüller hielt sich nicht lange mit dem Betrachten der speckigen Tischtücher auf. Er brach durch die Küchentür wie ein brunftiger Junghirsch durch das Dickicht, entdeckte den Lockenkopf mit dem Gipsarm und forkelte ihn mit einem Grillspieß. Das blitzende Eisen fuhr dem Italiener durch den Jackenkragen, er prallte gegen ein Küchenregal und blieb dort kleben, angepinnt wie ein Denkzettel auf einem Korkbrett. Horstmüller baute sich vor ihm auf und blies ihm seinen heißen, wütenden Atem ins Ge-

11 (Ital.) = »Der Reuige«

sicht. Der Mann schlotterte vor Schreck, aber Horstmüller hatte kein Mitleid mit ihm — diese Kreatur war dafür verantwortlich, daß ihm noch heute ein dezenter Fischgeruch anhaftete.

»Jetzt hör mir mal zu, Miraculix! Nummer Eins: für das Sakko von COLETTI habe ich sechshundert Mark hingeblättert! Nummer Zwei: eine Bundfaltenhose von BERTO LUCCI. Dreihundertzwanzig Mark! Dazu Unterwäsche, HUDSON-Socken und italienische Schuhe von GINO CAPPELLETTI für zweihundertdreißig Glocken! Alles im Arsch! Verseucht und vergiftet. Da wäre ich bei HOECHST in 'nem Säuretank besser aufgehoben gewesen. Und warum ist das alles so gekommen? Weil du mich ins offene Messer laufen lassen hast!«

Dies war ein längerer, eindringlich vorgetragener Text, aber der Lockenkopf kapierte nichts. Er fuhr sich schüchtern mit dem Gips über die Nase, blinzelte ängstlich und schwieg. Horstmüller setzte seine wütende Eloge fort.

»John Rufus Speranza. Sagt dir der Name was? Natürlich sagt dir der Name was! Das ist der Mann, bei dem du deine Kohlköpfe zum doppelten Preis kriegst!«

Der Name des Italo-Kanadiers löste bei dem Mann mit dem Gipsarm eine eigenartige Reaktion aus. Seine Lippen wurden schmal wie die Schneide eines Tranchiermessers. Seine Lider begannen zu flattern. Beides blieb Horstmüller nicht verborgen. Er nickte zufrieden und senkte die Stimme. »Jetzt hat es klick gemacht, was?«

Es schien wirklich klick gemacht zu haben. Dem Koch knickten die Beine weg. Nur der Grillspieß hielt ihn noch in der Vertikalen.

»Warum denn so furchtsam?« erkundigte sich Horstmüller zynisch. »Ist Johnny Speranza so ein schlimmer Finger? Was wolltest du dann von ihm? Gehe nie zu deinem Fürsten, wenn du nicht gerufen wirst, heißt es hier bei uns. Hat dich dein Fürst gerufen? Oder wolltest du dich nur bei ihm beschweren? Vielleicht darüber, was sie mit deinem Arm gemacht haben?«

Horstmüller pochte auf den fettigen, steinharten Verband. »Der Gips ist noch ziemlich frisch, was? Ich schätze, sie haben ihn dir Sonntag nacht angelegt. Und vorher hattest du Besuch, nicht wahr? Ein paar Jungs wollten Geld von dir, und du wolltest es ihnen nicht geben. Waren das Leute von Johnny, die dir den Arm gebrochen haben? Nein, ich schätze, das waren sie nicht, denn sonst hättest du dich ja nicht bei Speranza beschwert. Das waren andere Jungs, Fremde, nicht wahr? Du brauchst nur zu nicken, wenn ich recht habe, mein Kleiner.«

Horstmüller sah die Panik in den Augen des Kochs und wußte, daß er auf dem richtigen Weg war. Aber der Lockenkopf nickte nicht. Die Angst saß ihm im Nacken und machte ihn steif, steifer als seinen Gipsarm. Er sagte keinen Ton.

Der Mann hat mehr Schiß als Vaterlandsliebe, erkannte Horstmüller. Bei dem ist nichts zu holen.

Er ließ dem Koch seine Telefonnummer da, in dem sicheren Gefühl, daß er sie sofort verschlucken würde, sobald der Bulle aus der Tür war. Seine nächste Handlung würde vermutlich darin bestehen, Speranza über den Besuch der Polizei zu informieren.

Horstmüller schnaufte unwillig. Keine Frage, diese Sache ließ sich ausgesprochen lausig an.

Auf dem Rückweg in die Direktion beschloß er, schlechte Laune zu bekommen.

Er bekam schlechte Laune. Sein Gesicht nahm einen ungnädigen, ja aggressiven Ausdruck an; für ein paar Stunden reduzierte sich seine verbale Kommunikation auf rätselhafte Satzfragmente und unwirsches Stöhnen. Er gab sich seinem Mißmut hin wie einer lang umworbenen Geliebten, blaffte seine Kollegen an und verweigerte am Ende gar einen Spendenbeitrag, obgleich der nun einem wirklich guten Zweck zufließen sollte — dem Begräbnisfond für im Dienst erschossene Polizeihunde. Normalerweise kamen die in die Tierkörperbeseitigung, aber für achthundert Mark pro feuchte Nase konnte man ihnen ein Stück Land auf dem Tierfriedhof und einen netten Marmorstein kaufen — mit einer sinnigen Inschrift wie »Hier ruht Lupus, der zwei Postboten überlebte« oder »Good bye, Brunhilde!«

»Laß mich mit dem Scheiß in Ruhe!« knurrte der eigentlich als Tierfreund bekannte Horstmüller den Kollektensammler an, der daraufhin eiligst das Weite suchte und fand.

Gegen Mittag kam ein Anruf, der Horstmüllers Laune zum Teil wiederherstellte. Es ging um Giusto Minore.

»Er hat was?« kicherte Horstmüller. Er legte auf und fuhr ins Urban-Krankenhaus.

»Eine Hodenquetschung«, erklärte der behandelnde Arzt. »Jemand hat ihm in die Eier getreten. Noch ein bißchen mehr Schwung, und er hätte keine *cojones*[12] mehr. Schätze, er wird sich wieder erholen, aber zur Zeit tut ihm jede Bewegung weh. Wir haben ihm ein Suspensorium angelegt.«

»Ein was?«

»Eine Stützbinde für den Hodensack.«

Horstmüller schüttelte beeindruckt den Kopf. »Wo haben Sie ihn gefunden?«

»Nachdem es passiert ist, lag er wimmernd auf dem Teppich. Irgendwie ist er bis zum Telefon gekrochen und hat die Eins-Eins-Null gerufen.«

Giusto Minore machte keinen guten Eindruck. Die edle Blässe in seinen Zügen konkurrierte erfolgreich mit dem Weiß des Kopfkissenbezugs, seine hochgelagerten Beine steckten in Lederschlaufen.

»He, Sie sehen aber gar nicht gut aus, Minore.«

»Sie hätten das durchmachen sollen, was ich durchgemacht habe. Dann würden Sie jetzt auch so aussehen wie ich.«

»Ein deutscher Polizist läßt sich nicht so einfach in die Eier treten«, sagte Horstmüller. Ein deutscher Polizist läßt sich auch nicht so einfach in eine Tonne mit Fischabfällen stecken, dachte er anschließend, aber diesen Gedanken sprach er nicht laut aus. »Wie ist denn das passiert?« erkundigte er sich stattdessen bei Minore.

»Ein Unfall!« behauptete der Sizilianer.

»Ach wat!?« zweifelte Horstmüller. »Ein Unfall! Das ist ja ein dolles Ding.«

Giusto Minore fand das auch.

»Ich hab meiner Schwägerin helfen wollen, einen Trauerflor über den Türrahmen zu hängen und bin dabei von der Leiter gestürzt.«

Er lächelte verlegen über seine Ungeschicklichkeit.

»Wissen Sie, was ich glaube?« sagte Horstmüller. Er setzte sich auf die Bettkante und beugte sich vertraulich über Minore. »Ich glaube, Sie und Ihr Bruder und ein kleiner Pizzakoch, dem man gerade den Arm gebrochen hat, und vielleicht noch ein paar Ihrer Landsleute – Sie alle haben Ärger mit jemandem, der eigentlich nicht in diese Stadt gehört. Habe ich nicht recht?«

---

12 (Span.) = Hoden; im übertragenen Sinne auch »Mut«

Minore wiederholte seine Sauna-Nummer vom Sonntag morgen und begann zu schwitzen, was das Zeug hielt. Horstmüller zog hastig die Hand zurück.

»Sind Sie immer noch sicher, daß es nur ein Mißgeschick war?«

Der Sizilianer schüttelte verzweifelt den Kopf. »Ich schwöre es Ihnen, beim Leben meiner Mutter.«

»Schwören Sie Ihre Meineide immer beim Leben Ihrer Mutter?« erkundigte sich Horstmüller. »Und da weilt die Gute noch unter uns?«

Minore fand das nicht komisch. Er starrte beleidigt aus dem Fenster.

Horstmüller rächte sich, indem er seinen Blick hartnäckig zwischen Minores Schenkeln ruhen ließ. »Die moderne Medizin ist ja schon ziemlich weit«, orakelte er. »Aber Sie sollten sich nicht nur auf diese Weißkittel verlassen. Ich bin auch ein Mann und hänge an meinen … naja, hm. Und ich glaube, sie hängen auch ein bißchen an mir. Vielleicht sollten Sie sie besprechen lassen. Manchmal hilft auch Handauflegen. Oder Akupunktur. Das ist eine alte chinesische Heilpraktik. Meist reichen zwanzig bis dreißig Nadeln. Man steckt sie ein bis zwei Zentimeter tief in das erkrankte Organ hinein …«

Minores Augen weiteten sich. Die Vorstellung von seinen gemarterten Hoden, mit Akupunkturnadeln gespickt wie zwei kleine Kugelfische, überforderte seine Selbstbeherrschung.

»Sie sind ein Faschist!« klagte er Horstmüller an. »Man sollte Sie kopfüber an einer Tankstelle aufhängen – wie Mussolini!«

Als er sich wütend zur Wand drehen wollte, riß er seinen Kamillentee vom Nachtschränkchen. Auf seiner Bettdecke entstand eine Weltkarte aus uringelben Flecken, auf der die Erdteile etwas durcheinander geraten waren. Horstmüller wurde nachdenklich, als er entdeckte, daß Sizilien und Deutschland nur noch einen Katzensprung voneinander entfernt lagen.

War das ein Omen?

23

»Rose Range«, so hatte Gabler mit Hilfe eines Wörterbuchs erkundet, bedeutete »Rosenschießstand«. Das Wort weckte die Erinnerung an Jahrmarkttreiben: an Spiegelkabinette, Geisterbahnen und lärmende Maschinen, die das rätselhafte menschliche Bedürfnis nach Rotation befriedigten. Und natürlich an eine Schießbude, an der James-Dean-Verehrer Papierblumen hinmetzelten. Aber jeder, der all dies im Hinterkopf hatte, wurde enttäuscht, wenn er »Rose Range« betrat – den Schießplatz der US-Army in Wannsee, der seit Menschengedenken auch von der Berliner Polizei genutzt wurde.

Das Areal wurde beherrscht von einer gespenstischen Ordnung: geharkte Wege, akkurat bemalte Hinweisschilder, drahtige Kiefern und Tannen aus dem Katalog einer Versandhausfirma für Schießplatzzubehör. Der Kurpark Baden-Baden, zurechtgestutzt nach Plänen des US-Verteidigungsminsteriums, hätte ähnlich aussehen können.

Die beiden Soldaten, die am Schlagbaum Wache hielten, schienen aus einem Werbefilm für die US-Army zu stammen: Lässige Roboter mit Kinnladen aus Titan und Augen mit integriertem Feind-Früherkennungssystem. Ihre gefleckten Tarnanzüge ließen sie fast in der Landschaft verschwinden. Gabler wünschte ihnen einen guten Morgen. Sie antworteten, indem sie mit zwei Fingern an den Rand ihrer Mützen tippten.

Er meldete sich beim Leiter des Schießens, gab seine Waffennummer an und drückte sich dann wie die anderen im Warteraum herum.

»Du lieber Himmel, bin ich aufgeregt«, gestand ihm eine junge Polizistin offenherzig. »Ich hab zwei Tabletten genommen, aber es hilft so gut wie gar nicht.« Ihre Lider flatterten wie Unterwäsche auf einer Leine.

Gabler fühlte, daß seine soziale Ader erwachte, und ließ sich mit ihr in ein Rennen einteilen. Vielleicht konnte er ihr auf die eine oder andere Art behilflich sein.

Der Munitionsausgeber/Schreiber, der ihm seine sechzehn 9-mm-Patronen zuteilte, hieß Schwertner und war ein schlecht rasierter alter Waffenbulle aus dem Ost-Berliner Polizeipräsidium. Er nickte Gabler nach einem Blick auf die Abschürfungen in seinem Gesicht freundlich zu.

»Na? Gegen 'ne Faust gerannt?«

Gabler grinste vielsagend. »Wie geht's so?« erkundigte er sich. Er hatte den Mann vor zwei Jahren das letzte Mal gesehen.

Schwertner lächelte zufrieden. »Eigentlich sollte ich Streife gehen, aber dann bin ich auf die Kuriositäten-Liste gekommen.«

»Auf die was?«

»Die 449er Liste. Das sind alles Ex-Vopos, die irgendeinen Schaden haben. Noch nie was davon gehört?«

Gabler schüttelte den Kopf.

»Ganz einfach!« erklärte Schwerter. »Der eine hat 'ne Allergie gegen Pollen und kann nur im Innendienst eingesetzt werden, der andere verträgt den Staub nich , der auf den alten Akten liegt und is nur außendienstfähig. Andere dürfen nicht laufen oder zu lange stehen, sitzen oder fliegen oder auf dem Kopf stehen und was weiß ich nicht alles. Ich kenne einen, der muß kotzen, wenn er Tränengas riecht. Stell dir das mal vor — als Bulle! Naja, so einer landet natürlich auf der Kuriositäten-Liste.«

»Und was hast du?«

Schwertner lehnte sich behaglich zurück. »Ich bin zu fett«, verkündete er stolz. »Ich kann nich laufen, das geht aufs Rückgrat.«

»Scheiße, Mann!« meinte Gabler teilnahmsvoll und ließ seine sechzehn Patronen in die Hosentasche gleiten. Sein Rennen wurde aufgerufen. Zusammen mit der unter Beruhigungsmitteln stehenden Polizistin begab er sich zur ersten Linie. Sie munitionierten auf — je acht Schuß auf beide Magazine.

»Bitte begeben Sie sich an die Feuerlinie!« wurden sie aufgefordert.

Der Aufsichtshabende erläuterte ihnen die erste Übung. Acht Schuß auf eine Zehnerringscheibe, Entfernung fünfzehn Meter, Erfüllungsquote fünfunddreißig Ringe. Gabler hatte den ganzen Psalm schon hundert Mal gehört.

»Feuerbereitschaft herstellen! — Feuer!«

Nach sechs Schüssen hatte Gabler sein Soll erfüllt. Die letzten beiden Schuß gab er auf die Scheibe seiner Nachbarin ab. Sie stellten Sicherheit her und gingen zur Trefferaufnahme.

Er hatte achtundvierzig Ringe, sie sechsunddreißig.

»Danke!« flüsterte sie.

»Keine Ursache!« sagte Gabler und klebte die Löcher in seiner Scheibe ab.

Sie bereiteten sich auf die zweite Übung vor; der Leiter des Schießens leierte seinen Text herunter: »Sie haben die Aufgabe, acht Schuß auf einen Sie angreifenden Täter abzugeben. Ich möchte Sie daran erinnern, daß ein Treffer auf die nicht schwarz gefärbten Flächen, also im Brust- oder Kopfbereich, Nichterfüllung bedeutet.«

Die Entfernung betrug fünfundzwanzig Meter, die Erfüllungsquote lag bei fünf Treffern.

»Stellen Sie Feuerbereitschaft her! – Feuer!«

Gablers Walther P 6 bellte fünf Mal, und er war fertig. Er sah zur Seite. Seiner Nachbarin fehlten noch zwei Treffer, aber sie hatte nur noch eine Patrone in der Kammer. Gabler schwenkte die Mündung seiner Walther nach links und ruinierte ihrem Pappkameraden die unteren Extremitäten. Sie schaute mit verschleierten Augen zu ihm herüber, die Waffe noch immer im Anschlag. Dann löste sich ein Schuß. Das Projektil durchschlug die Scheibe an einer Stelle, an der sich normalerweise die Nasenwurzel eines Menschen befand. Das Mädchen brach in Tränen aus.

Weinend stellte sie die Sicherheit ihrer Waffe her. Sie nahm das Magazin heraus, zog den Schlitten zurück und präsentierte dem Aufsichtshabenden die leere Kammer.

»Sicherheit!« bestätigte ihr der Mann. Er versuchte, einen tröstenden Akzent in diese drei Silben zu legen.

»Das ist jedes Mal das gleiche mit dem Mädchen!« erläuterte Schwertner Gabler später den Vorfall.

»Übrigens, weißt du, wer gerade zur Feuerlinie gegangen ist? Kannst du dich noch an Dzieran erinnern?«

Gabler konnte. Kriminalhauptkommissar Markus Dzieran, vormals Hauptmann der »K« in der Ost-Berliner Hans-Beimler-Straße. Sie waren Kommilitonen gewesen – an der Sektion Kriminalistik der Humboldt-Universität. Schon damals war Dzieran im Schießen ein As.

»Wahrscheinlich räumt der Junge hier jedes Mal alles ab!« vermutete Gabler.

»Naja«, bestätigte Schwertner vage. »Das stimmt schon. Aber hör mal – sei 'n bißchen vorsichtig mit dem Dzieran!«

»Wieso?« Gabler blickte erstaunt in die Augen des Waffenbullen, die klar waren wie Adlershofer Wodka.

»Er hat vor 'nem halben Jahr einen umgelegt.«

»Er hat was?«

»Er hat einen weggepustet. So 'nen Halbverrückten, der auf 'nem Todestrip war, verstehste? Erst hat der Typ seine Frau mit 'nem elektrischen Fleischmesser in die ewigen Jagdgründe geschickt, dann war er zu blöd oder zu feige, sich selbst aufzuschlitzen. Also ist er mit 'nem Gasrevolver auf den erstbesten Bullen losgegangen, der ihm über den Weg gelaufen is. Und das war Dzieran.«

Eine Zeit lang schwiegen sie.

»Wie hat er's weggesteckt?« fragte Gabler dann.

»Ganz gut!« behauptete Schwertner. »Es war ein lupenreiner bewaffneter Angriff auf einen Polizeibeamten. Alles in Ordnung – Dzieran war im Recht. Sie haben ihm auf die Schulter geklopft und ihm 'ne Woche Urlaub gegeben. Er hatte 'nen Abgang wie ein Westernheld. Nur seine Frau, die will sich jetzt scheiden lassen, weil sie keine Lust hat, mit einem zusammenzuleben, der einen umgelegt hat.«

Einen Moment lang überlegte Gabler, ob er nicht einfach gehen sollte, aber dann schämte er sich dafür.

Dzieran lächelte verlegen, als sie sich die Hand gaben. Er hatte ein großes, etwas naiv wirkendes Jungengesicht und eine kleine Lücke zwischen den Vorderzähnen. Sein Händedruck war überraschend lasch.

»Hat er es dir erzählt?« fragte er Gabler und machte dabei eine Kopfbewegung in Schwertners Richtung.

Gabler nickte.

»Na, ist schon in Ordnung. Den Klatsch muß ich wohl in Kauf nehmen.«

»Mußt du wohl«, sagte Gabler und kam sich dabei wie ein Idiot vor.

»Und was sagt man so?« fragte Dzieran. »Bin ich nicht ein eiskalter Killer?«

»Laß doch«, sagte Gabler.

»Ich konnte nichts dafür, weißt du«, sagte Dzieran leise. »Es war Selbstmord unter Zuhilfenahme eines Polizisten. Es war nicht meine Schuld.«

»Nein. Natürlich nicht.«

Sie suchten einen Ausweg aus dem Schweigen, und Dzieran fand ihn, indem er ein breites Grinsen aufsetzte und Gabler in die Seite boxte. »Guckst du dir noch ab und zu einen Kampf an?«

»Ach, du liebes bißchen!« sagte Gabler. »Seit ewigen Zeiten nicht mehr.«

»Keine Zeit oder keine Lust?«

Gabler kratzte sich hinter den Ohren. »Da sind lauter neue Leute, die kein Mensch kennt. Außerdem – überleg mal, was die Karten kosten. Schätze, unsere Zeit is vorbei.«

»Du bist ein verdammt alter Mann, was?« erkundigte sich Dzieran mitfühlend. »Im Radio spielt niemand mehr deine Lieblingsplatten, und aus dem Spiegel blickt dir ein grauhaariger Fremder entgegen. Es ist schon ziemlich hart, fünfunddreißig zu sein!«

Er wuchtete Gabler tröstend die Pranke auf die Schulter. »Gehen wir ein Bier trinken?«

»Jetzt?« staunte Gabler. »Hast du nichts zu tun?«

Es war kurz nach elf.

Dzieran winkte ab. »Wenn ich in 'ner Stunde mit 'ner Fahne ins Büro komme, sagt kein Mensch was. Ich hab zur Zeit Narrenfreiheit. Also, was ist?«

»Geht nicht«, sagte Gabler, eine Spur Bedauern in der Stimme. »Mein Chef holt sich gerade seine Instruktionen, wie er mit mir zu verfahren hat. Mir ist da gestern ein kleiner Lapsus unterlaufen – ich hab 'ne Überwachung auffliegen lassen. Vielleicht krieg ich ja ab morgen Zwangsurlaub. Dann können wir mal 'nen Abend um den Block ziehen.«

»Gut«, sagte Dzieran lächelnd.

Ihr Gespräch war von ununterbrochenem Geballer begleitet gewesen, aber jetzt schwiegen die Waffen. Eine Lerche nutzte die Kampfpause, schraubte sich in den blauen Septemberhimmel und schmetterte enthusiastisch eine Strophe. Dann traten die nächsten Rennen zum Schießen an. Der Lerche wurde die Luft zu bleihaltig. Sie drehte bei, auf der Suche nach einem Ort, an dem Frieden war.

24

»Tut mir leid für dich«, erklärte Horstmüller. »Am besten du nimmst es von der guten Seite. Spann ein paar Tage aus! Amüsier dich ein bißchen und so weiter ... na, du weißt schon.«

Gabler war fast ein bißchen gerührt. Horstmüller schien tatsächlich so etwas wie Anteilnahme zu entwickeln. Er nahm sogar die Füße vom Tisch, als er ihm versicherte, daß er alles tun würde, um Knaucke den Arsch aufzureißen. Aber Gabler möge sich um Himmelswillen raushalten aus der Geschichte.

Und wie es aussah, blieb ihm nichts anderes übrig. KaDeWe hatte mit ernster Miene erklärt, der Chef der Direktion wünsche auf keinen Fall, noch einmal die Namen Knaucke und Gabler in einem Atemzug zu hören. Unter keinen Umständen. Knaucke sei für Gabler unantastbar, nicht existent und tabu.

Sein Statement ließ keinen Raum für Mißverständnisse. Gabler war beurlaubt. Er sollte sich um seinen Vater kümmern, dessen Unglück der Leiter der Direktion zutiefst bedauerte. Was keinesfalls bedeuten würde — so hatte KaDeWe mit erigiertem Zeigefinger ergänzt —, daß er private Rachefeldzüge sanktioniere. Schließlich lebe man nicht mehr im Mittelalter. Im übrigen sei auch Kriminalhauptkommissar Köglmeier verwarnt worden. Ermittelt werde im Polizeiapparat noch immer von Amts wegen oder auf Grund einer Anzeige — und nicht, um einem Kollegen eine persönliche Gefälligkeit zu erweisen.

»Wenn Sie unbedingt Ihre eigene Karriere riskieren wollen«, hatte KaDeWe seinen Sermon abgeschlossen, »bitte schön, Gabler. Ich dachte zwar, Sie wären froh, endlich verbeamtet zu sein, aber naja. In jedem Fall sollten Sie so fair sein, nicht noch andere Kollegen in Ihre vorschriftswidrigen Alleingänge zu verstricken …«

»Er meint das nicht so!« hatte Horstmüller behauptet, nachdem die Tür ins Schloß gefallen war. Woraufhin die Tür noch einmal aufflog.

»Und ob ich das so meine!« krakeelte KaDeWe, um danach endgültig zu verschwinden.

Das alles war inzwischen zehn Minuten her, und Gabler fühlte sich noch nicht besser.

»He«, sagte Horstmüller, »vergiß es einfach.«

Gabler zog erstaunt die Augenbrauen hoch. Jetzt schlurfte Horstmüller tatsächlich zu seinem Schreibtisch hinüber und legte ihm die Hand auf die Schulter.

»Setz dich in deine Reisschüssel … ich meine, in deinen schmucken Toyota, und fahr ein paar Tage irgendwohin. Und wenn du wiederkommst, gehen wir einen heben!«

Gabler sah Horstmüller in die Zuneigung verströmenden Augen. Merkwürdig! Alle wollten ihn heute zum Saufen überreden.

»Oder du kommst mal wieder zu uns zum Essen. Meine Frau würde sich freuen. Aber bring diesmal um Himmelswillen nicht wieder ein Six-Pack Asti Spumante mit. Wir sind Gourmets.«

Der Gourmet Horstmüller marschierte zu seinem Schreibtisch zurück, parkte seine Füße neben einem Aktenstapel und faltete seine Hände wieder über dem Bauch. Diese Haltung nahm er gewöhnlich ein, wenn er nachdenken wollte.

»Was wird aus deinem Mafia-Mord?« fragte Gabler, während er ein paar Sachen zusammenkramte.

»Naja«, gestand Horstmüller. »Ich komm nicht so richtig weiter. Oder, wie es KaDeWe ausdrücken würde, ich hab ein Ergreifungsdefizit eklatanter Art! Es gibt keine Zeugen. Und die Mischpoke von diesem toten Spaghetti ist natürlich stumm wie ein Fisch.« Horstmüller stieß auf. Das Wort »Fisch« schien ihm immer noch Übelkeit zu verursachen. Dennoch kam er allmählich in Fahrt.

»Wir haben da einen Lockenkopf aus einem unsäglichen Schmuddel-Bistro in Neukölln, der seit Sonntag mit einem Gipsarm rumrennt. Und Giusto Minore, dieser weinerliche Fettwanst, ist auch im Spital gelandet. Sie behandeln ihn im Urban-Krankenhaus wegen einer Hodenquetschung. Ich verwette meinen Arsch darauf, daß die beiden von den selben Figuren Besuch hatten. Heute früh hab ich mich mit Minore unterhalten, aber er war nicht sehr gesprächig. Der andere Spaghetti übrigens auch nicht.«

»Vielleicht hast du nicht den richtigen Ton getroffen?«

Horstmüller lächelte freundlich. »Du kleines Arschloch! Willst du einen alten Bullen darüber belehren, wie man mit einem Klienten umspringt ...«

Hinter ihm ging die Tür auf.

Eine hochgewachsene, ganz in Schwarz gehüllte Gestalt betrat das Zimmer. Als sie den Schleier zurückwarf, der ihr Gesicht verhüllte, schien ein leises, elektrisches Knistern durch den Stoff zu fahren. Die Atmosphäre im Raum lud sich auf wie die Luft kurz vor einem Gewitter.

Gabler verschlug es den Atem. Alles an dieser Frau war bezaubernd, einzigartig und geheimnisvoll. Daran änderte auch der bläulich-schwarze Bluterguß auf ihrer rechten Wange nichts.

Horstmüller ahnte nicht, was in seinem Rücken vor sich ging. Er nahm auch den abwesenden Ausdruck in Gablers Augen nicht wahr.

»Bitte schön!« fauchte er. »Wenn sich diese feigen Schmalzlocken von ihren Mafia-Brüdern ausnehmen lassen wollen — ich hab nichts dagegen. Das ist mir scheißegal. Sollen sie sich gegenseitig die Kehle durchschneiden ...«

»Hör mal!« versuchte ihn Gabler zu stoppen.

»Jetzt red ich!« blaffte Horstmüller. »Ein toter Spaghetti — das geht mir zehn Meilen am Arsch vorbei, und wenn er zehnmal die beste Pizza diesseits der Alpen gebacken hat. Aber dies ist Berlin, das ist mein Revier, und da werde ich nicht dulden, daß hier die gleichen Zustände Einzug halten wie in Palermo!« Er wuchtete die Faust auf den Aktenstapel. Eine kleine Staubwolke stieg auf. Es wurde still im Zimmer.

»Was glotzt du denn so?« erkundigte sich Horstmüller und folgte dann Gablers entsetztem Blick.

»Daß Ihre Manieren schlecht sind«, sagte Marcella Minore, »ist mir schon aufgefallen. Aber ich hätte nicht geglaubt, daß Ihnen der Tod meines Mannes völlig gleichgültig ist.«

»Hören Sie, das hat er nicht so gemeint«, schaltete sich Gabler ein.

»Halt die Klappe!« säuselte Horstmüller liebenswürdig. »Erklär du mir nicht, ob ich etwas so meine, wie ich es sage, wenn ich es sage.«

»Vielleicht sollte ich besser gehen«, schlug die Witwe vor.

»Vielleicht sollte ich gehen«, bot Gabler an.

»Gute Idee!« grunzte Horstmüller.

Gabler flüchtete. Er beneidete seinen Kollegen nicht. Die Sizilianerin schien Feuer speien zu können; er würde keinen leichten Stand bei ihr haben. Andererseits war sie eine bemerkenswert schöne Frau. Wer ihr wohl die Brüsche verpaßt haben mochte? Vielleicht brauchte sie Hilfe? Einen ritterlichen Arm, einen sensiblen Zuhörer, dem sie sich rückhaltlos anvertrauen konnte? Ein wenig mißgönnte er Horstmüller den Fall Minore doch.

Er erkundigte sich in der »Wirtschaft« nach Köglmeier und erfuhr, daß der Kommissar gerade Mittagspause machte. In der Kantine griff er ihn ab. Köglmeier blickte nervös um sich, als er Gabler auf sich zukommen sah.

»Keine Angst«, beruhigte ihn Gabler. »Ich frag dich keine Löcher mehr in den Bauch. Eigentlich wollte ich mich nur bedanken.«

Köglmeier parkte seine Gabel auf dem Teller mit den Königsberger Klopsen.

»Der Chef hat mir die Hölle heiß gemacht!« bekannte er. »Der ist nicht so gemütlich wie euer KaDeWe. Diesen Anschiß vergeß ich mein Lebtag nicht.«

Er lächelte verlegen. »Ich konnte ja auch nicht ahnen, daß wir in ein Wespennest stechen. Sie haben diese Knaucke-Geschichte ganz oben angebunden, was?«

Gabler grinste. »Sieht so aus.«

Köglmeier grinste zurück, und Gabler fand erneut, daß der Bursche ein Mordstyp war. Er erneuerte seine Einladung. »Wie wäre es heute abend mit 'nem Bier? Ich hab mich mit 'nem Kumpel verabredet, der auch 'n bißchen Ärger hat. Vielleicht kommst du einfach mit?«

»Gute Idee«, sagte Köglmeier.

25

Horstmüller arbeitete hart. Kleine Armeen von Schweißperlen wanderten über seine Stirn. Seine Finger schwitzten öliges Wasser aus. Er kämpfte wirklich, aber die Worte in seinem Mund stellten sich quer, und seine Zunge war taub. Er fühlte sich erbärmlich, dennoch brachte er am Ende tatsächlich so etwas wie eine Entschuldigung zustande.

Marcella Minore akzeptierte sie mit einem herablassenden Lächeln. »Wollen wir zur Sache kommen?« erkundigte sie sich beiläufig.

Horstmüller hatte nichts dagegen. »Sie möchten eine Aussage machen?«

»Denken Sie, ich bin hier, um Ihnen ein paar Rezepte zu verraten?«

»Warum nicht«, fragte Horstmüller. »Wie wäre es mit dem Rezept für den perfekten Mord? Einen Mord, den niemand sieht.« Er fand langsam wieder zu seiner alten Form zurück. Allerdings sehr langsam.

»Ein Mord, zu dem niemand was zu sagen hat!« ergänzte er sich.

»Irrtum!« korrigierte ihn Marcella Minore. »Ich habe etwas zu sagen!«

Sie lehnte sich zurück. Horstmüllers Trommelfelle vibrierten.

Da war es wieder — dieses leise, kaum wahrnehmbare Knistern in ihrer Kleidung. Wie vor einer elektrischen Entladung. Ein Hauch ihres Parfüms wanderte auf seine Seite des Schreibtischs hinüber. Horstmüller kannte sich mit Duftwässern aus. Notgedrungen, denn seine Frau trug ein Zehntel seines Monatseinkommens zu DOUGLAS.

Es ist nichts Besonderes, dachte er. Aber sie trägt es wie eine kostbare Stola.

Marcella Minore öffnete ihre Handtasche und warf einen Packen Geldscheine auf den Tisch. Es gab ein fettes Klatschen, das in Horstmüllers Ohren nicht sehr angenehm klang. Zum einen machte es seinen Hörsinn unempfindlich für das zarte Rascheln des Witwenkostüms. Zum anderen hatte dieser satte Aufprall einen widerwärtigen Akzent. Er erinnerte an das Geräusch, das ein Stück Fleisch macht, wenn es in eine Tonne mit verfaulenden Küchenabfällen geworfen wird.

Horstmüller musterte das Geld. Gebrauchte Fünfzig-Mark-Scheine, ein unscheinbarer Stapel, nicht dicker als ein kleiner Finger.

»Wo kommt das her?« wollte er wissen.

»*Fari vagnari 'u piuzzu!*« erklärte Marcella Minore. »So sagt man bei uns in Sizilien. Ein kleiner Vogel tunkt den Schnabel ins Wasser.«

»Bitte?« staunte Horstmüller.

»Eine Metapher. Sie wissen doch, was eine Metapher ist? Eine Art Sprichwort.«

»Ein kleiner Vogel ... tunkt ... den Schnabel ins Wasser?« Er balancierte über die acht Wörter dieses Satzes wie über wippende Eisschollen.

Die Witwe lächelte zum ersten Mal. Sicherlich zog er gerade das dümmste Gesicht, das sich denken ließ. Komisch war nur, daß es ihm nichts ausmachte.

»Nun«, sagte Marcella Minore, »der Vogel ist nicht sehr klein. Er ist eher groß.« Das Lächeln in ihrem Gesicht verblühte. »Ein großer, schwarzer, gefräßiger Geier, der niemals satt wird. Ein Totenvogel.«

Horstmüller blickte abwechselnd auf das Geld und in die Augen der schönen Witwe. Endlich begriff er, und die Alarmglocken in seinem Kopf läuteten Sturm.

»Schutzgeld! Der Geier hockt auf Ihrer Registrierkasse. Sie werden abkassiert.«

Marcella Minore nickte. Sie sprach leise weiter. »Als wir das IL CORSARO kauften, haben uns *Freunde der Freunde* geholfen — mit Geld und bei den Behörden. Wir waren ihnen etwas schuldig, verstehen Sie?«

Horstmüller verstand. »Unter Freunden ist das schließlich nichts Ungewöhnliches.«

»Ja«, nickte Marcella Minore.

Er musterte sie nachdenklich. Sie sah wirklich nicht aus wie jemand, der leicht einzuschüchtern war. Ganz im Gegensatz zu ihrem fetten, angstschlotternden Schwager Giusto. Trotzdem hatte sie geschwiegen, als die Polizei kam, um die Leiche ihres Mannes abzuholen. Es mußte etwas geschehen sein; etwas, das schwerwiegend genug war, sie zum Sprechen zu veranlassen. Horstmüller kam auf die Idee, es mit einem Namen zu versuchen.

»John Rufus Speranza?«

»Ja«, wiederholte Marcella. Sie sagte es wie einen Schwur.

»Hat er Ihren Mann umgebracht?« Natürlich nicht, dachte er. So einfach kann es einfach nicht sein. Oft ist es so einfach, aber diesmal sicher nicht!

Trotzdem war er ein wenig enttäuscht, als sie den Kopf schüttelte. »Wir hatten nie Ärger mit Speranza.«

»Aber er hat Sie um Ihr Geld erleichtert — dieser alte, wacklige Nußknacker!«

Marcella lächelte. Es war irgendwie ein ernstes Lächeln, aber der »Nußknacker« schien ihr zu gefallen. Horstmüller geriet allmählich in Hitze. »Ihr Mann hat immer pünktlich gezahlt?«

»Natürlich.«

»Er hat das erledigt, indem er bei Speranza gekauft hat? Zu Preisen, die fünfzig Prozent über dem Schnitt liegen?«

»Ja.«

»Nun, dann verstehe ich eins nicht: Wenn Ihr Mann Speranza nicht provoziert hat, wie konnte ihm dann etwas zustoßen?«

Die Witwe blickte auf das Geld, das auf dem Tisch lag. Horstmüller folgte ihrem Blick. Vielleicht sind es fünftausend Mark, schätzte er. Fünftausend Mark auf einem Haufen können ein ganz netter Anblick sein. Zumindest hatte er das bislang geglaubt.

Marcella Minore war eine mutige Frau, aber jetzt senkte sie ihre

Stimme, als fürchte sie sich vor Lauschern. »Am Samstag kam jemand, den ich nie zuvor gesehen hatte – ein ganz junger Bursche. Er wollte mit Michele sprechen.«

»Dieser Bursche war ein Landsmann von Ihnen?«

»Er ist kein Sizilianer. So wie er spricht, kommt er aus dem Norden.«

»Und was wollte er von Ihrem Mann?«

»Geld. Er sagte, er käme von den Freunden der Freunde.«

»Woher wissen Sie das? Waren Sie dabei?«

»Nein. Michele hat mich raus geschickt, um mit ihm unter vier Augen reden zu können. Aber heute war dieser Mann wieder da. Er will das Geld immer noch. Ich habe versprochen, es ihm zu geben.« Sie warf einen Blick auf die Banknoten auf dem Tisch.

»Wann?« fragte Horstmüller.

»Heute abend um zehn. Er kommt ins IL CORSARO.«

Horstmüller blickte auf die Uhr.

»Oh Gott!« stöhnte er. »Zehn Stunden!«

Er griff zum Telefon, setzte sich mit dem Büro von KaDeWe in Verbindung und landete in der Warteschleife – der Chef sprach gerade mit einem seiner Golf-Partner.

»Diese Brüsche ...« erkundigte sich Horstmüller beiläufig, »... hat Ihnen die der Erpresser verpaßt? Sind Sie deshalb hier aufgekreuzt?«

Er fuhr sich mit dem Finger über den Wangenknochen. Marcella Minore kniff die Lippen zusammen.

»Nein«, sagte sie schließlich. »Das war Giusto. Er wollte mich gestern ... Er hatte vor, mich ...«

»Schon gut«, unterbrach sie Horstmüller. Michele Minore war noch nicht einmal unter der Erde, da versuchte sein Bruder schon, der schönen Witwe an die Wäsche zu gehen. Diese Welt war wirklich verkommen!

KaDeWe ließ sich für seinen Smalltalk alle Zeit der Welt. Die Warteschleife stand wie eine Eins, und ein preußisches Glockenspiel brachte Horstmüller an den Rand der Verzweiflung: »Üb' immer Treu und Redlichkeit!« Er lächelte seinem Gast nervös zu. »Warum sind Sie eigentlich zu mir gekommen? Ich meine, so sehr mögen Sie mich ja dann doch nicht, oder?«

Marcella Minores Gesicht überzog sich mit zorniger Röte. »Dieser Bastard hat mich eine *buttana* genannt!«

»Ich will gar nicht wissen, was das auf deutsch heißt.«

»Das können Sie ruhig. Eine Nutte!«

»Giusto Minore nennt die Witwe seines Bruders eine ...«

»Nicht doch. Ich rede von diesem jungen Burschen aus dem Norden. Er hatte noch schlechtere Manieren als Sie.«

Horstmüller zuckte zusammen. Er hob protestierend die Hand, aber Marcella ließ sich nicht unterbrechen. »Giusto hätte sich so etwas nie gewagt; der kennt mich! Sie sollten ihn sehen, wie er jetzt aussieht. Mich provoziert man nicht ungestraft!«

Horstmüller ging ein Licht auf. Jetzt wußte er, warum der Sizilianer mit dicken Eiern im Krankenhaus lag und nicht darüber reden wollte, woher sie stammten.

Das Grinsen verging ihm. »Üb' immer Treu und Redlichkeit ...« Als das Glockenspiel zum zehnten Mal durchgelaufen war, schmiß er den Hörer auf die Gabel und stürmte KaDeWes Büro.

26

Anne kochte eine *Paella Valenciana*, und ihre drei Tischgäste hoben an, sich bis zur Besinnungslosigkeit vollzustopfen. Fünf Minuten lang war nur das Klappern der Bestecke zu hören. Nebenher vertilgten Gabler, Dzieran und Köglmeier literweise Macon Rouge.

»Wie schmeckt's?« fragte Anne besorgt in die schweigend mampfende Runde.

»*Esto està muy bueno!*«[13] lobte Gabler, der mal auf Kuba Urlaub gemacht hatte. Dann verkündete er auf Spanisch, daß er Flickzeug für seine Luftmatratze benötigte und erklärte damit sein Español für erschöpft.

Dzieran warf sich in die Bresche, indem er »*Patria o muerte!*«[14] gröhlte, und alle stießen noch einmal an. Alles sah danach aus, als würde es ein netter Abend werden.

Köglmeier war schon nach dem Essen halbbetrunken – oder noch halbnüchtern, wie er es selbst sah, half aber Anne trotzdem beim Abräumen. Es gingen nicht mehr als drei Teller und ein Weinglas zu Bruch. Während er die Scherben zusammenfegte,

13 (Span.) = Das ist sehr gut!

14 (Span.) = Vaterland oder Tod! Beliebte Parole in Kuba.

unterhielt er Anne mit Anekdoten aus dem Reich der Weiße-Kragen-Kriminalität.

Anne fand Köglmeier amüsant.

Später versuchten sie, mit Gablers Fax einen Zehner zu kopieren, mit dem Anne bei nächster Gelegenheit einen Fahrkartenautomaten der BVG füttern wollte. Sie war der Meinung, der blöde Automat würde die Kopie schlucken. Köglmeier wettete zehn zu eins dagegen.

Gabler zog sich inzwischen mit Dzieran die Aufzeichnung des WM-Duells zwischen Henry Maske und »Prince« Charles Williams rein. Nach der dritten Runde hatte sich der Lärmpegel im Wohnzimmer so hoch geschaukelt, daß ein Stück Putz auf den Kachelofen fiel.

»Mein lieber Mann«, konstatierte Dzieran nach einer bezaubernden Linken, die Maske abgefeuert hatte, »der Junge mußte es einfach schaffen!«

»Schmieriger Stil!« kommentierte Gabler die Leistung des »Prinzen«. Der Schwarze hatte gerade versucht, seinen Gegner über die Seile zu drücken. Empörtes Johlen im Publikum. »Jetzt klammert dieser fette Ami schon wieder!« stöhnte Gabler entnervt.

Nach dem Ende der vierten Runde wurde Williams ein Punkt abgezogen – der Gang endete 10:9 für den Ostdeutschen. Der RTL-Reporter bat Roberto Blanco (»Ein Box-Fachmann aus dem Show-Biz!«) um sein Statement. Blanco stotterte sich einen ab. Anne und Köglmeier betraten das Zimmer just in jenem Moment, da Gabler und Dzieran singend »Tiramisu von ZOTT!« anpriesen.

»Ihr seid ja völlig durchgedreht!« stellte Anne sachlich fest. Sie sicherte sich die Herrschaft über die Fernbedienung und legte den Videorecorder lahm.

»Und jetzt«, verkündete sie fröhlich, »gehen wir ein bißchen an die frische Luft!«

»Genau!« unterstützte sie Köglmeier, der ihr bedingungslos verfallen schien. Er wankte ein wenig. Auf dem Spann seiner Wildlederschuhe klebte noch etwas Reis.

27

Horstmüller wollte kein Risiko eingehen, aber Marcella Minore hatte keine Veranlassung, sich das IL CORSARO durch ein Sondereinsatzkommando verwüsten zu lassen. Nach einer zweistündigen Diskussion erklärte sie sich dennoch bereit, jeweils zwei Zivilpolizisten in der Küche, in den Geschäftsräumen und unter den Gästen zu dulden. Die Schutzgelderpresser sollten festgenommen werden, wenn sie das Restaurant verließen. Vor der Tür lauerten noch einmal sechs Mann, verteilt auf drei Wagen.

»Das sind Präzisionsschützen«, erklärte Horstmüller stolz, »die schießen Ihnen in stockfinsterer Nacht auf hundert Meter Distanz ein Auge aus!«

Die Witwe zeigte sich wenig beeindruckt. Zum einen sah sie keinen Sinn darin, sich in stockfinsterer Nacht ein Auge ausschießen zu lassen. Zum anderen fürchtete sie, daß ein Blutbad vor dem IL CORSARO das Publikum verschrecken würde.

»Keine Angst!« beruhigte sie Horstmüller in der ihm eigenen sensiblen Art. »So eine Schießerei lockt die Leute erst richtig an. Das ist die beste Werbung, die man sich wünschen kann. Nehmen Sie mal das BUKAREST in der Bleibtreu-Straße oder das MYKONOS. Da pilgert jeder hin, der sich bei seiner Lammhaxe ein bißchen gruseln will.«[15]

Die Männer bezogen ihre Positionen. Horstmüller selbst setzte seine Frau davon in Kenntnis, daß er heute auswärts essen würde, und ging dann an einem Ecktisch hinter der Speisekarte in Stellung. Er orderte zwei Gänge in der Hoffnung, daß er mit ihnen fertig sein würde, bevor im IL CORSARO ein Höllentanz ausbrach. Vorweg nahm er einen Prosecco und Steinpilze in Basilikum-Öl,

15 In der Nacht vom 17. zum 18. September 1992 starben im MYKONOS (Wilmersdorf) vier iranische Oppositionelle bei einem Attentat, unter ihnen auch der Generalsekretär der im Iran verbotenen Demokratischen Kurdischen Partei im Iran (PDKI). – Vor dem Restaurant BUKAREST in der Bleibtreustraße lieferte sich die berüchtigte Speer-Bande am 27. Juni 1970 eine Schlacht mit persischen Konkurrenten. Ein Toter, drei Schwerverletzte. Die Straße heißt im Volksmund »Blei-Streu-Straße«.

als Hauptgericht Rehrücken mit Feigen. Marcella Minore servierte persönlich, was er unter taktischen Gesichtspunkten nicht gutheißen konnte. Dann aber beurlaubte er den Kriminalkommissar in sich und gab sich ganz dem hinreißenden Anblick der Witwe hin. Sie schenkte ihm mit vollendeter Anmut nach und gestattete sich dabei sogar ein zurückhaltendes Lächeln. Horstmüller genoß diesen Moment instabiler Harmonie.

»Barolo – der König der Weine Italiens«, verkündete Marcella Minore, und ihr Duft traf ihn wie eine saubere rechte Gerade. Diese Frau war wundervoll. Ihre nervöse Grazie, ihre dunkle, geheimnisvolle Aura versetzten ihn in Entzücken. Nur die Schwellung über ihrem rechten Jochbein trübte die Illusion eines romantischen Abends unter südländischem Himmel. Benommen blickte er ihr nach …

Der Rehrücken war ein Gedicht. Horstmüller schaufelte ihn in sich hinein und behielt dabei die Restauranttür im Auge.

Der Mann, der es auf die Registrierkasse der Minores abgesehen hatte, trat pünktlich um zehn auf – ein schmalhüftiger, gutaussehender Bursche, dessen Hose provokativ über dem kleinen Hintern spannte. Sein Sakko wies unter der linken Achsel eine Beule auf, für die sein Schneider garantiert nichts konnte.

Ein halbes Kind, nicht älter als zwanzig Jahre, schätzte Horstmüller. Knapp einssiebzig, vielleicht 65 Kilo. Als Rosenkavalier könnte der Junge Riesenerfolg haben. Oder als Eisverkäufer an einem Kiosk. Aber mit dem süßen Arsch wird er auch im Knast Karriere machen!

Der kleine Italiener kam nicht allein. Ein stiernackiger, schwerfällig wirkender Kerl begleitete ihn. Er verbarg seine Augen hinter einer albernen Sonnenbrille. Der Rest seines Gesichts wirkte etwas bemüht ausdruckslos.

Beide trugen nagelneue weiße NIKE-Sportschuhe, die auf dem gefliesten Boden leise quietschten. Ihre Jeans und die maßgeschneiderten Zweireiher vervollständigten das uniforme Zivil, das der stilbewußte Italiener schicklicherweise trägt, wenn er auszieht, um kleinen Gastwirten und Gemüsehändlern ein Schutzgeld abzupressen.

Das Duo nahm Kurs auf die Kasse. Die schöne Witwe thronte dort wie eine Meereskönigin, hinter den auf Tang ausgelegten Muscheln und Crevetten. Sie spielte ihre Rolle hervorragend.

Ohne einen Blick in Horstmüllers Richtung zu werfen, gab sie das Signal – ein scheinbar nervöses Drehen an ihrem Ehering. Es kam zu einem kurzen Gespräch zwischen ihr und ihren unwillkommenen Gästen. Ein Umschlag mit fünftausend Mark wechselte den Besitzer. Der kleine Italiener lächelte arrogant und ließ ihn in der Innentasche seines Sakkos verschwinden. Mit einer herrischen Kopfbewegung, die seinem Partner galt, leitete er den Rückzug ein. Er durchlief das Spalier der Tische wie ein professioneller Dressman. Die Blicke einiger Damen klebten auf seinem Hintern. Sein stiernackiger Komplize mit der Sonnenbrille wich ängstlich den Tischkanten aus. Die Tür schloß sich hinter ihnen, und drei Sekunden lang übertönten Horstmüllers Herzschläge das unterschwellige Palaver der Gäste. Drei Sekunden, die ihm vorkamen wie eine Ewigkeit.

Dann fiel ein Schuß.

Horstmüller zog seine P 6 und sprintete zur Tür, durch die ihm die Nummer 2 des Duos entgegenstolperte. Der Mann tastete im Fallen nach seiner Sonnenbrille, die auf eine groteske Weise an seinem linken Ohr hing. Die andere Seite seines Gesichts war eine einzige blutrote Wunde. Von seinem rechten Ohr war nichts mehr zu sehen. Der Junge fixierte Marcella Minore, hauchte ein trauriges »*Buttana!*« und sank dann Horstmüller in die Arme. Draußen fielen weitere Schüsse.

»Flach hinlegen!« brüllte Horstmüller.

Niemand reagierte.

Der Mann in seinen Armen stöhnte und verlor das Bewußtsein.

Horstmüller sah, wie sich seine rechte Hand öffnete und den Blick auf ein knorpliges, blutiges Gebilde freigab.

Der Bursche hat Nerven! wunderte er sich. In diesem Moment empfand er fast so etwas wie Sympathie für den Jungen, der es irgendwie geschafft haben mußte, sein abgeschossenes Ohr aufzuklauben, bevor er ins IL CORSARO zurücktaumelte. Er mochte Leute, die nicht so ohne weiteres in Panik gerieten.

Vielleicht können sie es ihm ja wieder annähen, dachte der Kommissar. Wenn er nicht in den nächsten fünf Minuten verblutete.

Draußen fielen immer noch Schüsse.

Langsam kam Bewegung in die Gäste. Ein Weltkriegsveteran ging in Stellung und riß dabei Tochter und Schwiegersohn mit;

alle Gäste, die eine Ausbildung bei der Bundeswehr, der NVA oder in der Fremdenlegion genossen hatten, folgten seinem Beispiel. Die Zivis brauchten etwas länger.

Eine Dame probierte einen entsetzten Triller. Dann ging die Frontscheibe des IL CORSARO zu Bruch, und der schmalhüftige Italiener hechtete über die Tische wie ein Zirkusartist, in der rechten Hand einen großkalibrigen Revolver.

Eine Magnum! schoß es Horstmüller durch den Kopf, die größte Wumme, die der Bursche sich zulegen konnte!

Er ließ den bewußtlosen Mann in seinen Armen fallen, nahm im Unterbewußtsein zur Kenntnis, wie der blutige Kopf dumpf auf den Boden schlug, und richtete seine Dienstwaffe auf den behenden Italiener, der sich abrollte und hinter einem Tisch verschwand, gefolgt von einer klirrenden Kaskade von Porzellan und Essensresten.

Horstmüller fuhr sich mit der Zunge über die staubtrockenen Lippen. Er tauchte hinter einem Pfeiler ab. Das Manöver, mit dem er Deckung suchte, war nicht ganz vollkommen. Seine Hüftknochen schlugen schmerzhaft auf den Fliesenboden. Konfusion pochte in seinen Schläfen.

Es war vereinbart gewesen, die Erpresser erst dann festzunehmen, wenn sie sich in einem gebührenden Abstand zum Restaurant befanden. Irgendwas mußte schief gegangen sein!

Draußen war es still. Nichts rührte sich. Er hörte leises Weinen. Dann schrie wieder eine Frau. Ihr Schrei ging in ein herzzerreißendes Wimmern über, das durch eine Hand erstickt wurde, die sich auf ihren Mund preßte. Niemand unternahm etwas.

Die Stille knisterte wie ein abgelaufene Platte.

Horstmüller erschrak, als sich von der Straße her die megaphonverstärkte Stimme des SEK-Chefs vernehmen ließ: »Achtung! Achtung! Hier spricht die Polizei! Sie haben keine Chance! Kommen Sie mit erhobenen Händen heraus! Ich wiederhole: Kommen Sie mit erhobenen Händen heraus!«

Ein paar Sekunden lang blieb es wieder still, dann begann der Einsatzleiter seinen Psalm von vorn. Horstmüller konnte durch die Scheibe erkennen, wie sich einzelne Mitglieder des Kommandos in kurzen Sprüngen auf das IL CORSARO zuarbeiteten und hinter Fahrzeugen und Müllbehältern in Stellung gingen. Er betete, daß niemand auf die Idee kommen würde, das Restaurant zu stürmen.

Nach guten fünf Minuten meldete sich der Italiener zurück. Offensichtlich hatte er die Zeit genutzt, um sich einen Fluchtplan zurechtzulegen.

Mit zwei Sprüngen war er hinter dem Tresen. Sein linker Arm schloß sich um Marcella Minores Kehle. Als sie zu beißen versuchte, steckte er ihr den Lauf der Waffe in den Mund. Tränen traten ihr in die Augen. Er zischte ihr etwas ins Ohr und schob sie dann auf die Eingangstür zu. Seine Kleidung glänzte fettig, Bandnudeln dekorierten die Schulterpartien seines Sakkos. Sie wirkten wie die Rangabzeichen an der Uniformjacke eines Generals. Der Anblick war von einer Komik, die Horstmüller das Blut in den Adern gefrieren ließ.

Als der Italiener seinen Partner sah, begann er zu zittern. Es war schwer zu sagen, ob vor Furcht oder vor Wut. Er gab einen Schuß auf die Scheibe ab, in der sich die zusammengekauerte Gestalt des Polizisten spiegelte. Horstmüller zog die Schultern hoch, Glasscherben regneten ihm in den Kragen. Er hoffte inständig, daß keiner der Kollegen, die draußen in Stellung gegangen waren, das Feuer erwidern würde.

Der Italiener schob Marcella durch die Tür und blickte dann sichernd zurück. Im Restaurant tat sich nichts. Für einen Augenblick sah Horstmüller das blasse, vor Anspannung verkrampfte Gesicht des Jungen. Der schmalhüftige Bursche hatte Angst.

Alle haben Angst, dachte Horstmüller. Der Junge, Marcella, die Leute, die auf dem Boden kauern, und ich auch. Eine richtige Schießerei — sowas erlebt jeder Bulle in seiner Dienstzeit höchstens einmal! Und ich war nicht wirklich darauf vorbereitet!

Hinter irgendeinem Tisch arbeitete sich das erstickte Wimmern der Frau zwischen den Fingern der Hand hindurch, die ihr den Mund zuhielt. Es ging in ein nervtötendes sirenenartiges Heulen über. Horstmüller hatte das Bedürfnis, sich die Ohren zuzuhalten.

Hinter der Pendeltür, die zur Küche führte, erschienen die Konturen eines der SEK-Mitglieder. Horstmüller schüttelte heftig mit dem Kopf, und der Mann tauchte wieder ab.

Draußen schlug eine Wagentür zu. Der Motor sprang an, ein Scheinwerferkegel tastete sich über die demolierte Fassade des IL CORSARO. Er streifte den Italiener mit dem abgerissenem Ohr, der zu Horstmüllers Füßen lag, zusammengerollt wie ein frierender Bettler, dem ein Witzbold einen guten Anzug spendiert hat. Horstmüller fröstelte.

Reifen surrten über den Asphalt. Durch die zerschmetterten Scheiben drang Nachtluft ein wie ein Dieb aus der Dunkelheit. Schießstandgeruch lag in der Luft. Die Frau schrie. Nach und nach begannen auch einige andere Gäste zu schluchzen und zu wimmern.

Mein Gott! dachte Horstmüller. All das Chaos. All die heulenden Leute.

Jemand half ihm auf die Beine.

Die nächste Stunde erlebte er wie in Trance.

Er hörte sich selbst Fragen stellen und Fragen beantworten; er stand neben sich, als hätte er seinen Körper verlassen.

Irgendwann, spät in der Nacht, trugen sie den mit einer Decke verhüllten Leichnam des stiernackigen Italieners aus dem IL CORSARO. Die Decke war zu kurz. Die leuchtend weißen Sportschuhe an den Füßen des Toten blieben unbedeckt.

»NIKE«, sagte der Einsatzleiter geistesabwesend. »Die kosten über zweihundert Mark. Mein Junge hat die gleichen Schuhe. Ich habe sie ihm zum Geburtstag geschenkt.«

Sie schoben den Toten in den Leichenwagen. Die Türen knallten wie zwei Schüsse.

»Nehmen Sie mich in Ihrem Wagen mit?« fragte Horstmüller den SEK-Chef. »Ich glaube, ich bin jetzt nicht in der Verfassung, selbst zu fahren.«

28

Der kleine Stoßtrupp, der unter Annes umsichtiger Führung Berlins Kneipen erkundete, drang nicht allzu weit vor. Er tastete sich an den Losungen der Türkischen Kommunistischen Partei M/L (B) entlang, die die Warschauer Straße zierten, und landete in der DEPONIE NR. 4, wo Gabler als Nichtraucher augenblicklich einen Erstickungsanfall erlitt. Nach ein paar Guinness zog man ins METZER ECK um, weil Dzieran den beiden Wessis in der Runde zeigen wollte, an welchem Tisch dort Otto Waalkes gesessen hatte, zu einer Zeit, da er noch komisch war. Auf Dzierans Empfehlung hin bestellten sie Currywurst und Kartoffelsalat und waren mit beidem sehr zufrieden. Köglmeier verschwand allerdings bald auf das Klo, um dort sein spätes Dinner wieder abzuliefern – wofür ihm die Klofrau zehn Mark abknöpfte. Später stellte sich allerdings heraus, daß das METZER ECK gar keine Klofrau beschäftigte, was zur Folge hatte, daß Köglmeier den Rest des Abends grübelte, wer ihn wohl angeschmiert hatte.

»Irgendjemand hat mich gelinkt!« wiederholte er alle zehn Minuten. Seine Stimme klang enttäuscht, wenn er das sagte. Er blieb ein paar Runden abstinent.

Gabler erzählte die Geschichte von dem toten Japaner, der am hellichten Tag stundenlang mit der U-Bahn durch Tokio gefahren war, und schloß eine Reihe weiterer Anekdoten daran an, die Anne allesamt deprimierend fand.

»Du hast jetzt mal Sendepause!« mußte Gabler aus ihrem Mund vernehmen, denn Anne wollte von Köglmeier und Dzieran etwas aus dem knallharten Polizeialltag erfahren. Dzieran berichtete daraufhin bereitwillig von der ins zweite Jahr gehenden Jagd der Berliner Staatsanwaltschaft nach einem goldenen Kugelschreiber.

»Sie haben das Ding diesem Schwierzina geklaut, als der noch Bürgermeister war, für die SPD. Naja, eines schönen Tages besetzte eine Gruppe Autonomer sein Büro. Und bei dieser Gelegenheit ist dann der Kugelschreiber verschwunden. Außerdem noch fünfhundert Mark und ein paar Akten. Seither werden die Teilnehmer der Besetzung reihum verhört. Der Staatsschutz spielt verrückt!« versicherte Dzieran. Zum Leidwesen von Staatsanwaltschaft und Polizei war bislang keiner der Chaoten zum Verräter geworden, nicht einmal, nachdem man einen von ihnen in Beugehaft genommen hatte.

»Wirklich aufregend, euer Job!« kommentierte Anne Dzierans Bericht.

Sie zogen weiter, machten aber bald wieder halt. Während Gabler und Dzieran fasziniert beobachteten, wie ein Bautrupp eine defekte Straßenbahnschiene schweißte, hatte Köglmeier einen Auftritt in einem stattlichen Haufen Hundedreck. »Der stammt bestimmt von so 'ner Anarcho-Töle«, wetterte er. Er fischte eine TAZ aus einem Papierkorb und begann sich die Schuhe abzuschmirgeln. »Diese Kläffer müßte man allesamt der Pharmaindustrie zur Verfügung stellen!«

Er warf die Zeitung fort und erbleichte – ein vierschrötiger Red-Skin kam auf ihn zu, angetan mit einer martialischen Rüstung, funkelnd von Metall und leise klirrenden Kettchen. Das Schlimmste aber waren drei ausgewachsene Kampfhunde, bullig, undiszipliniert und alles andere als reinrassig; sie zerrten an ihren Leinen.

»Igitt – igitt!« stöhnte Köglmeier frustriert. »Gleich drei fette, schleimende, schlabbernde Köter!«

Gabler konnte seine Augen noch immer nicht von dem bläulichen Funkenregen losreißen, den der Bautrupp über dem defekten Gleis entfachte – eine hypnotisierende Garbe von Lichtpunkten, die sich in die Netzhaut einschweißten, daß die Augen schmerzten.

»Es ist phantastisch«, flüsterte Gabler ergriffen und wurde dann philosophisch. »So muß es aussehen, wenn Gott kommt!«

»Was denn?« fragte Köglmeier entsetzt. Er starrte immer noch auf den Red-Skin. »Mit drei Hunden?«

Gegen Mitternacht nahmen sie ein Taxi, weil Köglmeier unbedingt den Strich in der Oranienburger Straße besichtigen wollte. Ein paar hundert Touristen waren schon vor ihm auf diese Idee gekommen und flanierten nun an den zur Schau gestellten Mädchen vorbei – staunend, ein angenehmes Gruseln im Nacken, ein Knistern in der Hose. Da würden sie aber den Kollegen im Büro was zu erzählen haben! Neben den Gaffern blockierten noch etliche Jungfilmer, freie Mitarbeiter und Fotografen den Verkehr, auch ein »Tatort«-Filmstab drehte an der einzigen attraktiven Kulisse, die Berlin noch zu haben schien.

»Guck mal!« sagte Anne aufgekratzt. »Ist das nicht Horst Buchholz?«

Köglmeier wußte es besser. »Quatsch, das ist Brigitte Mira!«

Gabler hatte das Gefühl, daß es allmählich Zeit war, die Party zu beenden. Sie verfrachteten Dzieran und den sturzbetrunkenen Köglmeier erneut in ein Taxi.

Tränenreicher Abschied.

»Uff!« kommentierte Anne den Abgang des Duos.

29

Horstmüller hatte das, was man eine schlaflose Nacht nennt. Immer wenn er wegsackte, landete er in der Hölle. Nachdem er zum dritten oder vierten Mal stöhnend aufgewacht war, zog er ins Wohnzimmer um, weil er Annelies nicht wecken wollte. Das Mondlicht war schuld daran, daß von den Schnapsflaschen, die auf dem Servierwagen standen, ein verheißungsvoller Glanz ausging.

Horstmüller tappte mit bloßen Füßen über die Dielen, zog sich mit dem Grappa aufs Sofa zurück und schob dort die Elemente des Puzzles in seinem Kopf hin und her.

Der Tod des IL CORSARO-Chefs – das hielt er als Arbeitsthese fest – ging höchstwahrscheinlich auf das Konto der beiden Schutzgelderpresser. Diese Überlegung lag nahe.

Michele Minore hatte nach Geschäftsschluß mit den beiden Italienern verhandelt. Als er merkte, woher der Wind wehte, wollte er Speranza anrufen, aber jemand hinderte ihn daran – indem er ihm ein Messer durch die Kehle zog. Das nachfolgende folkloristische Arrangement seiner Leiche war nur als Botschaft an alle anderen potentiellen Schutzgeldzahler interpretierbar, ebenso wie der gebrochene Arm des Lockenkopfes aus dem PENTITO. Vorsicht! lautete die Message. Vorsicht, hier sind zwei knallharte Mafia-Kassierer unterwegs, die keinen Spaß verstehen.

Die beiden Jungs waren anscheinend wirklich entschlossen, Geld zu machen. Aber sie hatten den Einfluß ihrer längst etablierten Landsleute unterschätzt. Und auch den Mut Marcella Minores ...

Horstmüller dachte nicht ohne Bewunderung an die schöne Witwe. Zugleich begann er, innerlich zu kochen, als er sich wieder und wieder vor Augen hielt, wie unprofessionell der Einsatz vor dem IL CORSARO vorbereitet gewesen war. Eine unverzeihliche Panne, der Marcella Minore zu verdanken hatte, daß sie sich jetzt in der Gewalt des überlebenden Gangsters befand. Der Kerl würde sicherlich auf die Idee kommen, die junge Frau für ihre Kollaboration mit der Polizei zu bestrafen.

Viel hat ihr ihr Mut nicht eingetragen, dachte Horstmüller verbittert. Sie hat uns vertraut, und wir haben uns aufgeführt wie blutige Amateure ...

Er schämte sich wirklich.

Es war vier Uhr morgens, als er endlich einschlief.

Zwei Stunden später nahm er eine Dusche und fuhr zum Dienst. Er war immer noch etwas betrunken.

Auf dem Kudamm geriet er in eine Verkehrskontrolle. Ein drahtiger, schlecht gelaunter Schutzmann schnüffelte an ihm herum und grinste breit.

»Schauen Sie sich doch mal in Ihrem Wagen um«, forderte er Horstmüller auf, »irgendwo muß hier 'ne Flasche Schnaps kaputt gegangen sein!«

Zwei seiner Kollegen filzten inzwischen einen Araber, der mit gespreizten Beinen vor seinem klapprigen Mercedes stand. »Mach 'n Adler!« wurde er aufgefordert. Gehorsam breitete er die Arme aus.

Horstmüller wollte keinen Ärger. »Hören Sie«, erklärte er dem Polizisten, der schon das Röhrchen zückte, »wir sind Kollegen.«

Er zog seinen Dienstausweis: »Markus Horstmüller, Kripo!«

»Na dann!« Der Grüne ließ das Röhrchen und sein Schreibzeug verschwinden. Er lächelte anzüglich. »Harte Nacht gehabt, was? Ordentlich einen draufgemacht?«

Horstmüller sah die Leiche des ohrlosen Italieners vor sich aufleuchten wie im Blitzlicht eines Fotografen.

»Ja, 'ne verdammt harte Nacht!« stöhnte er.

»Was ist mit dem Kerl?« erkundigte sich einer der beiden Schutzleute, die den Araber angehalten hatten. »Väterchen hat doch 'ne Fahne, da träumt der Führer von!«

»Reg dich nich auf! Das is 'n Kollege von uns.«

Horstmüller wurde mit einem Freund-und-Helfer-Lächeln bedacht. »Gute Fahrt, Herr Kommissar!«

Der Herr Kommissar dankte und ließ den Motor wieder an.

»He!« beschwerte sich der Araber. »Mich filzt ihr wie einen Schwerverbrecher, und euer besoffener Kollege darf weiterfahren!«

»Schnauze, Kameltreiber!«

Ein Gummiknüppel traf einen Scheinwerfer des Wagens.

»Warum fährst du ohne vorschriftsmäßige Beleuchtung? Und wieso kannst du dir überhaupt so ein teures deutsches Auto leisten — als ausländischer Mitbürger!?«

Horstmüller schlug das Steuer ein und nahm wieder die Straße zwischen die Räder. Er hatte ein schlechtes Gewissen.

Die Sonne ging auf und tauchte die City in ein warmes Licht. Ein Junkie pennte auf den Stufen der Gedächtniskirche. Auf einer leeren Kreuzung rauschten zwei Mittelklassewagen aufeinander wie bei einem Stunt. Beide hatten ein Hamburger Kennzeichen.

Das ist doch absurd, dachte Horstmüller. Das hätten die auch zu Hause erledigen können.

Wenig später parkte er in der Keithstraße ein.

KaDeWe kam ihm schon auf dem Flur entgegen gerannt. Seine übernächtigte Miene sprach Bände.

»Tja, es ist eben alles ein bißchen unglücklich gelaufen, heute nacht«, begrüßte er Horstmüller.

»Unglücklich?«

»Nun ja, dieser Todesfall ...« KaDeWe schien wirklich bekümmert. »Ich meine, die Männer vom SEK haben sich natürlich absolut korrekt verhalten. Sie haben den beiden Erpressern klar gemacht, daß sie umstellt waren, und erst nach Anruf geschossen.«

Horstmüller grinste sarkastisch. »Daß die Italiener vermutlich kein Wort Deutsch verstanden, konnte natürlich keiner ahnen!«

»Sag ich doch!« sagte KaDeWe, erfreut über so viel Verständnis. »Das konnte nun wirklich niemand wissen!«

Horstmüller mußte an sich halten, um nicht auszurasten. »Was hat die Fahndung nach dem Italiener gebracht?«

»Tut mir leid. Bis jetzt – negativ.«

»Ist sein toter Kompagnon schon identifiziert?«

»Nein. Aber wir arbeiten daran.«

»Und Marcella Minore?«

»Ein Streifenwagen hat sie gegen zwei Uhr nachts in Spandau aufgelesen.«

»Ja, wie ... aufgelesen?«

KaDeWe legte ihm beruhigend die Hand auf den Arm. Seine blauen Augen strahlten Anteilnahme und Zuversicht aus. »Es geht ihr gut.«

Erwartet er jetzt, daß ich ihm um den Hals falle? fragte sich Horstmüller.

»Übrigens«, strahlte KaDeWe, »Marcella Minore meint, sie hätte dem Entführer auf der linken Wange einen kompletten Abdruck ihrer Zähne hinterlassen. Das macht die Fahndung viel, viel einfacher ...«

Geh Golfspielen! dachte Horstmüller. Es war einer dieser Gedanken, die er nie laut aussprechen würde.

»Und dann habe ich noch eine schlechte Nachricht für dich!«

»Nein!« bettelte Horstmüller. »Bitte nicht!«

»Doch!« beharrte KaDeWe. »Knaucke!«

Der Anwalt, schoß es Horstmüller durch den Kopf: Er hat sein Konto aufgelöst und sich abgesetzt – nach Taiwan oder Chile!

KaDeWe klärte seinen Untergebenen auf. »Sein Chauffeur hat ihn heute früh in seinem Büro gefunden. Wir haben die Meldung vor einer halben Stunde von der Sofortbearbeitung gekriegt.«

Horstmüller schluckte. Der Fall entwickelte sich zu einer Zumutung, zu einem echten Mysterium. Er fühlte sich, als stünde er vor einem Pool-Billard, von dem soeben drei Kugeln verschwunden waren: Michele Minore, der halbwüchsige Schutzgelderpresser aus dem IL CORSARO und Knaucke. Ein energischer Stoß hatte auf der Spielfläche ein heilloses Chaos erzeugt. Und er, Horstmüller, sollte nun herausfinden, wie die Kugeln vor der Karambolage gelegen hatten.

30

Er nahm seinen Privatwagen, um zu Knauckes Büro zu fahren. Als er auf der Türschwelle stand, schüttelte er ungläubig den Kopf. Die Einrichtung zeugte von viel Geld, einer infantilen Freude an der Zurschaustellung von Besitz und dem Fehlen jeglichen Geschmacks. Jedes einzelne Stück des Mobiliars mochte alt und wertvoll sein, der Biedermeier-Sekretär zum Beispiel war zweifellos ein Juwel. Aber als Ensemble gesehen, erweckte die Kombination von Epochen und Stilen den Eindruck absoluter Beliebigkeit.

In konsequenter Fortsetzung der Arbeit des Innenarchitekten war auch Knaucke zu einem Gesamtkunstwerk von zweifelhafter Ästhetik arrangiert worden. Diesmal war es unblutig abgegangen, ein Messer war nicht im Spiel.

Ein Strick hatte es auch getan, stellte Horstmüller für sich fest. Erneut hatten Banknoten als Requisiten gedient. Sie polsterten die Mundhöhle der Leiche und klebten speicheldurchtränkt auf Knauckes Kinn. Der Rechtsanwalt war augenscheinlich erstickt – an einer Schlinge, die man ihm um den Hals gelegt, dann über den Rücken geführt und zwischen seinen Hand- und Fußgelenken verknotet hatte. Der Körper der Leiche war unnatürlich nach hinten verkrümmt. Sie lag auf der Seite und erinnerte Horstmüller an einen umgestürzten Schaukelstuhl.

»Haben Sie sowas schon mal gesehen?«

Der Fragesteller war ein alter Bekannter.

»Hi, Doc!« sagte Horstmüller. Er identifizierte den Medizinmann in seinem Rücken nur mit Hilfe des Geruchssinns. Da war sie wieder, die Kognakfahne, die er kennengelernt hatte, als sie gemeinsam Michele Minore verarzteten. Ein Prachtstück von einer Fahne.

»Schön, Sie wiederzusehen«, sagte er launig.

»Die Freude ist ganz meinerseits! Wer ist das?«

»Wenn uns nicht alles täuscht — ein Mafia-Anwalt.«

»Ts, ts, jetzt geht das bei uns auch schon los!«

Der alte Herr parkte seine Instrumententasche auf einem Mahagoni-Schachtisch. Er musterte die Einrichtung des barocken Kabinetts, auf dessen Boden Knaucke lag, die rechte Wange verträumt in den Orient-Teppich geschmiegt. Seine Lesebrille lag — als sei er vom Schlaf überrascht worden — dicht neben dem Gesicht. Sie schimmerte metallisch, halb versunken im knöcheltiefen Flausch.

Der Arzt ließ seinen Blick verächtlich über die edlen Hölzer, die alten Stiche und die Marmorplatte auf dem Sekretär wandern, über das ganze barocke Schmuckkästchen, das einmal Knauckes Büro gewesen war. Dann fiel sein Blick auf den Rechtsanwalt, und seine Mundwinkel verzogen sich.

»Ein Haufen Hundescheiße in einem Tabernakel!« faßte er seinen Eindruck zusammen.

Der drastische Vergleich ließ Horstmüller aufstoßen. Das war Blasphemie! Mit seiner Verblüffung entließ er eine Wolke edlen Grappas in die Luft.

Der Doc schnüffelte.

Horstmüller errötete leicht — seine mitternächtliche Sitzung mit den Flaschengeistern hatte verräterische Spätfolgen. Eine davon war, daß ihm der Weißkittel ausgesprochen vertraulich zublinzelte. Er wartete auf eine Antwort. Ein Grinsen, ein Zwinkern, irgendeine Chiffre für die natürliche Kameraderie aller Säufer. Horstmüller war das sehr peinlich.

»Die gleiche Handschrift!« erklärte er, indem er auf die Leiche wies. Es handelte sich um einen Versuch, die Atmosphäre angemessen zu versachlichen. »Ich meine, die Inszenierung erinnert mich sehr an das IL CORSARO.«

»Sollte man meinen!« antwortete der Arzt vage. »Auf Sizilien nennen sie sowas *Incaprettati*. Verschnürtes Zicklein.«

Horstmüller schüttelte den Kopf. Verschnürtes Zicklein – welch ein Zynismus! Der Anblick, den Knaucke bot, konnte einem sensiblen Menschen Alpträume verursachen. Die nüchterne Bestandsaufnahme des angetrunkenen Arztes machte die Angelegenheit nicht weniger geschmacklos.

»Das Opfer hat sich selbst stranguliert«, schnarrte der süffelnde Medikus unbeteiligt. »Dabei sind Selbstfesselung und dosierte Strangulation zur Auslösung sexueller Empfindungen auszuschließen. Wir haben es also nicht mit einem autoerotischen Unfall zu tun ...«

Das glaubte Horstmüller allerdings auch. Der Arzt unterbrach sich und offerierte ihm einen Schluck aus seinem Flachmann. Da sein Kollege ablehnte, trank er selbst und ließ sich dann über die Strangfurche und die Lage der Totenflecken aus, soweit sie an der bekleideten Leiche zu erkennen waren.

»Und die Kopfverletzungen?« erkundigte sich Horstmüller.

»Könnten Folge der Krämpfe sein, die den Erstickungsvorgang begleiteten. Vielleicht wurde das Opfer aber auch vor der Fesselung mit Schlägen betäubt. Das wäre vor allem dann denkbar, wenn es sich um einen Einzeltäter handelte. Normalerweise ist es ziemlich schwer, einen Mann zu erdrosseln, der im Vollbesitz seiner Kräfte ist. Sowas geht nur im Fernsehen ruck-zuck.«

Horstmüller sah niemals Fernsehkrimis. Er hatte daher keine Ahnung, wieviel Zeit ein Schauspieler benötigte, um einen anderen Schauspieler zu erwürgen. Vermutlich nicht sehr viel. Soviel, wie das Drehbuch ihm zubilligte. Das wirkliche Leben – da hatte der Doc ohne Zweifel recht – das wirkliche Leben sah anders aus. Das Erdrosseln eines erwachsenen Mannes konnte ein Vorgang von mehreren Minuten sein, begleitet von jeder Menge Lärm und von Gegenwehr. Da war es schon sinnvoller, man rückte mit einem kompletten Exekutionskommando an – drei, noch besser vier kräftige Burschen mit Händen wie Baggerschaufeln. Für den Fall, daß man allein arbeitete, war vor dem Erdrosseln das Betäuben des Opfers angezeigt.

So war es! entschied Horstmüller. Knaucke ist außer Gefecht gesetzt und dann wie ein Rollbraten verschnürt worden. Dann hat die Schlinge um seinen Hals ihre Arbeit getan ...

Plötzlich schien ein süßlicher Leichengeruch in der Luft zu liegen. Horstmüller räusperte sich unbehaglich. Sein Blick fiel auf das schnurlose Telefon.

Der Hörer lag nicht dort, wo er hingehörte. Das galt auch für einige andere Gegenstände in diesem Raum – etwa für eine Vase, die als kobaltfarbener Fächer von Scherben das Parkett dekorierte. Oder für Knauckes linken Schuh, der in der Nähe des elektrischen Kamins gestrandet war. Aber der Telefonhörer hätte Horstmüller sofort ins Auge fallen müssen, als er den Raum betrat. Er lag neben dem antiken Sekretär, halb versunken im Teppich. Das Display blinkte matt.

Die Alarmanlage in Horstmüllers Kopf ging an.

Er holte tief Luft – der kalte Sog streifte schmerzhaft einen plombierten Zahn –, bückte sich und drückte mit der Spitze seines Kugelschreibers die Redial-Taste des Hörers. Zwei Ziffern erschienen auf dem Display. Die »3« und die »4«.

»Herr im Himmel!« entfuhr es ihm.

Dann war es eine Zeit lang sehr still in Knauckes Büro. Horstmüller hörte den Verkehr vor den Fenstern und den leise pfeifenden Atem des Arztes, der sein stilles Zwiegespräch mit der Leiche pflegte. Offensichtlich fand er es nicht allzu unterhaltend, denn zwischenzeitlich konsultierte er noch zweimal seinen Flachmann.

Horstmüller nahm es geistesabwesend zur Kenntnis.

Schon das schauerliche Gemälde im IL CORSARO war ihm gegen den Strich gegangen – so grell und so prätentiös hätten sich Speranzas Leute wohl nie gegeben; zu Hause vielleicht, aber nicht hier in Deutschland. Dem Italo-Kanadier dürfte viel zuviel daran gelegen sein, ohne Aufsehen seine Geschäfte abzuwickeln.

Und seine Schützlinge hatten bei ihm Beschwerde geführt: Da sind zwei junge Burschen, die behaupten, sie seien im Auftrag der Mafia unterwegs! Aber wir zahlen doch schon – an Sie, verehrter Don!

Nur Michele Minore war nicht mehr dazu gekommen, seine Anzeige vorzutragen. Ganz klar, der Tod Michele Minores war das Werk eines Burschen, der davon träumte, ein richtiger Mafioso zu sein. Er hatte im IL CORSARO nachgespielt, was er für einen effektvollen Mafia-Mord hielt. Einen Mord, der geeignet war, beim Publikum Bewunderung und Schrecken zu erzielen. Vielleicht hatte er sogar gehofft, die Aufmerksamkeit der Capos auf sich zu ziehen – um auf diese Weise in Speranzas Verein aufgenommen zu werden. Dazu paßte nur eines nicht: Minores Killer stammte aus dem Norden, und für Nicht-Sizilianer war die Cosa

Nostra in der Regel tabu. Ein Penner gehörte nicht in die VIP-Lounge, und ein halbwüchsiger Krimineller aus Avellino würde niemals ein *Uomo d'onore*[16] werden. Er würde einfach keinen *Padrino* finden, einen Paten, der für ihn bürgte. Aber Ausnahmen bestätigen bekanntlich die Regel...

Horstmüller kratzte sich nachdenklich den Nacken. Der Fall Minore lag vor ihm wie ein offenes Buch, aber der tote Knaucke paßte nicht recht ins Bild. War er wirklich von dem flüchtigen Italiener liquidiert worden? Die Handschrift des Mordes deutete darauf hin: Die gleiche obszöne Zurschaustellung der Leiche, das abgebrochene Telefongespräch – alles wie bei Michele Minore. Aber wo war das Motiv?

Er wandte sich an den Arzt. »Halten Sie es für möglich, daß der Täter mit dem Mörder Minores identisch ist?« Horstmüller wußte, daß dies eine rhetorische Frage war, aber er mußte sie einfach jemandem stellen, bevor ihm der Kopf platzte.

Der Doc prustete entrüstet. »Bin ich Jesus?«

Horstmüller nickte einsichtig. Sicher war dieser Mann nicht Jesus. Jesus erweckte die Toten und fummelte nicht in penetranter Weise in ihrem Rektum herum!

»Und der Todeszeitpunkt?« erkundigte er sich daher versöhnlich.

Ein eindringliches Knacken bescherte ihm eine Gänsehaut. Das Orakel im weißen Kittel machte sich an den Fingern der Leiche zu schaffen.

»Die Leichenstarre hat im Nacken und in den kleinen Gelenken begonnen. Jetzt ist es acht. Minus vier Stunden ... naja, es ist ziemlich warm hier im Zimmer, also geben wir noch mal eine dazu ... also sagen wir drei Uhr morgens. Plus, minus eine Stunde.«

31

»Wie lange kochen die Eier schon?« schrie Anne aus der Küche.

»Zwei Minuten«, schrie Gabler aus dem Bad zurück. »Plus, minus dreißig Sekunden.«

16 (Ital.) = Mann der Ehre; Mafiamitglied

»Ein Mann in deinem Beruf sollte ein wenig korrekter sein!« behauptete Anne.

Gabler enthielt sich einer Replik, weil er sich soeben zum vierten Mal beim Rasieren geschnitten hatte. Irgendwie gehorchten ihm an diesem Morgen seine Hände nicht. Zehn Minuten später setzte er sich an den Frühstückstisch, dekoriert mit fünf blutigen Klopapierschnipseln, die ungeordnet in seinem Gesicht klebten.

»Ich hatte einen schrecklichen Traum«, erklärte Anne nach einem irritierten Blick auf Gablers Gesicht. »Ich hab geträumt, du hättest mich verlassen, und ich treffe dich an einem Samstagmorgen im Supermarkt wieder.«

»Ah ja«, machte Gabler mäßig interessiert und begann das Studium seiner Zeitung – wie immer auf der Katastrophenseite. »Hör mal!« forderte er Anne kauend auf. »Hier hat ein Farmer in Connecticut seinen Nachbarn erschossen, weil er ihn für einen Außerirdischen hielt.«

»Hm«, machte Anne. »Jedenfalls treff ich dich in diesem Supermarkt. Natürlich hab ich meine Haare nicht gemacht, ich sehe fürchterlich aus …«

»Und wie findest du das?« unterbrach sie Gabler. »Hund schießt Jäger! Nach der Rückkehr von der Pirsch riß ein Jagdhund im Haus des Herrchens das nicht gesicherte Gewehr um. Daraufhin löste sich ein Schuß, das Projektil flog durchs Wohnzimmer …«

»Hier fliegt gleich ein Projektil durch die Küche!« drohte Anne, ein hartgekochtes Ei in der Rechten wiegend. »Leg die Zeitung weg und benimm dich nicht, als wären wir schon zehn Jahre verheiratet!«

Gabler schaute erstaunt hoch. Zunächst wollte er protestieren, aber nach einem Blick in Annes zornfunkelnde Augen sagte er: »Gut.«

»Also«, sagte Anne. »Ich sehe aus wie nach einem zweitägigen Saufgelage. Und plötzlich stehst du mir gegenüber. Und wen hast du an deiner Seite? Eine Blondine, sexy, zehn Zentimeter größer als ich und mit einem solchen Busen …«

»Ach ja?« fragte Gabler. Er war bemüht, nicht allzu interessiert dreinzuschauen.

»Jawohl! Natürlich flüchte ich mich sofort in die Hundefutterabteilung. Weil ich weiß, daß du keinen Hund hast. Ich muß mindestens eine Stunde da gestanden haben. Frag mich was über Hundefutter – ich weiß alles!«

»Nicht möglich!« staunte Gabler.

»Doch!« behauptete Anne.

Gabler machte einen Test. »Wieviel kostet eine Dose Chappi?«

»Sechsneunundneunzig!« antwortete Anne wie aus der Pistole geschossen.

»Das muß wirklich ein schrecklicher Traum gewesen sein!« sagte Gabler. Er war sehr beeindruckt. »Wir leben in einer Welt der Desaster!«

Anne nickte. »Und das größte Desaster ist, wenn man mit einem Bullen liiert ist!«

»Das findet Dzierans Frau auch.«

»Ich weiß. Er hat mir gestern alles erzählt.«

»So. Wann denn?«

»Während du mit Köglmeier den Fall Knaucke bis aufs letzte Schräubchen auseinandergenommen hast.«

»Schlimme Sache, das mit Dzieran«, fand Gabler. »Vielleicht sollten wir uns ein bißchen um ihn kümmern.«

Vier Stockwerke tiefer legte sich die Dreizehn quietschend in die Kurve. Das metallene Singen der Schienen wurde vom Dröhnen eines Baggers übertönt. Er schaufelte die Überreste einer Mietskaserne weg, an deren Stelle ein Kaufhaus mit Tiefgarage treten sollte. Der Bauschutt, der auf die Ladefläche eines LKW polterte, machte ziemlichen Lärm, aber die beiden Preßlufthämmer, die kurz darauf ansprangen, waren noch lauter – die Telekom ließ das frisch verlegte Gehwegpflaster wieder aufreißen. Unterdessen staute sich der Individualverkehr Boxhagener Straße/Ecke Warschauer mal eben bis zum Ostkreuz zurück.

Gabler schloß das Fenster. »Aufschwung Ost«, kommentierte er das Inferno.

Eine halbe Stunde später machte er sich auf den Weg ins Krankenhaus.

32

Nachdem Knauckes Leiche gefunden worden war, nahmen die Ereignisse einen raschen Fortgang. Schon ein paar Stunden später tagte die SOKO 'KORSAR' zum ersten Mal. Ihre Bildung war durch den Polizeipräsidenten persönlich angewiesen worden, was zur Folge haben konnte, daß man sie hinlänglich mit Personal und Technik versehen würde. Zu diesem Zeitpunkt konnte Horstmüller bereits mit den Ergebnissen der Obduktion aufwarten. Die Gerichtsmediziner hatten im Fall Knaucke klare Prioritäten gesetzt: Der Anwalt war seine Innereien schneller losgeworden als ein Hähnchen, das die Fließbandschlachtung kennenlernt. Der wichtigste Punkt: Knauckes Strangulation war die Betäubung durch einen Schlag gegen die rechte Schläfe vorausgegangen. Das konnte durchaus bedeuten, daß die Tat von einer Einzelperson begangen worden war. Vermutlich hatte Knaucke den Täter gekannt oder in ihm zumindest niemanden vermutet, von dem eine Bedrohung ausgehen würde.

Horstmüller schnaufte beglückt. Die Hypothese, die er am Tatort aufgestellt hatte, schien sich als richtig zu erweisen.

Die Fahrgäste, die mit ihm in der U 6 in Richtung Alt-Mariendorf unterwegs waren, übersahen den selbstgefälligen Ausdruck in seinem Gesicht. Sie starrten mit nach innen gekehrten Blicken vor sich her oder raschelten mit ihren Zeitungen.

Horstmüller begann in sich hineinzulauschen und im gleichen Moment war es mit seiner Selbstzufriedenheit vorbei war. Zuviele Fragen waren noch offen.

Wo lag der Zusammenhang zwischen den beiden Morden? Hatte Speranza Knaucke beseitigen lassen, weil die Polizei auf ihre Zusammenarbeit aufmerksam geworden war? Hatte er die Handschrift der beiden Möchtegern-Mafiosi benutzt, um die Polizei auf deren Spur zu lenken? Speranza als Trittbrettfahrer?

Das war schwer vorstellbar. Er hätte Knaucke auch einfach verschwinden lassen können — in echter Mafia-Manier: *Lupara bianca!*[17] Die Observation Knauckes war abgebrochen worden, niemand hätte Speranzas Leuten in den Arm fallen können.

Und dann waren da noch diese unseligen Telefon-Nummern — die »3« und die »4«. Augenscheinlich hatte es Knaucke zufällig im gleichen Moment erwischt wie Minore — er war im Begriff, je-

17 (Ital.) = »Weiße Schrotflinte«. Personen, die auf der Todesliste der Mafia stehen, werden traditionell mit einer abgesägten Schrottflinte gekillt — mit der Lupara. Als Lupara bianca bezeichnet man das spurlose Verschwinden des Opfers nach seiner Ermordung. Der Sinn dieses Vorgehens liegt auf der Hand: kein Toter — kein Beweis für einen Mord.

manden anzurufen, bei dem es sich vermutlich um Speranza handelte. Speranzas Telefonnummer begann mit einer »3« und einer »4«. War es möglich, daß der Anwalt – in völliger Verkennung der Lage – den Auftraggeber seiner Mörder anrufen wollte?

Speranza oder der Schutzgelderpresser aus dem Norden?

Horstmüller mochte sich auf keinen der beiden festlegen. Gegen Speranza sprachen die Umstände der Tat. Und dem schmalhüftigen Italiener fehlte ein Motiv, ja es stand noch nicht einmal fest, daß der Junge den Rechtsanwalt überhaupt gekannt hatte.

Horstmüller stieg am Mehringdamm aus und legte den Rest der Strecke zu Fuß zurück. Er war auf dem Weg ins Polizeipräsidium am Platz der Luftbrücke. Er hätte auch den Wagen nehmen können, aber er hatte gehofft, die U-Bahn-Fahrt würde ihm beim Nachdenken helfen.

Für den Abend war eine Pressekonferenz befohlen worden. Der Innensenator würde sie persönlich abhalten. Drei Leichen, die schneller aufeinander folgten als die BVG-Busse an einem Werktag. Das schrie nach einer Erklärung, die zwar niemand parat hatte, aber es galt, die Presse zu beruhigen.

Immerhin gab es auch einen Punkt, den man auf der Habenseite verbuchen konnte: Knauckes Mörder hatte sich mit einem blitzsauberen Daumenabdruck auf der Glasscheibe der ROLEX verewigt. Alle anderen Gegenstände in der Wohnung, die er berührt haben konnte, waren sorgfältig abgewischt worden, inklusive der Whiskey-Gläser auf der Bar. Vielleicht paßte der Daumenabdruck ja doch zu dem Mann, auf dessen Wange Marcella Minore ein komplettes Schema ihrer wunderschönen Zähne hinterlassen hatte.

Horstmüller passierte das Luftbrückendenkmal, das seine Betonklaue haltsuchend in den grau-blauen Himmel schlug. Kein Wunder, daß es von den Eingeborenen »Hungerkralle« genannt wurde. Er tauchte unter den steinernen Adlern hindurch, die auf der Außenfront des Polizeipräsidiums hockten und wie immer so ernst und würdevoll dreinschauten, als würden sie diamantene Eier legen. Der Saal, in dem die Pressekonferenz stattfinden sollte, war noch leer. Ein Dutzend Kamerastative parkte in einem Halbkreis um einen mit Mikrophonen überladenen Tisch. Horstmüller schaute ratlos auf die Uhr. Zehn vor sechs. Er war pünktlich, aber offensichtlich war die Pressekonferenz verschoben worden.

Er hockte sich auf einen der Stühle, um seinen Fall weiterzuspinnen. Gedankenverloren betrachtete er die Fotos aus der Gerichtsmedizin – Nahaufnahmen der roten Strangulationsmarken in der Halspartie der Leiche. Ansichtskarten von der Obduktion. Auf einem der Fotos hatte sich auch der Leichenöffner verewigt – in Gestalt seines Daumens, der die Unterlippe des Toten zurückschob, um die Aufnahme einer kleinen Kolonie von Unterblutungen zu ermöglichen, die sich auf ihrer Unterseite befanden. Der Daumennagel glänzte matt und gepflegt unter dem schützenden Überzug des Gummihandschuhs. Eine gelungene kleine Studie, die auf ihre Art perfekt war ...

33

»Hallo, Vater!« sagte Gabler.

»Na, mein Junge«, antwortete sein Vater.

»Du hast ziemlich lange geschlafen«, sagte Gabler.

Hermann Gabler schaute aus dem Fenster. Es war Abend. »Den janzen Tag, was?«

Gabler konnte nicht anders. Er mußte lächeln. »*Drei* ganze Tage, Vater.«

»Drei Tage?«

»Drei Tage und vier Nächte.«

Hermann Gabler brauchte eine Weile, um diese Nachricht zu verarbeiten.

»Ich war halb tot, was?«

Offensichtlich ließ er nun die Ereignisse Revue passieren, die zu seinem Krankenhausaufenthalt geführt hatten. Seine Stirn umwölkte sich. »Ist der Jablonski schon im Knast?«

»Noch nicht. Aber zwei Länderpolizeien ermitteln in deinem Fall.«

Das war nicht einmal übertrieben.

»Früher hätte es sowas nicht jegeben!« behauptete Hermann Gabler.

Wo er recht hat, hat er recht! dachte sein Sohn.

»Wie jeht es Mutter?«

»Alles in Ordnung. Ich hab sie nach Hause gefahren. Sie soll sich ausruhen.«

»Das hast du gut gemacht. – Was sind das für Schläuche, an denen ich hänge?« Er hatte die Tropfflasche und den Katheter entdeckt. »Jede Menge medizinischer Krempel. Wo liege ich denn hier – auf der Intensivstation? Und wer bezahlt das alles – die Kasse?«

Gabler lächelte erneut. Er nahm die Hand seines Vaters, eine fleckige, verwelkte Hand, und drückte sie.

»Mach dir keine Sorgen. Zwei Wochen im Krankenhaus werden uns nicht ruinieren.«

»Zwei Wochen!« protestierte Hermann Gabler. »Du hast sie wohl nicht mehr alle?«

34

Eine halbe Stunde später begann sich der Saal zu füllen. Zunächst mit dem Fußvolk der Medienstreitmächte, abenteuerlich wirkende Figuren, die mit ihren Tornistern, ihren Tonangeln und den nach hinten gedrehten Baseball-Kappen aussahen wie eine Kompanie »Ghost-Busters«. Dann folgten die gehobenen Chargen – Kameraleute und Journalisten.

Horstmüller blickte hilfesuchend um sich, ihm schwirrte der Kopf von der Redeflut, die um ihn herum anstieg wie die Wasserstände der Spree bei Dauerregen. Gott sei Dank kreuzte KaDeWe auf. Er hatte Köglmeier im Schlepptau, der als Fachmann für Wirtschaftskriminalität in der SOKO mitmachte.

»Mensch, Horstmüller, gut daß du hier bist.«

Der Chef wirkte nicht gerade, als würde er gleich eine Herzattacke erleiden, aber er war nervös. »Wir haben die Show um eine Stunde verschoben, weil der Innensenator noch mitten in einem wichtigen Bürgergespräch steckt. Es geht um Verkehrssicherheit für Hunde.«

»Wie bitte?«

»Ich weiß, ich weiß.« KaDeWe winkte genervt ab. »Das ist eigentlich das Ressort des Verkehrssenators, aber warum soll man dem das Feld überlassen? Jedes Jahr werden in dieser Stadt neuntausend Hunde plattgemacht! Stell dir das mal vor – jede Stunde ein Köter, der so flach ist, daß du ihn in dein Album kleben könntest. Da kocht natürlich die Volksseele, und sowas kostet Wählerstimmen.«

Horstmüller rieb sich müde die Stirn. All der Grappa vergangene Nacht, und nun diese Hektik um ihn herum.

»Was ist los mit dir, Horstmüller? Ein bißchen abgespannt was?« KaDeWes Lächeln war von makelloser Herzlichkeit, aber seine Augen hatten einen abwesenden Blick. Er zeigte Nerven.

Mach dir bloß nicht in die Hosen! dachte Horstmüller.

Hinter KaDeWes Rücken grinste ihm Köglmeier zu. Horstmüller wurde aus dem verkatert wirkenden, fischäugigen Burschen nicht ganz schlau, aber er fand irgendwie, daß Köglmeier ein prima Kerl war.

Zwei Scheinwerfer sprangen an wie die Flutlichtanlage eines Fußballstadions, und zehn Minuten später war das große Palaver in vollem Gange.

Horstmüller hockte am äußersten linken Rand des Podiums, neben ihm saßen der Staatsanwalt und der Pressesprecher des Innensenators, gefolgt vom Senator selbst. Der Senator machte gerade einen kleinen Scherz. Sein gewinnendes Lächeln ließ ein kleines Delta von Fältchen in seinen Augenwinkeln entstehen. Die Journalisten kicherten.

Den rechten Flügel bildeten KaDeWe und eine Hauptkommissarin von der OK, die den schönen Hugenottennamen Détroit trug.

Paßt zu ihr, fand Horstmüller. Er hatte sie am Nachmittag kennengelernt, während der ersten Sitzung der SOKO 'KORSAR'.

Die ersten fünf Minuten hatte er Mühe zuzuhören. Der Overheadprojektor zauberte die Porträts von Michele Minore und Knaucke an die Wand, und KaDeWe, sehr beherrscht, sehr seriös, trug als Leiter der SOKO 'KORSAR' eine Art Steckbrief der Verblichenen vor.

Horstmüller wurde durch ein Flüstern abgelenkt. Der Innensenator hatte sein Mikrophon mit einer Hand bedeckt und unterhielt sich nach hinten gewandt mit seinem Referenten.

»Sie haben mir die falsche Mappe mitgebracht, Sie Trottel! Das ist nicht das 'OK'-Material; das sind die Hütchenspieler!«

Der Referent lief rot an. »Tut mit leid, Chef!«

»Trollen Sie sich, Sie Dödel, sonst vergesse ich mich.«

KaDeWe schloß seinen Vortrag mit der Bitte um die Veröffentlichung der Telefonnummern, unter denen sich eventuelle Zeugen melden sollten.

Sofort gingen etwa zwanzig Hände hoch.

»Eine Frage an den Innensenator!« Ein etwas überzüchtet wirkender Jungredakteur riß das Heft des Handelns an sich. »Eine Folge von Mafia-Morden – das ist selbst für Berliner Verhältnisse ein starkes Stück. Halten damit italienische Zustände Einzug?«

Der Politiker sammelte sich.

»Ich verstehe Ihre Besorgnis!« begann er. Seine Miene wirkte ernst und würdevoll. Aus jedem seiner Züge sprach die Gewißheit, zu jenen Männern zu zählen, die diese Stadt groß gemacht haben. »Ich verstehe sie sogar sehr, sehr gut!«

Er wischte mit dem Handrücken über die vor ihm liegenden Unterlagen. »Nehmen wir … ähm … das Phänomen der Hütchenspieler! Jeder weiß, daß wir es hier mit organisierter Kriminalität zu tun haben. Es gibt da neben den eigentlichen Spielern auch die … ähm, Aufklärer und die sogenannten Aufreißer …«

Ein respektloser Reporter unterbrach den Redner. »Wieviele Ermittlungsverfahren befassen sich denn derzeit mit Mafia-Aktivitäten in Berlin?«

Der Innensenator wühlte in seinen Papieren. »Nun«, strahlte er. »Das kann ich Ihnen ganz genau sagen. Nehmen wir nur die Hütchenspieler-Mafia – eine wichtige Einnahmequelle für das organisierte Verbrechen, dem wir derzeit mit aller Härte begegnen. Wie ich meinen Papieren entnehme, hat es seit April letzten Jahres sieben Anklagen und einen Strafbefehl wegen Verdacht des Betruges gegeben …«

»Das ist ja sehr interessant, aber wie steht es mit den anderen OK-Formen? Geldwäsche, Drogenhandel, Schutzgelderpressung? Was wollen Sie dagegen tun?«

Der Innensenator fegte seine Papiere beiseite. »Warten Sie nur die Resultate unserer Polizeistrukturreform ab. Mehr Grün auf die Straße! heißt die Forderung der Stunde – und wir werden mehrere hundert Beamte auf die Straße setzen! Außerdem muß der Personalbestand generell aufgestockt werden. Deshalb erleichtern wir den Zugang zum Polizeiberuf: der 2000-Meter-Lauf in der Aufnahmeprüfung wird abgeschafft! Der Rechtschreibtest wird vereinfacht! Ist das etwa nichts?!«

Horstmüller grinste. Auch Kriminalhauptkommissarin Détroit zeigte sich amüsiert. Ihre Blicke trafen sich über dem Knäuel von Mikrophonen, das vor dem Innensenator stand.

Nette Frau, dachte Horstmüller. In diesem Moment war es ihm völlig gleichgültig, ob ihm jemand sein Grinsen als Respektlosigkeit auslegte.

»Das ist ja alles ganz schön«, regte sich derweilen Widerspruch im Publikum. »Aber glauben Sie, daß diese Maßnahmen langfristig greifen?«

»Keine Frage!« beteuerte der Senator. »Ich versichere Ihnen: In zwei Jahren gibt es in dieser Stadt keinen einzigen Hütchenspieler mehr!«

Er warf einen drohenden Blick in die Runde. »Ja, wir werden der Mafia das Handwerk legen — vom Großdealer bis zum letzten kleinen Hühnerdieb!«

35

Lusebrink, zum Lada-Fahrer degradiert, war schlecht gelaunt. »Ich komm mir vor wie der Bruder vom Beifahrer vom Brotfahrer«, kommentierte er seine Lage. Nachdem Bortz den Bulli mit offenen Scheiben in die Waschanlage geschickt hatte, war der Wagen erst einmal stillgelegt worden. Seither bestreifte das deutsch-deutsche Duo seinen Abschnitt in einem alten Russen-Lada.

»Und ich hab ein Dis am Hals!« klagte Bortz.

Aber Lusebrink fand das durchaus in Ordnung. Ein Disziplinarverfahren war die einzig richtige Antwort auf die Schote, die sich Bortz geleistet hatte.

»Strafe muß sein!« erklärte er daher und ließ ein Stöhnen folgen: »Ihr Zonis seid wie die Kinder! Wenn man euch nur eine Minute allein läßt … Letzte Woche in Marzahn hat einer von euch doch auch so ein Ding gedreht — acht Schuß hat der abgefeuert, nur um einen Igel zu erschießen, der angeblich tollwütig war!«

»So richtig mit Schaum vorm Mund?« erkundigte sich Bortz.

»Ich weiß nicht, ob der Mann Schaum vorm Mund hatte. Aber der Wachleiter, der hat geschäumt — da kannst du einen drauf lassen.«

Eine Zeitlang kurvten sie schweigend durch die nächtliche Turmstraße.

»Guck mal, da wird morgen ein neuer Italiener eröffnet!« vermeldete Bortz.

»Oha!« machte Lusebrink. »LA SICILIANA. Das merken wir uns vor!«

Kurz vor zehn kam ein Einsatzbefehl, der sie nach Alt-Moabit beorderte.

»Ein gewisser Pomorenke«, schnarrte es über Funk. »Der Mann faselt was von irgend 'nem Geheimdienst.«

Der hilfesuchende Mitbürger erwartete sie auf der Türschwelle seines Hauses. Es lag in Sichtweite zum Chinarestaurant TAIPEH.

»Gut, daß Sie kommen!« Pomorenke flüsterte heiser. Er machte in Lusebrink augenblicklich den Leitbullen aus.

Zehn Minuten lang hörte sich das Duo das Gestammel des Mannes geduldig an. Am Ende schüttelten Lusebrink & Bortz fassungslos die Köpfe – dieser Pomorenke schien überzeugt davon, daß die Schlitzaugen ihn und seine Familie nach Rot-China entführen wollten. Lusebrink knipste seine Mag Lite 4D an und ließ ihren Kegel durch den Hausflur schweifen.

»Kein Chinese zu sehen!« beteuerte er, klopfte dem Mann noch einmal aufmunternd auf den Rücken und machte sich dann vom Hof.

»Nur Spinner und Chaoten!«

»Wohin jetzt?«

»Zu den Laubenpiepern!« befahl Lusebrink entnervt.

Fünf Minuten später tauchte der Lada in das Dunkel der Kleingartenkolonie *Gemütlichkeit* ein. Sie parkten in der Nähe der Ausstellungsbaracke des Rassekaninchen- und Geflügelzüchtervereins.

»So«, erklärte Lusebrink seinem Untergebenen, »jetzt hau ich mich erst mal aufs Ohr. Du bleibst am Funk. Falls jemand fragt, was wir hier treiben – es gab Hinweise von Anwohnern, die hier gestern nacht ein paar zwielichtige Figuren bemerkt haben – vermutlich Lauben-Knacker. Alles klar? Dann mach ich mich jetzt lang. Halt! Vorher muß ich noch mal pinkeln.«

Kurz darauf lag der Wagen etwa zehn Zentimeter höher, denn Lusebrink hatte ihn verlassen. Der Obermeister urinierte gedankenverloren gegen einen Schaukasten, der für den folgenden Tag eine Rassekaninchen- und Geflügelschau ankündigte. Aus der Baracke drang das gedämpfte Gegacker der eingesperrten Hühner. Die Septembernacht war lau und windstill, der Himmel wolkenlos. Lusebrink gähnte, sein Goldzahn reflektierte blitzend das

Mondlicht, tiefer Frieden hielt Einzug in seine Seele. Er nestelte am Verschluß seiner Hose und machte sich auf den Rückweg zum Wagen. Er hatte den Türgriff schon in der Hand, als er im äußersten Randbereich seines Blickfeldes einen Lichtschein registrierte — hinter den dunklen Fenstern der Baracke geisterte jemand mit einer Taschenlampe umher. Mit einem Schlag war Lusebrink hellwach.

»Da ist einer drin!« informierte er Bortz. Dann dachte er eine Weile nach. Lusebrink wäre nicht Lusebrink gewesen, wenn er sich nicht schon nach zehn Minuten zu einem Entschluß durchgerungen hätte: »Sag im Abschnitt Bescheid — ich geh da jetzt rein!«

»Soll ich Verstärkung rufen?«

»Quatsch! Das mach ich allein!«

Bortz nickte ergeben. Noch während er den Funkkontakt herstellte, wurde Lusebrink von der Dunkelheit verschluckt.

Der schwergewichtige Cop schnürte leichtfüßig wie ein Fuchs an einem Maschendrahtzaun entlang, der zu einem zweiflügligen Tor führte. Es stand offen — die Sicherungskette hatte jemand mit einem Bolzenschneider geknackt. Lusebrink griff nach der Walther P 6, lud durch, entsicherte. Das metallische Schrappen gab ihm ein Gefühl der Überlegenheit: Wer immer sich dort an den Hühnerkäfigen zu schaffen machte — wenn sich Obermeister Lusebrink erst vor ihm aufbaute, würde er nichts zu lachen haben! Er schob sich auf den Parkplatz vor der Ausstellungs-Baracke und machte ein paar rasche Schritte, um von der leeren Fläche wegzukommen, auf der er wie auf einem Präsentierteller stand. Er landete vor einer Fensterscheibe, preßte seine Stirn gegen das kühle Glas und erforschte die Finsternis dahinter.

Sie waren zu zweit. Die Lichtkegel ihrer Taschenlampen durchschnitten die Dunkelheit und huschten über das Ghetto aus Käfigen und Boxen, in dem sich exotisches Geflügel und Hauskaninchen furchtsam in die Ecken drückten. Unheil verkündendes Gegacker. Die Feder eines Friesenhuhns wurde von einem Luftzug erfaßt und tanzte einige Sekunden lang einsam durch die Halle — ein unscheinbarer Vorbote des großen Schlachtens, das gleich anheben würde. Die Feder drehte sich ein paar Mal um die eigene Achse und trieb dann durch die geöffnete Tür der Ausstellungshalle gemächlich in Richtung des Tiefladers, auf dessen Ladefläche sich bereits gut hundert Käfige stapelten.

Lusebrink machte sich hart. Er holte ein paar Mal tief Luft, brachte seine Dienstwaffe mit beiden Händen in Augenhöhe und brach dann wie Rambo durch die Fensterscheibe ...

36

Unheil, großes Unheil stand bevor – diese Ahnung hatte Vladimir bereits befallen, als er kurz nach der ersten REM-Phase seines Nachtschlafes aufschreckte, weil sich zwei Vermummte an der Eingangstür zu schaffen machten.

Die schwarzen, vermummten Gestalten entführten ganze Heerscharen von verängstigtem Geflügel, das unwissend genug war, nicht mit lautem Geschrei auf die Verschleppung aufmerksam zu machen. Auch die kuschligen Langohren wurden zu Dutzenden gekidnappt: Riesenschecken, Großchinchillas und Weißgrannen trommelten mit ihren Läufen panisch auf den Boden ihrer Boxen, aber das kümmerte die Entführer keineswegs.

Es war schrecklich!

Vladimir schloß die Augen, als könne er auf diese Weise ungeschehen machen, was um ihn herum geschah.

Dann passierte es!

Ein riesiges Wesen brach in die nervöse Stille der Ausstellungshalle, umhüllt von einem glitzernden Mantel aus Glassplittern, schreiend, während es sich in der Luft überschlug. Schließlich landete es auf zwei Käfigen mit schwarzen Schamokämpfern, die binnen einer Sekunde flach waren wie Chickenburger.

Die Angst schoß durch Vladimirs Nervenstränge wie ein Feuersturm. Das ist es, hämmerte es in seinem Hirn, das Strafgericht! Die Apokalypse!

»Lusebrink?« schrie jemand von außerhalb der Baracke. »Alles in Ordnung?«

In der Halle brach Panik aus. Augenblicklich erfüllte das Gezeter von Paduanern, Zwerg-Cochins und Friesenhühnern den weitläufigen, langgestreckten Bau.

Das riesenhafte Wesen, angetan mit einer blitzenden Uniform – Vladimir nahm an, daß es sich um einen Polizisten namens Lusebrink handelte – hatte die beiden vermummten Entführer in Aufregung versetzt. Ihre Schreie übertönten selbst den vielstimmigen Alarm der Reinrassigen und Hybriden. Der erste Schuß fiel.

Der Ordnungshüter ging in Deckung, taumelte und fiel auf ein Bankivahuhn. Das Huhn quietschte auf und ging in die ewigen Jagdgründe ein.

Der fette Polizist war unverletzt geblieben. Nun ließ auch er die Waffen sprechen. Das erste Projektil durchtrennte einer Cayuga-Ente die Halsschlagader und blieb dann in einem Futterbehälter stecken. Die Kidnapper antworteten mit weiteren Schüssen, denen zwei possierliche Nager zum Opfer fielen. Ein wildes Feuergefecht entspann sich. Aus seiner unsicheren Deckung heraus beobachtete Vladimir eine der blutigsten Schießereien der Berliner Polizeigeschichte.

Natürlich schlug sein Herz für das Gesetz. Es schlug für den Polizisten Lusebrink, der die beiden feigen Gangster in die Flucht schlug. Fast hätte er sie festgenommen, aber dann trat er sich in dieser Kiste mit Welsumer Küken fest.

Armer Lusebrink!

Arme Küken!

Armer Vladimir!

Ein letztes, verirrtes Projektil traf ihn, als alles fast vorüber war. Er sah es auf sich zukommen wie in Zeitlupe – ein linsenköpfig auslaufendes Vollstahlgeschoß mit acht feinen, unregelmäßig angeordneten Rillen.

This is the end! dachte Vladimir. *Your only friend, the end!*

Dann war das Projektil heran. Ein zuckendes Leuchten, dann kosmisches Schweigen und … dieses weiße, betörende Licht.

Das Zwergkaninchen Vladimir ging auf das Zentrum des Lichts zu. Es kehrte heim zu seinem Schöpfer.

37

Bortz hörte das Ende der Schießerei, er sah den Tieflader davonbrausen. Die beiden Ganoven machten sich nicht die Mühe auszusteigen, die stumpfe Schnauze des Lasters durchbrach scheppernd das Maschendrahttor, ein letztes Aufheulen des Motors, dann war der Kleintiergroßtransporter in der Nacht verschwunden.

»Lusebrink!« flüsterte Bortz, von tiefer Sorge um seinen Partner erfüllt. Er wartete sicherheitshalber, bis sich ein halbes Dutzend Streifenwagen auf dem Ausstellungsgelände gesammelt hatte, und betrat dann zusammen mit seinen Kameraden die Baracke. Der mutige Obermeister gab kein Lebenszeichen von sich. Sein Uniformhemd schwamm in Blut. In seinem Gesicht klebten Federn.

»Ist er tot?« fragte Bortz in die Runde.

Einer der Polizisten beugte sich über den massigen Körper. »Keine Panik – das ist Hühnerblut!«

»Gott sei Dank!« strahlte Bortz. Er war wirklich erleichtert. Lusebrink schuldete ihm noch zwanzig Mark!

38

Die Abteilung 1 der Deutschen Bundespost hatte ganze Arbeit geleistet. Speranzas Telefonleitung war aufgeschaltet und lag in der Telefonüberwachung in der Friesenstraße störungsfrei an.

Horstmüller hockte in seinem Wagen, hatte die Protokolle der TÜ auf seinen Knien und schwitzte. Zu Beginn der Observation hatte der Wagen im Schatten gestanden, aber inzwischen war die Sonne weitergewandert und knallte nun genau auf das heiße Blechdach.

Johnny Speranzas Apartment lag im vierten Stock eines Wohnhauses in der Westendallee, mit Blick auf das Olympiastadion und den Friedhof Heerstraße, auf dem Horstmüller Speranza gern einen Platz verschafft hätte. Er hatte ihm den versauten Anzug keineswegs verziehen, Speranza stand ganz oben auf seiner Abschußliste!

Der Sizilianer hatte den gesamten Vormittag auf dem Balkon verbracht, Campari geschlürft und nebenbei mit Sankt Petersburg, Palermo, Toronto und Meuselwitz telefoniert. Die Protokolle seiner Gespräche waren zwei Tage alt, weil sie erst übersetzt werden mußten. Sie strotzten vor kryptischen Floskeln, deren Sinn sich Horstmüller auch nach langem Nachdenken nicht erschloß. Aber es gab auch die eine oder andere aufschlußreiche Stelle:

ANRUFER: Der FC Palermo hat ein paar neue Gastspieler.

SPERANZA: Wieviele sind es?

ANRUFER: Zwei.

SPERANZA: Picciotti?[18]

ANRUFER: Nicht die Bohne. Sie kommen aus Avellino.[19]

SPERANZA (erregt): Diese kleinen Dreckfresser.

ANRUFER: Ja. Und natürlich hören sie nicht auf den Trainer.

SPERANZA: Dann werden sie nicht im Team bleiben.

ANRUFER: Sie wollen sogar, daß der Trainer seinen Job aufgibt.

SPERANZA: Warum sollte er das tun? Palermo ist gerade in die B-Liga aufgestiegen.

ANRUFER: Kümmere dich um deinen eigenen Kram, und du wirst hundert Jahre alt![20]

SPERANZA: Das wäre klug gewesen! Aber dafür ist es nun wohl schon zu spät.

Palermo spielte seit diesem Herbst tatsächlich in der B-Liga, trotzdem fiel es Horstmüller schwer, sich einzureden, daß es sich in diesem Gespräch wirklich um Fußball drehte. Und das hatte einen einfachen Grund. Inzwischen war der Tote identifiziert worden, dessen spektakuläres Ableben dem IL CORSARO zu nationalem Ruhm verholfen hatte. Es handelte sich um einen gerade mal zwanzig Jahre alten Burschen, aber er hatte eine lange Liste von Vorstrafen: Raub, Einbruch, illegaler Waffenbesitz, Vergewaltigung. Er war vor zwei Monaten aus der Krankenabteilung eines Gefängnisses in Neapel geflohen. Und er stammte aus Avellino. Wie die Burschen, von deren Anwesenheit John Rufus Speranza durch einen geheimnisvolle Anrufer in Kenntnis gesetzt worden war: *Der FC Palermo hat ein paar neue Gastspieler.*

Das nachfolgende Statement des Sizilianers zu diesem Thema lief nicht darauf hinaus, daß die beiden Burschen in dieser Stadt ihr Glück machen würden.

Und er hatte damit recht gehabt. Das Gespräch hatte vor zwei Tagen stattgefunden. Jetzt war einer der beiden Neuankömmlinge tot.

Wir haben dem Nußknacker die Arbeit abgenommen, vermutete Horstmüller.

Wenn der andere der beiden Jungs noch in der Stadt war, wür-

---

18 Mafia-Mitläufer oder Aspirant.

19 Nachbarprovinz von Neapel.

20 Sizilianisches Sprichwort.

de er gut daran tun, sich von Speranzas Leuten fernzuhalten. Und er selbst, Kriminalhauptkommissar Markus Horstmüller, täte gut daran, diese Observation abzubrechen, denn sie war durch niemanden legitimiert. John Rufus Speranza sollte das Gefühl völliger Handlungsfreiheit gegeben werden. Die G-10-Maßnahme wurde fortgesetzt, sein Telefon überwacht, aber darüber hinaus – so hatte es KaDeWe befohlen – durfte im Grunde nicht einmal ein Streifenwagen durch die Westendallee fahren.

»Speranza muß sich in Sicherheit wiegen!« hatte der Leiter seine Strategie erläutert. »Vielleicht macht er dann einen Fehler!«

Horstmüller stöhnte unwillig. KaDeWes SOKO machte nicht viel her. Zehn Leute beschäftigten sich derzeit damit, den Hinweisen nachzugehen, die von angeblichen Zeugen stammten – bislang ohne Ergebnis. Auf seinem Schreibtisch stapelten sich die Akten der Berliner und Frankfurter Ermittlungsbehörden. Und KaDeWe zog allen Ernstes in Erwägung, nach Montreal und Palermo zu fliegen. Immerhin wäre er dann zwei, drei Tage von der Bildfläche verschwunden. In dieser Zeit könnte er wenigstens keinen Schaden anrichten. Obwohl – bei KaDeWe wußte man nie!

Horstmüller ächzte und rutschte unbehaglich auf seinem Sitz hin und her. Gabler hat unverschämtes Schwein, dachte er. Dieser Glückspilz ist diesem ganzen Wahnsinn entgangen!

39

Zur gleichen Zeit schlenderte Gabler über den Flur der Direktion Verbrechensbekämpfung. Er spürte, daß der ihm verordnete Zwangsurlaub erste Wirkung zeigte. Das leise Stimmengewirr hinter den verschlossenen Türen und die ernsten Gesichter der Vorbeieilenden signalisierten Betriebsamkeit, aber er fühlte sich ausgeschlossen. Unvorstellbar, daß er noch vor ein paar Tagen mit den Kollegen über ein Vorbereitungskomitee für die Weihnachtsfeier debattiert hatte. Auch die Auseinandersetzung mit KaDeWe schien ihm so fern wie die letzten Wahlen zur Volkskammer.

Er hörte KaDeWes Stimme, bevor er ihn sah. »Tja, es soll wunderbare Golfplätze geben auf Sizilien. Tip-top und gar nicht teuer.«

Der Chef sprach mit seinem Sportsfreund Jochen, dem Leiter der Wirtschaftskriminalität.

»Na, ob ich zum Spielen kommen werde, bezweifle ich, aber ich kann mich ja mal umhören. Man kriegt ja neuerdings ganz billige Flüge da runter.«

Gabler hatte ein Problem. Genau genommen sogar zwei, denn weder KaDeWe noch Köglmeiers Chef mußten ihn unbedingt erneut zu Gesicht bekommen. Am besten würde es sein, er machte sich auf der Stelle unsichtbar!

Nachdem KaDeWes markante Stimme verhallt war, schlich er sich wieder aus dem Klo heraus. Glück gehabt!

Das Dienstzimmer roch nach Horstmüllers Rasierwasser, vergilbtem Papier und immer noch ein bißchen nach Fisch. Es herrschte gespenstische Stille. Der Flinke Heinrich auf der rissigen Fensterbank lag im Koma. Gabler zeigte Erbarmen und entsorgte die Lache aus Horstmüllers Kaffeetasse in den ausgetrockneten Blumentopf.

Auf dem Schreibtisch seines Partners stapelten sich die Akten. Er schien wirklich im Streß zu sein, denn sein Arbeitsplatz glich in der Regel eher dem Musterspind einer preußischen Kaserne. Ein Anflug von schlechtem Gewissen überfiel Gabler.

Er warf einen Blick auf die oberste Akte — eine Leihgabe des Referats 'OK'. Sie trug den schlichten, aber faszinierenden Titel »KNAUCKE«.

Gabler ließ sich auf Horstmüllers Stuhl sinken und blätterte ziellos in dem dickleibigen Ordner.

Der unterste Schriftsatz war die Kopie eines Bescheides der Staatsanwaltschaft Frankfurt am Main aus dem Jahr 1969. In ein paar lapidaren Sätzen wurde die Einstellung eines Verfahrens wegen Steuerhinterziehung mitgeteilt. Das zuletzt abgeheftete Schriftstück war die Kopie des Totenscheins. Die umfangreichsten Dokumente bezogen sich auf ein Verfahren aus den frühen 80er Jahren.

Gabler hatte Mühe, dem Amtsdeutsch zu folgen. Auch nach dem sechsmonatigen »Umerziehungskurs« in Biesdorf waren Kommanditgesellschaften, Offene Handelsgesellschaften und GmbHs für ihn geheimnisvolle Formeln einer fremden Welt geblieben. Nur das gelegentliche Auftauchen des Reizwortes »Knaucke« verhinderte, daß er bei der Lektüre einschlief. Richtig munter wurde er, als eine 1981 gegründete Bauträgergesellschaft namens »KNAUCKE & REIMERS GMBH & CO. KG« erwähnt wurde.

Knaucke & Reimers! Butler Jablonski hatte seine Verträge mit der »KNAUCKE GMBH & CO. KG« abgeschlossen.

Irgendwann mußte dieser Reimers auf der Strecke geblieben sein!

40

John Rufus Speranza verließ sein Apartment in Begleitung seines Sekretärs und seines Bodyguards, von denen Horstmüller inzwischen wußte, daß sie die Neffen des Nußknackers waren. Die beiden stammten sogar aus einem Wurf, auch wenn man es ihnen nicht ansah.

Der knorrige Alte stolzierte zu seinem Wagen, ließ sich von seinem Chauffeur die Tür aufhalten und pflanzte sich würdevoll in den Fond. Nachdem seine Neffen eingestiegen waren, gab er mit einer müden Handbewegung das Zeichen zur Abfahrt.

In Horstmüller lieferten sich der preußische Beamte und der eine Spur witternde Kripo-Mann eine erbitterte Schlacht. KaDeWe hatte totale Funkstille befohlen, aber da rollte Johnny Speranza mit voller Eskorte in Richtung Heerstraße und holte vielleicht gerade zu einem neuen Schlag aus.

Was sollte er tun?

Horstmüller fiel die Entscheidung wirklich schwer. Am Ende siegte seine Selbstachtung. Er legte einen Gang ein und heftete sich an die Stoßstange von Speranzas eher unauffälligem Wagen. Am Kaiserdamm bog der Chauffeur auf den Stadtring ab. Am Westhafen verließ er ihn wieder, dann ging es weiter über die Beusselbrücke bis zur Turmstraße. Die Reise endete vor einem italienischen Restaurant: LA SICILIANA.

»NEUERÖFFNUNG«, las Horstmüller.

Speranza wurde noch vor der Tür vom Padrone in Empfang genommen, respektvoll, aber nicht mit übertriebener Ehrerbietung. Horstmüller überkam erneut das Gefühl, einem Ritual beizuwohnen, das einer fernen Kulturepoche entstammte, die auf wunderbare Weise die Jahrhunderte überlebt hatte. Dann fuhr der 70er Bus vorbei, und als er die Sicht wieder freigab, war Speranza im SICILIANA verschwunden.

Guten Appetit! wünschte ihm Horstmüller. Mit einem »*Menu Turistico*« würden sie den Nußknacker todsicher nicht abspeisen.

Er richtete sich auf eine lange Wartezeit ein. Natürlich bekam er augenblicklich Hunger. Er versuchte die Katastrophenseite der Zeitung zu lesen, aber die Meldungen, die Gabler zu Schauern des Entzückens verholfen hätten, langweilten ihn nur. Er legte die Zeitung beiseite. Nachdem sich sein Magen das dritte Mal vernehmlich gemeldet hatte, gab er sich hemmungslos einer Sado-Maso-Phantasie in vier Gängen hin.

Die Vorspeise? überlegte Horstmüller.

Er mußte nicht lange grübeln. Etwas Käse mit Oliven und gekühlter Honigmelone, entschied er. Dann als ersten Gang — *Primo — Pasta alla Norma,* Makkaroni mit Tomate, gebratener Aubergine, Basilikum und Frischkäse. Dazu einen jungen, kühlen *Etna Rosso. Secondo: Coniglio all'agrodolce* — süßes Kaninchen, wie man es im Südosten Siziliens zubereitet. Und zum Schluß etwas Mandelkonfekt.

Horstmüller schluckte sehnsüchtig. Da drinnen machte Speranza vermutlich gerade ein opulentes Mahl nieder, und er saß hier draußen und jibberte.

Ein grün-weißer Russen-Lada schob sich in sein Blickfeld. Zwei Schutzleute stiegen aus. Ein großer Dicker mit O-Beinen und ein Normalwüchsiger mit einem deutlichen Haltungsschaden. Horstmüller kam das Duo bekannt vor, und das lag gewiß nicht daran, daß fast alle deutschen Polizisten so aussahen wie diese beiden.

41

»Tag auch!« schnarrte Lusebrink.

»Was kann ich für Sie tun?« fragte der Padrone des SICILIANA, ein freundlicher, kleiner Mann, der aussah, als hätte er die Nacht vor der Eröffnung seines Restaurants durchgearbeitet — dicke Tränensäcke hingen unter seinen Augen.

»Ich bin Polizeiobermeister Lusebrink. Und das da ist mein Partner, Wachtmeister Bortz.«

Bortz lächelte freundlich.

»Freut mich!« versicherte der Padrone.

»Na dann!« sagte Lusebrink. Er machte Anstalten, das Restaurant zu betreten.

»Entschuldigen Sie!« verwehrte ihnen der Padrone den Eintritt. »Das ist eine private Feier. Publikumsverkehr erst ab morgen.«

Lusebrink blieb gelassen. »Ich glaube, ich habe das nicht richtig erklärt. Ich und Wachtmeister Bortz sind hier im Kiez die Streifenbullen. Wir sorgen für Ihre Sicherheit, Verehrtester.«

Der Padrone blinzelte verwirrt in die Abendsonne.

Lusebrink setzte seinen Vortrag fort. »Sie ahnen wohl gar nicht, wo Sie hier gelandet sind? Das ist hier eine kreuzgefährliche Gegend, Mann. Und ausgerechnet hier machen Sie eine Kneipe auf.«

»Keine Kneipe. Sizilianische Spezialitäten.«

»Egal!« erklärte ihm Lusebrink. »Jedenfalls brauchen Sie Schutz! Unseren Schutz!« Er klopfte vielsagend auf seine Pistolentasche.

Der Padrone begriff. »Kommen Sie herein, meine Herren. Seien Sie meine Gäste! Fühlen Sie sich wie zu Hause. Schließlich ...«, er zwinkerte spöttisch, »... schließlich geben auch Sie mir das Gefühl, daß ich in dieser Stadt wie zu Hause bin.«

42

Langsam kroch graues Zwielicht ins Zimmer, Gabler knipste die Lampe an und kramte den Calvados aus Horstmüllers Schreibtisch. Als er schließlich den Aktendeckel zuklappte, brummte ihm der Schädel. Er zog das Telefon zu sich heran und wählte Köglmeiers Dienstnummer. Das lange Freizeichen veranlaßte ihn, einen Blick auf die Uhr zu werfen. Es war kurz vor acht. Er hatte zwei lange Stunden mit dem Studium von Knauckes krimineller Vergangenheit zugebracht.

Gabler suchte in seinem Notizbuch nach der Privatnummer seines Kollegen.

»Hallo?« Köglmeiers Stimme klang hallig, als käme sie aus einem Schwimmbad.

»Gabler. Störe ich dich bei was Wichtigem?«

Köglmeier schniefte. »Ich sitze im Whirlpool.«

»Du hast ein Telefon im Bad?«

»Na klar.«

Im Hintergrund zankte sich Frank Sinatra mit Grace Kelly.

»Das ist doch 'High society'!« stellte Gabler fest.

»Genau. Ich hab nämlich auch 'n Fernseher im Bad. Und neben mir steht ein Eiskübel mit Markenchampagner. Tja, auch wir einfachen Leute verstehen zu leben!«

»Schrill!« staunte Gabler. Er hatte neben der Badewanne lediglich einen zerlesenen Krimi liegen. Diverse Herrenmagazine hatte er verschwinden lassen, bevor Anne das erste Mal bei ihm aufgetaucht war.

Gabler kam auf sein eigentliches Thema zu sprechen. »Hör mal! Ich hab mir gerade mal Knauckes Akte vorgenommen. Der hatte früher einen Partner.«

Köglmeier stöhnte. »Hat das nicht Zeit bis morgen?«

Gabler ignorierte diesen Einwurf. »Sagt dir der Name Reimers was? – Köglmeier?! Bist du noch da?«

»Ja, ja. Ich muß doch erstmal ein bißchen nachdenken können ...«

Es planschte im Hörer. Gabler fuhr sich unwillkürlich mit dem kleinen Finger ins Ohr. Alles noch trocken!

»Da war irgendwas mit 'ner Abschreibungsgesellschaft«, meldete sich Köglmeier zurück. »Ich glaube, die Staatsanwaltschaft hat gegen Knaucke und Reimers ermittelt – wegen Steuerhinterziehung?«

»Wegen Brandstiftung!« korrigierte Gabler Köglmeier gereizt. »Das steht hier alles in den Akten. Aber was ist aus diesem Reimers geworden?«

»Keine Ahnung.« Köglmeier klang verschnupft.

Gabler klopfte mit der Spitze seines Kugelschreibers auf die Tischplatte – Morsezeichen der Ungeduld. »Was meinst du – wo kann ich den Mann auftreiben?«

»Witzbold! Der war damals schon scheintot. Wahrscheinlich findest du seinen Namen auf irgendeinem Grabstein.«

Gut möglich, dachte Gabler. Reimers ist Jahrgang '20.

»Vergiß den Mann einfach!« forderte ihn Köglmeier auf. »Das sind doch olle Kamellen.« Seine Stimme nahm einen väterlichen Ton an. »Vorschlag: Schau auf ein Bier vorbei. Wir nehmen 'nen Schluck aus der Schnabeltasse, und ich erzähle dir, was die SOKO 'KORSAR' alles so treibt. Hör mal ...«

Köglmeier hielt eine Flasche Bölkstoff an den Hörer und ließ den Korken springen. »Na, wie klingt das?«

»Das klingt verteufelt gut!« lechzte Gabler. »Aber ich denke, du trinkst Markenchampagner.«

»Tu ich auch. Aber ich hab auch 'n kleinen Eisschrank im Bad, und der ist bis oben hin voll mit Bier. Manchmal guck ich in der Wanne nämlich Fußball.«

Gabler grinste, legte auf und machte sich mit dem Aktenordner unter dem Arm auf den Weg zum Kopierraum. Auf den Gängen war es totenstill.

Das Gebläse des Kopierer begrüßte den späten Gast mit einem Rülpser. Der Rest der Kommunikation fand über das Display statt: Der Automat bat ihn, sich zwei Minuten zu gedulden, bis er warm gelaufen sei.

Gabler pflückte ein Blatt Papier von der Glasplatte – ein Kochrezept, das einer der Kollegen vergessen haben mußte. Es beschrieb minutiös, wie man mit Haschisch gefüllte Marzipanplätzchen backt. Gabler korrigierte die Anzahl der benötigten Kopien von 99 auf 1 und begann, die Knaucke-Akte an den Kopierer zu verfüttern. Eine halbe Stunde später stopfte er einen armdicken Stapel Duplikate in eine Papiertüte. Dann legte er das Plätzchen-Rezept auf den Kopierer zurück. Im gleichen Moment drang aus heiterem Himmel eine anschißtrainierte Stimme an sein Ohr: »Mensch, Gabler! Was machen Sie denn hier?«

Gabler schluckte – soeben war der GAU eingetreten. KaDeWe stand in der Tür.

»Kopieren!« sagte Gabler mit fester Stimme. Er war um Haltung bemüht. Es war sowieso alles zu spät!

Der Chef hatte eine Golf-Illustrierte unter dem Arm. Offenbar wollte er sich über ein von ihm selbst ausgesprochenes Verbot hinwegsetzen, das die Anfertigung von Kopien für den Privatgebrauch bei Strafe untersagte. Angriff ist die beste Verteidigung, dachte Gabler und setzte zu einer anzüglichen Frage an.

KaDeWe war schneller: »Soweit ich weiß, haben Sie Urlaub!« Er fischte die Vorlage aus dem Kopierer.

»Ah, ein Marzipanplätzchenrezept!« freute sich der Chef. Er wurde etwas umgänglicher. »Damit wollen Sie wohl Ihrem kranken Vater eine Freude machen?«

Besser nicht! dachte Gabler, aber er nickte heftig.

»Das ist nett!« lobte ihn KaDeWe. Es fehlte nicht viel, und er hätte Gabler die Wange getätschelt. »Achtung vor der älteren Generation, Fleiß und Gottesfurcht! Diese Tugenden haben Preußen groß gemacht! Aber jetzt fahren Sie besser nach Hause, junger Freund. Sie wissen, Sie sind beurlaubt.«

Gabler wurde mit einem gnädigen Nicken entlassen. Er blieb wie angewurzelt stehen. »Das Rezept«, erinnerte er seinen Chef.

»Ach, ja das Rezept!« schalt sich KaDeWe. »Das wollen Sie natürlich mitnehmen. Aber warten Sie. – Einen Moment!«

Gabler riß entsetzt die Augen auf.

KaDeWe machte sich eine Kopie. »Das werde ich meiner Frau mitnehmen!« strahlte er. »Die ist ganz scharf auf Süßes!«

Gabler verschwendete keinen Gedanken an die möglichen Folgen dieses Vorfalls. Er dankte seinem gütigen Schicksal und flüchtete mit seiner Papiertüte voll Belastungsmaterial zu Köglmeier, der im Bademantel und mit bloßen Füßen in der Tür erschien. Gabler mußte das Luxusbad mit dem in die Fliesenwand eingelassenen Fernseher bewundern.

»Na«, prahlte der stolze Besitzer. »Wie findest du das?«

»Dekadent.«

»Das ist doch bloß der Neid!«

»Und was ist, wenn du mal ausziehen mußt? Baust du den Fernseher dann wieder aus?«

»Warum sollte ich hier ausziehen?« fragte Köglmeier. »Das ist 'ne Eigentumswohnung.«

Sie halbierten den Aktenstapel, und jeder forstete seine Hälfte durch. Ergebnislos.

»Laß uns tauschen«, schlug Gabler vor. »Vielleicht hat ja einer von uns was übersehen.«

Köglmeier maulte, aber nach weiteren zehn Minuten wurden sie fündig – Gabler stieß auf eine Aktennotiz, in der die Adresse Reimers angegeben war. 1985 hatte Knauckes Ex-Partner in Hamburg gelebt. Damals war er 65 Jahre alt.

»Das hast du übersehen, du Schnarchsack!« nörgelte Gabler

»Der ist doch längst unter der Erde«, versuchte sich Köglmeier aus der Affäre zu ziehen.

Gabler rief die Auskunft an. Er hatte Glück, es gab einen Hans Reimers in Hamburg. Und er wohnte unter der angegebenen Adresse. Gabler legte auf und wählte erneut.

Vier Freizeichen.

Er schluckte, hörte sein staubiges Gaumenzäpfchen knirschen und feuchtete es mit einem Schluck Bier an. Dann meldete sich eine leise, kraftlos wirkende Stimme.

»Reimers!«

Gablers Herz machte einen kleinen Sprung. »Abend, Herr Reimers!« begann er. »Kriegen Sie jetzt keinen Schreck. Hier ist die Polizei.«

43

»Wachtmeister Lusebrink!« stellte sich Obermeister Lusebrink der Runde um John Rufus Speranza vor. »Ich bin sozusagen das Gesetz im Kiez!«

Er lächelte und entblößte dabei die grandiose Lücke zwischen seinen Schneidezähnen. Dann wuchtete er Speranza die Rechte auf die Schulter. »Na dann, viel Spaß, Väterchen! Im Kreise der Familie feiert es sich am schönsten, nicht wahr?«

Speranzas Bodyguard schoß in die Höhe, aber der alte Mann warf seinem Neffen einen warnenden Blick zu.

»Vielen Dank!« entgegnete er beherrscht. Er pulte sich eine Olive vom Hosenschlitz – sie war ihm von der Gabel gefallen, als ihn Lusebrinks Pranke traf.

Lusebrink und Bortz ließen sich zu einem Tisch in der Ecke geleiten. Der Padrone servierte persönlich.

»*Antipasti.* Käse mit Oliven und gekühlter Honigmelone.«

»Na gut!« nörgelte Lusebrink. »Aber danach etwas Ordentliches! Wir haben Kohldampf!«

»*Primo Piatto!*« kündigte der Padrone den ersten Gang an. Seine Augen glänzten. »*Pasta alla Norma* – Makkaroni mit Tomate, gebratener Aubergine, Basilikum und Frischkäse. Sehr gut!«

Lusebrink schnüffelte wie ein Drogensuchhund an seiner Schüssel. »Sieht komisch aus, riecht aber nicht schlecht«, stellte er fest und begann, die Makkaroni in sich hineinzuschaufeln. Nach einer Weile spülte er mit ein paar Gläsern Rotwein nach.

»Ein Bier wäre mir lieber«, gestand er Bortz. »Aber 'nem geschenkten Gaul guckt man nicht ins Maul.«

Erneut näherte sich der Padrone mit zwei dampfenden Tellern. »*Secondo*: *Coniglio all'agrodolce* – süßes Kaninchen!«

Lusebrink musterte seinen Teller. Sein Blick schweifte zu Bortz, der mit erhobener Gabel den Duft seines im Rohr gebackenen Nagers inhalierte.

»Moment mal!« sagte Lusebrink. »Dein Kaninchen ist ja viel größer als meins.«

Bortz' Gabel bohrte sich in die Tischplatte. Lusebrink hatte den Teller seines Partners kassiert und schob ihm nun statt dessen seinen eigenen Teller unter. Bortz mümmelte beleidigt: »Das ist ja 'n Zwergkaninchen!« In seinen Augen funkelte der Zorn.

»Jammer nich rum!« verwarnte Lusebrink den renitenten Zoni. »Wenn du mich nicht hättest, würdest du jetzt irgendwo in Dönertown stehen und im Kebab stochern. Oder etwa nicht? Und nun iß!«

Unheilschwangeres Schweigen überschattete ihre Mahlzeit. Lusebrink grollte. Nach seiner erfolglosen Verfolgungsjagd auf die Hühnerdiebe war seine Laune ohnehin nicht die beste. Und jetzt sah er sich auch noch mit einem neuerlichen Putschversuch des Ossis konfrontiert! Dabei hatte Bortz allen Grund zu kuschen – der geflutete Bulli war eine Altlast, die er noch lange mit sich herumschleppen würde!

Das störrische Schweigen der beiden Schutzleute stand in einem sinnfälligen Widerspruch zu dem fröhlichen Lärm, der am Tisch der Italiener herrschte. Lusebrink warf einen neidvollen Blick auf die angeregt plaudernde Privatgesellschaft.

Scheinen sich gut zu amüsieren, die Makkaronis, stellte er fest. Alles spachtelt und kalbert herum, sogar dieser alte Mafioso ist in Stimmung gekommen. Den behandeln sie wie einen kleinen Fürsten. Jetzt bringen sie ihm sogar das Telefon an den Tisch!

Das Palaver verstummte, denn John Rufus Speranza führte ein Gespräch. Sein eben noch von Lachfalten durchzogenes Gesicht vereiste.

Was ist denn nun los? wunderte sich Lusebrink.

Bortz, mit seinem Zwergkaninchen beschäftigt, bekam wie immer von nichts etwas mit.

Speranza lief rot an, riß sich die Serviette vom Hals und warf sie auf den Tisch. Dann wurde er sich bewußt, daß er sich eine Geste der Wut gestattet hatte. Er beruhigte sich wieder, ein Lächeln erschien in seinem Gesicht, als amüsiere er sich über seine Unbeherrschtheit.

»Poi continuammu!«[21] entschuldigte er sich beim Padrone des SICILIANA. Mit einer Kopfbewegung gab er seinen beiden Neffen das Zeichen zum Aufbruch.

Lusebrink sah durch das große Frontfenster, auf dem »LA SICILIANA« in Spiegelschrift zu lesen war, wie Speranza mit seinen

21 (Sizil.) = »Wir machen später weiter!«

Leuten in den Wagen stieg. Er fuhr los, und kurz darauf folgte ihm ein weißer Mercedes. Lusebrink dachte sich nichts weiter dabei. Er hatte andere Sorgen, denn soeben hatte Bortz einen markerschütternen Schrei ausgestoßen. Die Faust seines Partners trommelte verzweifelt auf den Tisch und brachte die süßen Kaninchen auf ihren Tellern zum Hüpfen.

»Mensch, Bortz, was hast du denn?« erkundigte sich Lusebrink teilnahmsvoll.

»Oooohmmmmpff!« stöhnte Bortz. Tränen des Schmerzes standen in seinen blauen, wasserhellen Augen.

Lusebrink beschlich das Gefühl, daß hier etwas nicht stimmte.

44

Gabler fühlte, wie der Telefonhörer in seiner Hand feucht wurde. Er war nervös. Seine Intuition sagte ihm, daß dieses Gespräch nicht folgenlos bleiben würde.

»Ich habe immer damit gerechnet, daß sich irgendwann die Polizei meldet«, erklärte Reimers. In seiner Stimme schwang Müdigkeit mit. »Aber es hat sehr lange gedauert. Es geht um Knaucke, nicht wahr?«

»Ja«, sagte Gabler. »Aber vielleicht liegen die Dinge etwas anders, als Sie denken. Knaucke ist tot!«

Die einzige hörbare Reaktion war ein konstantes sphärisches Rauschen wie aus einem Fernseher, der lange nach Programmschluß noch läuft. Reimers ausgiebiges Schweigen machte Gabler mürbe. Ging dem alten Mann der Tod seines früheren Kompagnons so nahe?

»Entschuldigen Sie«, meldete sich Reimers zurück, »ich war ein wenig überrascht. Da Sie Polizist sind, nehme ich an, daß Knaucke keines natürlichen Todes gestorben ist. Sollten Sie mich in Verdacht haben, muß ich Sie enttäuschen. Ich bin seit einem halben Jahr an einen Rollstuhl gefesselt. Damit komme ich als Täter wohl nicht in Frage.«

Gabler hörte ein amüsiertes Glucksen, das in ein Hüsteln überging – offensichtlich versuchte Reimers seine Heiterkeit zu kaschieren.

»Allerdings«, schnarrte der alte Mann, »hätte ich ein gutes Motiv gehabt. Aber darüber sollten wir uns in Ruhe unterhalten. Das ist nichts für das Telefon.«

Gablers Augen nahmen einen feuchten Glanz an. Er signalisierte Köglmeier mit aufgestelltem Daumen seinen Triumph und hörte sich sagen: »Wann haben Sie Zeit für mich?«

»Nun, morgen habe ich einen Termin bei meinem Internisten. Wie wäre es mit übermorgen? Sagen wir gegen Mittag?«

Gabler willigte ein.

45

Nach einem kurzen, von einem wölfischen Heulen begleiteten Tanz um den Tisch kam Bortz endlich zur Ruhe. Seine Gesichtsfarbe wechselte ins Grünliche, als er sich über den Tisch beugte und einen Backenzahn ausspuckte. Er landete klirrend auf dem Teller mit den Knochenresten.

»Oh, Mann«, sagte Lusebrink.

Bortz beugte sich ein zweites Mal über den Teller.

»Noch einer?« fragte Lusebrink teilnahmsvoll.

Bortz nickte.

Ein zweites Klirren. Kein Zahn – ein Projektil trudelte den Tellerrand entlang wie eine Roulettekugel in einem Spielsaal in Reno. Schließlich kam es zwischen den Rückenwirbeln des Zwergkaninchens zur Ruhe. Es handelte sich um ein linsenköpfig auslaufendes Vollstahlgeschoß mit acht feinen, unregelmäßig angeordneten Rillen. Lusebrink pickte es mit Daumen und Zeigefinger auf und führte es in Augenhöhe.

Seine Stirn umwölkte sich, dahinter lief ein hochspezialisierter Denkapparat auf Hochtouren. Lusebrinks Polizisten-Gehirn, ein brillantes, wenn auch vorläufiges Endprodukt der Evolution, verarbeitete das vorhandene Faktenmaterial, Kugel – totes Kaninchen – ausgebissener Zahn, und gab eine messerscharfe Schlußfolgerung in den Output: »Hier ist eine Riesenschweinerei im Gange!«

Hochroten Gesichts, die Kanone im Anschlag, stürzte Lusebrink in den Küchentrakt. Bortz vergaß sein blutendes Zahnfleisch und taperte ihm hinterher.

»Alles auf den Boden!« brüllte Lusebrink, die Walther P 6 in Augenhöhe im Anschlag. Das Personal des SICILIANA blinzelte verschreckt in die schwarze Mündung der Waffe und rührte sich nicht. Lusebrink gab einen Warnschuß ab, der gegen eine Bratenkasserole schlug, als Querschläger scheppernd über Töpfe und Pfannen hüpfte, zu Lusebrink zurückkehrte und haarscharf an seiner Schläfe vorbeizischte. Der Polizeiobermeister ignorierte das und ließ ein weiteres Mal seine donnergleiche Stimme erschallen: »Ich habe gesagt, alles auf den Boden! Gleich gibt es den ersten Trauerfall!«

Ein Küchengehilfe ließ eine Schüssel fahren und warf sich dann selbst zu Boden. Er gelangte dort schneller an als die Schüssel. Das restliche Küchenpersonal folgte seinem Beispiel.

»Ich bin wütend!« schrie Lusebrink und schlug mit der Linken gegen die Küchentür. Bortz zuckte zurück – die Pendeltür schwang um Haaresbreite an seiner Nase vorbei.

Niemand rührte sich. Der Küchengehilfe preßte die Nase noch tiefer in das *Cuscus alla Trápanese*. Man konnte das Olivenöl auf dem Herd zischen hören.

»Guck mal in die Kühltruhe!« befahl Lusebrink seinem Partner. Bortz stemmte den Deckel der gigantischen Frischhaltebox auf. Sibirische Kälte schlug ihm entgegen.

»Bis oben hin voll!« meldete er Lusebrink.

»Und – was ist drin?«

»Lauter tote Hühner und Karnickel.«

Lusebrink nickte zufrieden. O-beinig stolzierte er zur Kühltruhe und warf einen Blick hinein. Er erblickte den Frostreif im samtigen Fell der Chinchillas und die steifgefrorenen Flügel der Friesenhühner und lächelte beglückt. Schon sah er die Schlagzeilen vor sich: SCHUTZMANN HEBT MAFIA-RING AUS!

46

Speranzas Chauffeur legte ein sportliches Tempo vor. Horstmüller nahm die Herausforderung an und setzte ihm nach. Die Tachonadel wanderte über die Hundertzwanzig. Horstmüller warf den neuen CD-Player an und lächelte verwegen. Das lange, ermüdende Herumhängen vor dem SICILIANA war vergessen, er fühlte sich kampflustig und ausgeschlafen. Und Wagners Walküren-Ritt bot die perfekte Untermalung für eine nächtliche Jagd über den Stadtring. Die Bläser schmetterten, was das Zeug hielt, hoch über ihnen funkelten und glitzerten die Streicher, und die Walküren auf ihren fliegenden Pferden donnerten nach Walhall, angetan mit glänzenden Rüstungen – wie ein American-Football-Team.

Horstmüller ließ sich von den Wiener Philharmonikern einheizen und gab seinem Mercedes die Sporen. Rock me, Richie!

Er liebte diese DECCA-Aufnahme. Man mochte Wagners Plot für absurd halten, aber für ihn beschrieb der »Ring« die Welt genau so, wie sie war: eine Spielwiese für Götter, Riesen und Zwerge.

Weiter ging es, am Funkturm und am ICC vorüber, auf die Automobil-, Verkehrs- und Übungsstrecke, kurz AVUS. Speranzas Chauffeur ließ die Sau raus.

Was soll das werden? fragte sich Horstmüller besorgt. Ein Bernd-Rosemeyer-Gedenkrennen? Er warf einen irritierten Blick auf den Tacho.

Nikolassee. Horstmüller atmete auf. Speranzas Chauffeur verließ die Rennstrecke und bog auf den Kronprinzessinnenweg ein. Fünf Minuten später geisterten seine Scheinwerfer über das Einfahrtstor zum Yachtklub GERMANIA. Speranzas Bodyguard schloß das Tor auf und winkte den Wagen hindurch. Danach machte er die Schotten wieder dicht.

Horstmüller stand mit abgeschaltetem Motor in der Dunkelheit und überlegte, ob er es sich zumuten konnte, über einen zwei Meter hohen Drahtzaun zu klettern. Er entschied, daß dieses Hindernis kein Problem für ihn darstellte. Speranza und seinem Gefolge gab er zwei Minuten Vorsprung. Dann stieg er aus.

Der Zaun bog sich und summte, als er seine hundertsiebzig Pfund auf das Drahtgeflecht stemmte. Er sprang, kam auf der anderen Seite hart auf und fühlte, wie seine Leber gegen die Rippen schlug. Eine sanfte Schräge führte an einer Marina vorüber zum See, auf dem der Widerschein einer einsamen Yacht zitterte – eine DUFOUR 31. Es lagen noch zwei andere Schiffe im Wasser, aber nur auf der DUFOUR brannte Licht. Man hatte sie mit dem Heck zum Steg in die Box laviert. Auf dem Seezaun hockte rauchend eine Wache. Der Mann nahm einen letzten Zug und warf dann die Kippe ins Wasser. Es gab ein leises Zischen. Auf der Yacht, die er bewachte, war alles still.

Horstmüller quetschte sich fröstelnd zwischen den aufgebockten Booten hindurch. Die Sterne blinkten kalt und feindlich, und die Temperatur fiel wie die Aktienkurse von HOECHST nach dem letzten Chemieunglück. Langsam arbeitete er sich voran – den Schatten der Süßwasserpinnen ausnutzend, die unter ihren Persennings dem nächsten Frühling entgegenträumten.

Er fühlte sich ein bißchen wie bei einem Räuber- und Gendarmspiel und ein bißchen wie auf dem Weg zu seiner Hinrichtung. Als er an einer Plane hängen blieb, entleerte sich das Regenwasserreservoir, das sich in einer Falte gebildet hatte, vollständig in seinen Kragen. Danach überlegte er ernsthaft, ob er nicht besser umkehren sollte. Gesetzt den Fall, auf dieser Yacht geschah tatsächlich etwas, das sein Eingreifen nötig machte – wie sollte er dann KaDeWe seine Anwesenheit an diesem Ort erklären? Der Alte hatte nach Gablers Eskapaden eine dünne Haut. Und mal ganz abgesehen davon – er schätzte es einfach nicht, wenn jemand seine Weisungen ignorierte, so bescheuert sie oft auch sein mochten. Hatte es irgendeinen vernünftigen, nachvollziehbaren Grund gegeben, Johnny Speranzas Observation abzubrechen?

Natürlich nicht! beantwortete sich Horstmüller diese Frage. Speranzas überstürzter Aufbruch aus dem SICILIANA, der nächtliche Besuch des einsamen Yachthafens – das sprach doch Bände. Es lag was in der Luft. Irgendetwas würde geschehen, und alles, was er tun mußte, war, mit seinem nassen Sakko in der Kälte auszuharren, bis auf der Yacht eine Schießerei ausbrach oder ihn eine Lungenentzündung aus dem Rennen warf. Weil er sich zu langweilen begann, schloß er mit sich selbst eine Wette ab. Seine kalten Füße drückten die Quote kräftig nach oben: fünf zu eins für die Lungenentzündung.

Wenn ich verliere, überlegte sich Horstmüller, sehe ich mir ab jetzt alle Folgen von *Großstadtrevier* an. Und wenn ich gewinne, spendiere ich Annelies und mir ein Essen im EULENSPIEGEL. Gleich wenn ich aus dem Krankenhaus raus bin.

Dreißig Sekunden später annullierte er die Wette. Der Grund dafür lag auf der Hand – er verlor nicht gern …

Die Schüsse kündigten sich durch das langgezogene, gequälte Geheul an, das plötzlich über dem See aufstieg. Horstmüller stockte der Atem. So schrie nur jemand, der panische Angst hatte. Dann raste der erste Schuß wie ein Peitschenhieb über das schwarze Wasser. Zwei Schwäne stoben mit knatternden Flügelschlägen auf. Einen Augenblick lang fielen die Lichter der Yacht auf ihr weißes Gefieder, dann schluckte sie die Dunkelheit. Horstmüller spürte das Klopfen seiner Halsschlagader. Ein zweiter Schuß ließ ihn zu der Überzeugung gelangen, daß er besser gehen sollte. Allein konnte er hier nichts ausrichten. Mit ein paar Hubschraubern und zwanzig Mann von der GSG 9 schon eher.

Er trat den Rückzug an.

»*Ti fazzu un culu accussi!*«[22] fauchte eine Stimme aus der Dunkelheit.

Horstmüller widersprach nicht. Zum einen verstand er den Mann nicht. Zum anderen war Widerspruch in seiner Lage nicht angezeigt — er hatte eine Pistolenmündung an der Schläfe. Er wagte nicht einmal, den Kopf zur Seite zu neigen, obwohl ihm die Mündung die Schläfenader knebelte.

Der Druck wurde stärker. Horstmüller verstand. Er sollte sich bewegen. Er schob sich mit kleinen, schlurfenden Schritten seitwärts aus dem Gang zwischen den aufgebockten Booten. Das Licht der Yacht fiel auf ihn und den Bewaffneten, und Horstmüller erkannte ihn wieder — es war Speranzas Sekretär. Er hörte, wie der Wachtposten auf den Steg sprang und seine Waffe entsicherte; es gab ein leises, metallisches Klicken, das Horstmüller zu Eis erstarren ließ. Zum ersten Mal kam ihm der Gedanke, daß man ihn in ein paar Minuten vermutlich umlegen würde. So wie den Burschen auf dem Schiff.

Speranzas Neffe und der Wachmann hatten einen schnellen, lakonischen Wortwechsel. Horstmüller hörte Schritte hinter sich, dann tasteten ihn zwei Hände ab. Er verabschiedete sich von seiner Walther P 6. Würde man sie ihm in sein feuchtes Grab mitgeben? Das setzte voraus, daß ihn Speranza wie einen würdigen Gegner behandelte, dem man auch im Tod alle Ehre erwies.

Der Sekretär verschwand, und Horstmüller blieb mit dem Wachmann zurück. Jetzt hatte er die Mündung zur Abwechslung im Nacken, kurz unter dem Haaransatz. Es war fast still. Nur die flachen Wellen schlugen plätschernd gegen den Körper der Yacht. Ihre Lichter tanzten auf dem Wasser wie fette, fluoreszierende Quallen.

---

22 (Sizil.) = »Ich reiß dir den Arsch auf!«

Bald werde ich auf dem Wasser treiben wie Ophelia, dachte Horstmüller. Wenn sie mir nicht irgendwas auf den Rücken binden – einen Betonpfahl wie bei diesem toten Georgier, den sie neulich gefunden haben. Sie werden mir das Hirn aus dem Schädel blasen und mich einfach im Wannsee versenken. Nach ein paar Tagen, wenn sie mich aus dem Wasser gezogen haben, werde ich einen ekligen Anblick bieten – ein unförmiger, altersloser Körper, aufgedunsen wie ein Ballon, die Haut mit einer Wachsschicht überzogen. Horstmüller begann wieder zu frieren.

Jetzt oder nie! beschloß er.

Er tauchte zur Seite weg und trat blind nach hinten. Die Pistole in seinem Rücken krachte trocken, dann hörte er ein Klatschen hinter sich – der Wachmann war im Wannsee gelandet. Er lag im Wasser, aber er hatte auch geschossen. Was war, wenn er getroffen hatte?

Als ihm klar wurde, daß er jetzt keine Zeit für einen Rundum-Check hatte, rannte er einfach los. Er *konnte* laufen. Seine Lungen arbeiteten, sein Herz schlug, das Nebennierenmark schüttete Unmengen Adrenalin aus. Er war in Ordnung!

Hinter ihm nagelten Schritte über die Bohlen des Stegs. Sie waren ihm auf den Fersen, aber sie schossen nicht. Wenn er es schaffen würde, mit einem Sprung über den Zaun zu kommen, hatte er eine Chance. Wie lange würde er brauchen, um die Tür zu seinem Wagen aufzureißen, den Zündschlüssel ins Schloß zu stecken und den Motor anzulassen? Zehn Sekunden? Fünfzehn? Vermutlich würden ihm die Hände zittern wie im Delirium tremens. Ihm wurde klar, daß er Angst hatte. Soviel Angst, daß ihm Tränen in die Augen traten. Er hastete die Uferschräge hinauf, die zornigen Schreie der Italiener im Nacken wie das Bellen einer Meute Hunde. Der Zaun tauchte auf. Er sprang ihn mit weichen Beinen an, ohne Kraft, die Angst und der schnelle Lauf hatten seine Energie aufgezehrt. Seine Sohlen glitten über das singende Drahtnetz, ohne Halt zu finden. Er spürte, wie ihm etwas Messerscharfes den Stoff unter dem rechten Arm aufriß und sich in sein Fleisch schnitt. Er versuchte, das Bein über den Zaun zu schwingen. Es hing an ihm herab wie eine Prothese.

»Kommen Sie da runter!«

Ein kurzer, metallischer Gegenstand bohrte sich in seine Aftergegend. Er ließ sich einfach fallen.

47

Die Grüne Minna schluckte das komplette Personal des SICILIANA – vom jammernden Padrone bis zum tunesischen Tellerwäscher ohne Arbeitserlaubnis. Die Kripo-Leute hatten das tiefgefrorene Beweismaterial kurzerhand in Plastiksäcken verstaut, die sie nun zu ihrem Wagen schleppten. Die Blitzlichter der Reporter zuckten. Ein Huhn rutschte aus einem der Säcke und schlitterte ein gutes Stück über das Straßenpflaster, nachdem es der Fußtritt eines Fotografen getroffen hatte.

Lusebrink spreizte sich derweilen vor einer Fernsehkamera. Eine blonde, löwenmähnige Reporterin hatte ihn um ein Interview gebeten.

Lusebrink blinzelte in das Objektiv und fragte: »Von welcher Zeitung kommen Sie denn?«

»Fernsehen!« säuselte sie. »Ich komme vom Fernsehen.«

»Ehrlich?« staunte Lusebrink. Er holte sein Mundspray heraus und machte sich für das Interview fit.

»Frühstücksfernsehen«, präzisierte die Reporterin inzwischen. »Breakfast-TV!«

»Brech-Fest-Revue?« wunderte sich Lusebrink. »Kenn ich noch gar nich. Kann man da was gewinnen?«

»Na, es wird Ihrer Karriere bestimmt nicht schaden, wenn Sie Ihr Chef morgen früh auf der Mattscheibe sieht.«

Das war der Punkt, an dem Lusebrink überlegte, ob er das Interview vielleicht doch besser abwimmeln sollte. Aber seine Eitelkeit ließ ihn anders entscheiden.

»Na, dann schießen Sie mal los!«

»Tja«, begann die Reporterin. Offensichtlich suchte sie nach ihrem Text. Schließlich fragte sie: »Sind Sie mit dem Ergebnis Ihrer Ermittlungen zufrieden?«

»Wie man's nimmt«, stammelte Lusebrink. Jetzt wurde er doch nervös. »Die einen sagen so, die anderen sagen so.«

»Und was heißt das konkret?«

»Tja«, sagte Lusebrink. »Mein Partner und ich sind da reingegangen. Und dann kriegten wir was zu essen ...«

Der Polizeiobermeister begann mit der Schilderung der nachfolgenden Ereignisse. Er untermalte sie mit dem Veitstanz, den Lusebrink-Fans bereits aus der Tankstelle kennen. Nach zwanzig Minuten gab es eine kurze Unterbrechung, denn der Kameramann mußte die Kassette auswechseln. Nach weiteren zwanzig Minuten gab es eine weitere Unterbrechung, denn man mußte den Kameramann auswechseln.

»Und Sie?« wandte sich die erschöpfte Reporterin an Bortz, der sich während des Interviews immer wieder winkend ins Bild schob. »Wie haben Sie das alles erlebt?«

Bortz versuchte zu antworten, aber die klaffende Wunde in seinem Mund ließ ihn nur unartikulierte Laute von sich geben. Sein Statement erstarb in einem Gurgeln.

»Wie bitte?« fragte die Reporterin.

Lusebrink schob Bortz aus dem Bild. »Lassen Sie den mal. Der kommt aus'm Osten. Der kann sich noch nicht so richtig ausdrücken.«

48

»Gut so!« sagte der Mann mit der Pistole. Es war Enzo, der Bodyguard Johnny Speranzas. Hinter ihm tauchte der triefend nasse Wachmann auf.

Horstmüller kauerte auf allen Vieren. Seine aufgeschürften Hände und Knie schmerzten, und der Riß unter seinem rechten Arm brannte wie Feuer. Noch stärker brannte das demütigende Gefühl, wie ein japsender Mops vor Speranzas Hiwis zu hocken.

»Ich reiß dir den Arsch auf!« kündigte der Wachmann an, diesmal auf Deutsch.

»Paß lieber auf, daß du dich nicht erkältest!« höhnte Horstmüller. Er wußte, das war nicht klug, aber er konnte nicht anders.

Der erste Tritt traf ihn in den Solarplexus. Er krümmte sich wie ein Engerling, hechelnd vor Panik. Der weit ausholende Fuß des Wachmanns kündigte neuen Schmerz an.

»Ich werde auf dir rumtrampeln, bis du tot bist! Und dann werde ich meine blutigen Schuhe an deiner Jacke abwischen.«

»Dann mach aber schnell!« sagte Enzo. »Da hinten kommt der Boss!«

Der Wachmann trat ein zweites Mal zu …

Horstmüller kam wieder zu sich, als ihm jemand einen Eimer kaltes Seewasser über den Kopf schüttete. Er war sich nicht sicher, aber anscheinend befand er sich an Deck der DUFOUR. Und anscheinend lebte er noch.

Kräftige Arme packten ihn unter den Achseln. Das Cockpit, der Niedergang, ein Salon. Er war unter Deck. Die matten Lichter der in die Holzdecke eingelassenen Lampen tanzten über ihm, dann wurde er auf eine Bank geworfen. Der Schmerz sorgte dafür, daß er endgültig zu sich kam.

»Willkommen an Bord!« begrüßte ihn John Rufus Speranza.

Horstmüller versuchte, sich zu orientieren. Speranzas Neffen leisteten ihrem Onkel Gesellschaft, der Wachmann, immer noch naß und triefend, hockte auf der Treppe und grinste höhnisch. Seine Schuhspitzen waren tatsächlich voller Blut. Als Speranza ihm einen Befehl erteilte, verschwand er murrend, um seine Wache fortzusetzen.

Ein junger Bursche lag auf dem Boden des Salons zu Füßen des sizilianischen Trios. Seine Beine bluteten in Kniehöhe aus zwei abscheulichen, handflächengroßen Wunden.

»Sie sollten den Jungen zu einem Arzt schaffen«, schlug Horstmüller vor. »Sonst stirbt er Ihnen weg.«

Speranzas braunes Nußknackergesicht zeigte keine Reaktion. »So schnell stirbt man nicht!« Er lehnte sich gleichmütig auf seiner Sitzbank zurück.

Der Mann auf dem Fußboden drehte stöhnend den Kopf zur Seite. Jetzt erkannte ihn Horstmüller. Es war der schmalhüftige Schutzgelderpresser aus dem IL CORSARO. Das junge Gesicht war aschfahl. Seine rechte Wange zierte ein vollständiger Abdruck von Marcella Minores Zähnen.

»Es wäre besser für dich, *wir* hätten dich gekriegt!« sagte Horstmüller traurig.

»Keine Angst«, schaltete sich Speranza ein. »Sie werden ihn kriegen.«

Er sprach konzentriert, weil es ihm Mühe bereitete, sich in einer fremden Sprache zu bewegen. Und er sprach sehr leise. Augenscheinlich hatte er es nicht nötig, herumzubellen wie ein Feldwebel auf einem Kasernenhof. Man las ihm auch so jedes Wort von den Lippen ab.

»Sie werden ihn kriegen!« wiederholte Speranza. »Und wenn Sie ihn haben, haben Sie den Mörder Michele Minores.«

Horstmüller begann wieder zu hoffen, daß sein Pensionsanspruch an das Land Berlin nicht verfallen würde.

»Er ist ein Dummkopf!« erläuterte der Sizilianer. Ein schmales, verächtliches Lächeln erschien auf seinen Lippen, als er auf den Jungen mit den zerschossenen Knien wies.

»Er hat wirklich geglaubt, er könnte in dieser Stadt eine Rolle spielen.«

Horstmüller begriff. »Aber der FC Palermo duldet keine Amateure in seinen Reihen, nicht wahr? Erst recht nicht, wenn sie aus Avellino stammen.«

Er versuchte, sich aufzurichten. Irgendwie kam es ihm albern vor, mit Speranza im Liegen zu plaudern wie ein römischer Senator auf seinem Speisesofa. Außerdem — ein horizontaler Polizist wirkte sicherlich nicht gerade sehr autoritär.

Speranzas Lächeln nahm einen Ausdruck von Amüsiertheit an. »Aus der Gegend um Neapel kommen keine guten Spieler«, versicherte er. »Nur Hitzköpfe, die schnell das große Geld machen wollen. Kein guter Trainer würde diese Kinder in seiner Mannschaft dulden.«

»Hören Sie«, erklärte Horstmüller, der inzwischen in der Senkrechten angelangt war. »Glauben Sie, das funktioniert so einfach? Sie geben mir den Mörder von Minore, und ich lasse Sie in Ruhe? Was ist mit Knaucke? Haben Sie Knauckes Mörder auch für mich parat? Liegt er vielleicht draußen im Kofferraum Ihres Wagens?«

»Tut mir leid«, sagte Speranza. »Damit kann ich nicht dienen. Außerdem will ich Ihnen nicht die Arbeit wegnehmen.«

»Und das Geständnis dieses Halbwüchsigen?« Horstmüller begann, sich in Hitze zu reden. »Sie zerschießen ihm die Beine, damit er Ihnen erzählt, was Sie hören wollen. Was, glauben Sie, ist ein solches Geständnis wert?«

Der erheiterte Ausdruck verschwand aus Speranzas Gesicht. »Sie interpretieren die Situation vollkommen falsch. Der Junge ist hier bewaffnet eingedrungen. Enzo hat ihn überwältigt, um mein Leben zu schützen. Er ist manchmal etwas heißblütig ...«, Speranza tätschelte die Wangen seines bulligen Neffen, »... davon mußten Sie sich ja auf dem Fischmarkt überzeugen.« Das Tätscheln endete mit einer klatschenden Ohrfeige, die Enzos Wange feuerrot anlaufen ließ. »Nun, der Junge konnte schließlich nicht wissen, daß Sie Polizist sind — wollen wir ihm das zu Gute halten. Aber was diesen neapolitanischen Abschaum anbelangt – so hat er tatsächlich in Notwehr gehandelt.«

Horstmüller blickte skeptisch auf die beiden zerschossenen Knie. Speranza folgte seinem Blick. »Vielleicht sollten wir unser Gespräch jetzt beenden und Ihre Kollegen rufen. Und einen Krankenwagen. Übrigens ...« Speranza machte eine kleine effektvolle Pause »... ich hoffe, Sie wissen zu schätzen, was ich für Sie getan habe. Ich bin Geschäftsmann. Ich kann keinen Ärger mit der Polizei gebrauchen. Und wenn Sie sich das nächste Mal nicht wie ein Dieb in meine Nähe schleichen, sind Sie willkommen.« Seine Stimme klang jetzt kühl und geschäftsmäßig.

Er stand auf und wandte sich zum Gehen. Seine beiden Neffen folgten ihm, nachdem sie sich mit einer eigenartig synchronen Bewegung erhoben hatten.

Wie Marionetten, dachte Horstmüller. Dann fiel ihm auf, wie gut Speranza ihn selbst in sein Spiel eingebaut hatte. Glaubte der Nußknacker tatsächlich, er konnte sich sein Wohlverhalten erkaufen, indem er ihm Minores Mörder wie ein Gnadengeschenk überreichte?

Horstmüller wuchtete sich hoch, weil er dem Sizilianer Auge in Auge gegenüberstehen wollte.

»Speranza!«

Der alte Mann drehte sich um und schwieg erwartungsvoll.

»Denken Sie besser nicht, Sie hätten ab heute einen Freund bei der Polizei! Ich werde tun, was ich kann, um Ihnen das Leben schwer zu machen.«

Speranza antwortete nicht. Er musterte ihn neugierig, fast ein wenig überrascht. Horstmüller ging auf ihn zu und baute sich vor ihm auf. Der fragwürdige Triumph, auf den kleinen Mann herabsehen zu können, blieb ihm verwehrt – Speranza stand bereits auf der Treppe zum Cockpit. Horstmüller spürte, daß ihm schlecht wurde; vielleicht hatte er Enzo eine Gehirnerschütterung zu verdanken. Er griff nach dem Geländer der Treppe, schüttelte das Schwindelgefühl ab und spuckte weiter Gift und Galle: »Wie ich höre, wollen Sie sich als Bauherr betätigen?«

Der Sizilianer wich zurück. Enzo sorgte dafür, daß ihm der Polizist nicht zu dicht auf den Pelz rücken konnte.

»Es gibt da ein kleines Dorf, in dem Ihre Leute Grundstückserschließung betreiben – indem sie Rattengift in Rindertränken schütten.«

Speranza schaute jetzt wirklich ratlos drein, und Horstmüller kam zum ersten Mal der Gedanke, der Nußknacker könnte von dem Anschlag auf das Gablersche Anwesen gar nichts gewußt haben.

Speranzas zweiter Neffe, der Sekretär, neigte seinem Onkel das blasse Gelehrtenantlitz entgegen und flüsterte ihm ein paar Sätze ins Ohr. Der alte Mann reagierte sichtlich verschnupft. Nach einer Zeit der Sammlung trug er seinen Standpunkt vor: »Ich bedaure, daß Ihr junger Kollege – übrigens auch ein ziemlicher Heißsporn – Unannehmlichkeiten hatte. Ich hoffe, es geht seinem Vater inzwischen wieder besser.«

Horstmüller schien es, als spräche aus Speranzas Miene fast so etwas wie Anteilnahme. »Kommt Ihr Mitgefühl nicht etwas spät?«

Der Alte verneinte betrübt. »Mit diesen Vorgängen haben wir nichts zu tun. Aber ich will Ihnen meinen guten Willen beweisen.«

Er setzte zu einer längeren Erklärung an. Schon nach den ersten Sätzen wurde Horstmüller klar, daß Speranza wirklich an einer Art Waffenstillstand interessiert war – allerdings zu Bedingungen, die er der Polizei zu diktieren gedachte. Einstweilen stockte er den Katalog seiner Vorleistungen auf, indem er die Identität des Rinder-Attentäters enthüllte.

»Ihr hitzköpfiger Kollege soll erfahren, wer seinem Vater so zugesetzt hat«, erklärte Speranza generös.

Zwei Minuten später verschwand er und ließ den Kommissar um eine Information reicher zurück.

»Dieser verdammte Bastard!« murmelte Horstmüller anerkennend. Dann spürte er, wie seine Knie zitterten. Er hockte sich erschöpft auf die Stufen des Niedergangs. Der Wachmann auf dem Deck der Yacht hustete ein letztes Mal.

Hoffentlich hat er sich eine Lungenentzündung geholt! dachte Horstmüller.

Dann verhallten die Schritte des Quartetts. Der Junge auf dem Fußboden rührte sich nicht mehr; anscheinend hatte er das Bewußtsein verloren. Es vergingen noch fünf Minuten, bis die Sirenen der Streifenwagen zu hören waren.

49

Anne hatte Dzieran zum Frühstück eingeladen – ohne Gabler vorab zu konsultieren.

»Er ist so ein großer, hübscher Junge, und er hat so traurige Augen«, lautete ihre überzeugende Erklärung. »Außerdem spricht seine Frau nicht mehr mit ihm.«

»Ein großer, hübscher Junge«, murmelte Gabler versonnen, als er aus dem Bad schlurfte. Er war noch zu müde, um eifersüchtig zu werden. Außerdem klebten ihm mal wieder blutige Klopapierschnipsel im Gesicht, und er war im Morgenmantel – wie sollte er in diesem Aufzug überzeugend den vor Wut rasenden Liebhaber spielen?

»Und was bin ich?« fragte er immerhin, denn seine Kampflust war erwacht. »Klein und häßlich?«

»Du weißt doch, daß ich nur schöne Männer liebe«, sagte Anne versöhnlich. Gabler nickte geschmeichelt.

»Nur bei dir«, ergänzte sich Anne, »da hab ich mal 'ne Ausnahme gemacht!«

Gablers Strafexpedition scheiterte bereits in der Startphase. Anne errichtete eine Barrikade aus dem Küchengestühl und hungerte ihn durch zweiminütigen Liebesentzug aus. Danach war er Wachs in ihren Händen.

»Du gehst jetzt Schrippen holen!« ordnete sie in skrupelloser Ausnutzung ihrer momentanen Überlegenheit an.

Gabler machte sich fertig und trollte sich.

Als er vom Bäcker zurückkam, wurde Dzieran gerade mit Ei und Kaviar gefüttert – von Anne! Gabler glaubte seinen Augen nicht trauen zu dürfen: Da saß dieser Kerl hemdsärmelig, mit umgeschnallten Schulterholster in seiner Küche und ließ sich von Anne verwöhnen!

Eine angebrochene Flasche Champagner stand auf dem Tisch.

»Wir haben schon mal angefangen«, erklärte Anne unverfroren. Sie nippte genießerisch an ihrem Glas.

Dzieran blieb Gablers finsterer Blick nicht verborgen. Schuldbewußt leckte er sich etwas Eigelb aus dem Mundwinkel. »Es ist noch mehr Kaviar da!« sagte er kleinlaut.

»Mußt du heute nicht zum Dienst?« stänkerte Gabler.

»Doch. Aber ich hab gesagt, ich komm heute später.«

Eine ungemütliche Stille hielt in der Küche Einzug. Anne ließ ihren entgeisterten Blick zwischen den beiden hin- und herwandern. »Was ist denn mit dir los?« beschwerte sie sich schließlich bei Gabler. »Setz dich zu uns an den Tisch und stoß mit uns an!«

Er fügte sich maulend. Doch es fehlte noch ein Glas für ihn. Gabler stand wieder auf und öffnete den Spülautomaten, der eine größere Auswahl sauberen und schmutzigen Geschirrs enthielt.

»Igitt!« sagte Anne nach einem Blick in die Anatomie Gablerscher Haushaltsführung. »Jetzt weiß ich endlich, warum du immer nur zwei Teller im Schrank hast.«

»Ich mach das genau so«, erklärte Dzieran stolz. »Das saubere Geschirr aus dem Automaten wird allmählich durch das schmutzige ersetzt. Das spart einen Arbeitsgang.«

»Das ist eine unhygienische Schweinerei!« wurde er durch Anne zurechtgewiesen.

»Meint meine Frau auch immer«, sagte Dzieran traurig.

Drei Gläser stießen leise klirrend aneinander. Dann läuteten das Telefon und die Türklingel gleichzeitig.

Anne entließ die beiden Männer mit einem huldvollen Kopfnicken – Gabler hatte das Telefongespräch entgegenzunehmen, Dzieran öffnete die Tür.

»Es war Reimers«, erklärte Gabler, als er sich wieder zu Anne an den Tisch setzte. »Er will, daß ich schon heute komme. Es geht ihm nicht besonders, und er weiß nicht, ob er nicht schon morgen ins Krankenhaus muß.«

»Na, prima!« seufzte Anne. »Unser freier Tag ist Makulatur.«

»Tut mit leid«, sagte Gabler.

Dzieran kam zurück. Er sah ein bißchen blaß aus. »Das hier lag vor deiner Tür!«

Es war ein Kranz mit einer schwarzen Trauerschleife.

»Soll das ein Witz sein?« fragte Anne.

»Der ist von GRIENEISEN«, stellte Dzieran fest. »Bekanntes Berliner Bestattungsunternehmen. Vor ein paar Jahren haben die den Alten Fritz in Sanscoucci begraben.«

»Hast du bei denen einen Kranz bestellt?« hörte Gabler Anne fragen. Er schüttelte den Kopf. Er dachte an seine Begegnung mit dem Nußknacker und an den toten Knaucke.

»Das ist eine Warnung. Vielleicht habe ich meine Nase zu tief in Mafia-Angelegenheiten gesteckt.«

»Ein bißchen theatralisch – diese Begräbnisnummer!« fand Dzieran.

Gabler erinnerte sich daran, was ihm Köglmeier über Knauckes Auftritt als »verschnürtes Zicklein« erzählt hatte. Er erinnerte sich an die Fotos, die Michele Minore in der Küche des IL CORSARO zeigten – die Geldscheine, die nackten Schenkel. Das Messer und all das Blut. Theatralischer ging es wohl kaum noch.

»Das ist wohl deren Stil«, vermutete er. »Andere Länder, andere Sitten.«

»Denkst du, die meinen das ernst?« fragte Anne.

»Kaum. Mit der Polizei legen die sich nicht an. Vielleicht zu Hause, aber nicht hier in Deutschland. Berlin ist nicht Palermo.« Gabler fühlte sich nicht wohler, nachdem er das gesagt hatte. »Hör mal«, wandte er sich an Dzieran. »Wie wäre es, wenn du dir heute gleich den ganzen Tag frei nimmst und ein bißchen auf Anne aufpaßt, bis ich aus Hamburg zurück bin?«

»Ich kriege einen Leibwächter?« fragte Anne. »Wie Whitney Houston in 'Bodyguard'?«

Sie lachten alle drei. Es klang nicht allzu fröhlich.

50

Der Junge aus Avellino, mutmaßlicher Mörder Michele Minores, wurde identifiziert als Marcello Cassina, ein kleiner Krimineller, zweimal vorbestraft wegen Diebstahls und bewaffneten Raubüberfalls auf eine Tankstelle in Neapel. Derzeit wurde er von den Carabinieri gesucht, weil er dem Besitzer einer kleinen Rosticceria in die Beine geschossen hatte.

»Was meinst du, warum er das getan hat?« erkundigte sich KaDeWe bei Horstmüller. Sie waren auf dem Weg in die Krankenabteilung der Untersuchungshaftanstalt Tegel. Als Leiter der SOKO 'KORSAR' hatte KaDeWe darauf bestanden, den jugendlichen Schutzgelderpresser persönlich in Augenschein zu nehmen.

»Racket!« erklärte Horstmüller lakonisch. »Sie schießen den Leuten in die Beine, wenn sie sich weigern zu zahlen – eine Art letzte Warnung. Es gibt regelrechte Spezialisten dafür: *Gambizzato-*

ri.[23]« In den zurückliegenden Tagen hatte er sich profunde Kenntnisse über die Sitten und Bräuche in Bella Italia erworben.

»Und warum hat dieser …«, KaDeWe geriet ins Stocken.

»Cassina«, half ihm Horstmüller aus. »Marcello Cassina.«

»Warum hat dieser Cassina dann Minore nicht erst in die Beine geschossen?«

»Minore wollte Speranza anrufen«, vermutete Horstmüller. »Das konnte Cassina nicht gut zulassen. Außerdem scheint der Junge ein aufbrausender Typ zu sein.«

»Naja, jetzt haben sie *ihm* in die Beine geschossen«, bemerkte KaDeWe gutgelaunt. »Jetzt weiß er wenigstens, wie höllisch weh das tut!«

Das nahm Horstmüller allerdings auch an. »Hoffentlich singt der Bursche!« murmelte er, als sie die Krankenabteilung der UHA betraten.

Seine Besorgnis erwies sich als unbegründet.

»Ich habe Michele Minore umgebracht«, übersetzte der Dolmetscher das Geständnis des bleichen Jungen aus Avellino. »Er hat sich geweigert, den *'Pizzu'* zu zahlen, und ich habe ihn umgebracht.«

»Den *'Pizzu'* zahlen, bedeutet Schutzgeldforderungen nachzugeben«, schöpfte Horstmüller aus seinem Wissensvorrat über das mafiose Berufsbild.

»Ah, interessant!« staunte KaDeWe und hielt den Übersetzer auf Trab: »Fragen Sie ihn mal, ob er auch den Rechtsanwalt Knaucke umgelegt hat.«

Horstmüller zog die Brauen hoch. KaDeWe verblüffte ihn durch seine legere Wortwahl. Augenscheinlich hatte der Chef eine blendende Laune.

»Er sagt, er würde diesen Knaucke überhaupt nicht kennen«, vermeldete der Dolmetscher.

»Das könnte stimmen«, meinte Horstmüller. Er erinnerte KaDeWe an den Fingerabdruck, der auf Knauckes ROLEX gefunden worden war. »Wir haben den Burschen erkennungsdienstlich behandelt. Seine Fingerabdrücke wurden mit dem auf der Uhr abgeglichen. Negativ!«

»So, so!«

---

23 Von gambizzare (ital.) = »in die Beine schießen«

KaDeWe bereitete die Vernehmung Marcello Cassinas sichtliches Vergnügen. Er quetschte den entnervten Italiener aus, bis dessen blutleeres Gesicht noch fahler wurde und er stammelnd um eine Pause bat. Der diensthabende Arzt warf die beiden SOKO-Ermittler mehr oder weniger hinaus.

»Eines will ich noch wissen!« sagte Horstmüller, als er schon auf der Türschwelle stand. »Ist der Junge Linkshänder?«

Marcello Cassina war Linkshänder. Der süffelnde Doc hatte mit seiner Rekonstruktion der Ermordung Michele Minores goldrichtig gelegen.

Zehn Minuten später saßen sie wieder in KaDeWes Dienstwagen. Sie nahmen Kurs auf die Keithstraße.

»Vielleicht hat er Knaucke wirklich nicht umgebracht!« räumte der Chef mit heiterer Miene ein. »Aber wer war es dann? Warum nicht dieser Speranza? Er hatte doch ein Motiv – ich schätze, Knaucke hätte uns einiges über seine Geschäfte in Deutschland erzählen können.«

Horstmüller schüttelte skeptisch den Kopf. »Jedes Wort, mit dem Knaucke den Italiener belastet hätte, wäre am Ende auf ihn selbst zurückgefallen. Schließlich war er es, der für Speranza die Gelder bewegt hat. Wie das genau gelaufen ist, werden wir wissen, wenn sich Köglmeier und die Leute von der OK durch Knauckes diverse Bankkonten durchgefressen haben.«

KaDeWe hob tadelnd den Zeigefinger. »Und eigentlich hättest du die Kollegen dabei unterstützen sollen, anstatt auf eigene Faust Speranza zu observieren.«

»Gut«, sagte Horstmüller, »aber dann hätten wir jetzt Michele Minores Mörder nicht.«

KaDeWe dachte nicht daran, den Köder zu schlucken. »Quatsch!« fauchte er stattdessen. »Speranza brauchte diesen blutigen Anfänger als Beweis für seine eigene Unschuld. Wenn du nicht zufällig auf seiner Yacht aufgetaucht wärst, hätte er uns den Jungen bis vor die Haustür gefahren.«

Horstmüller nickte deprimiert. Es fiel ihm schwer, es sich einzugestehen, aber der Chef hatte vermutlich recht.

»Na, siehst du!« hakte KaDeWe nach. Er hatte das Schweigen seines Vertrauten richtig interpretiert. »Also versuch nicht, mir deinen Disziplinverstoß als Heldentat zu verkaufen. Im übrigen ...« – KaDeWe wurde nachdenklich – »wenn Speranza gewollt hätte, daß sich der Bursche auch den Mord an Knaucke auflädt, hätte er ihn wohl davon überzeugen können.«

»Sicher!« bestätigte Horstmüller. »Zwei zerschossene Beine machen jeden Menschen irgendwie hilfsbereit.«

Diese Bemerkung ließ KaDeWe stutzig werden. »Hör mal, mir kommt da gerade so eine Idee ...«

Horstmüller hielt den Atem an.

»Was ist, wenn Speranza dem Jungen bei seinem Geständnis souffliert hat? Wenn es ihm gelungen ist, diesen ...«

»Marcello Cassina.«

»... wenn es ihm gelungen ist, diesen Cassina davon zu überzeugen, daß er die Schuld für den Tod Minores auf sich nimmt?!«

Horstmüller atmete auf. Er zerstreute die Bedenken seines Chefs mühelos. »Glücklicherweise haben wir Minores Blutspuren an seinen Turnschuhen gefunden. Er hat versucht, sie mit Wasser und Seife rauszukriegen, aber es gibt genügend gerichtsverwertbare Mikrospuren.«

KaDeWe warf ihm einen verwunderten Seitenblick zu. »Warum hat er die Schuhe nicht einfach weggeschmissen?«

»Er ist eben ein blutiger Anfänger!« erklärte Horstmüller überzeugt. »Außerdem haben die Treter mehr als zweihundert Mark gekostet – ich hab mich erkundigt. Vielleicht war der Bursche zu geizig, um sie wegzuwerfen. Vielleicht war er auch einfach zu blöd.«

»Gut möglich«, sagte KaDeWe. »Haken wir den Mord an Michele also einfach ab.«

Horstmüller hatte nichts dagegen. »Haken wir ihn ab!« willigte er ein. Ein zufriedenes Lächeln erschien auf seinen Lippen. Vielleicht würde er am Nachmittag, wenn der dringendste Schreibkram erledigt war, bei Gabler vorbeigehen, um ihm die Neuigkeiten im Fall Minore mitzuteilen. Und dann hatte er ja auch noch den Namen des Kuhmeuchlers für ihn parat, dank der Glasnost-Politik Johnny Speranzas, der nachdrücklich versichert hatte, daß sich sein Handlanger nicht auf einen Befehlsnotstand berufen konnte ...

Gabler kann dankbar sein, daß er mich hat! dachte Horstmüller, gerührt von seiner eigenen Selbstlosigkeit. Ich erledige für ihn seine privaten Geschäfte, und der Junge sitzt zu Hause und läßt sich ein drittes Ei wachsen.

51

Gabler ordnete sich am Autobahnkreuz Hamburg-Ost in Richtung Centrum ein. Am Horner Kreisel bog er in die Sievekingsallee ab. Der Himmel bewölkte sich, welke Blätter regneten auf seine Windschutzscheibe.

Mit Hilfe eines Stadtplanes pirschte er sich bis nach Winterhude vor, immer wieder verblüfft über die lammfrommen Hamburger, die anscheinend immer noch nicht begriffen hatten, daß Individualverkehr Krieg bedeutet. Vielleicht fuhren sie auch unter dem Einfluß von Tranquilizern. Es gab keine Lückenspringer, keine Hupkonzerte, keine ausgestreckten Stinkefinger. Niemand stieg aus, um einem feindlichen Verkehrsteilnehmer an der Kreuzung eine reinzusemmeln. Niemand zerschoß einem gegnerischen Fahrer die Hinterreifen. Wo war er denn hier hingeraten?

Kopfschüttelnd lotste Gabler seinen Wagen durch die schmalen Straßen, vorbei an Kneipen und Cafés, deren Stühle und Tische trotz des grauen Septemberhimmels bis hart an den Bürgersteig geparkt waren.

Am Alsterkanal warfen die Kinder mit Stöcken nach den Kastanien, die den Verlauf der Treidelpfade markierten, auf denen die Schiffer früher ihre Kähne flußaufwärts gezogen hatten. Der Fluß hatte die metallische Farbe des Himmels angenommen und zog träge durch die Stadtlandschaft, flankiert von schmucken Bürgerhäusern und gepflegten Vorgärten. Hohe schmiedeeiserne Tore und dezent angebrachte Überwachungskameras hielten unerwünschte Besucher auf Distanz. Gabler rümpfte die Nase. Er sehnte sich nach den proletarischen Quartieren Berlins zurück.

Reimers Domizil lag versteckt hinter einem Rosengarten, dessen Blütenpracht in den letzten Zügen lag – eine kleine, weißverputzte Villa mit verspielter Fassade. Gabler lauschte dem Klang des feierlichen Gongs, der seinen Besuch ankündigte wie den Auftritt Humphrey Bogarts in einer Retrospektive der »Schwarzen Serie«.

Der Hausherr residierte in der Bibliothek – eine Hausangestellte und dröhnende Orchesterklänge wiesen Gabler den Weg. Er erschrak, als er Reimers sah. Der alte Mann hockte blaß und ausgezehrt auf dem Grund eines gewaltigen Sessels, das perfekte Ebenbild eines Yogis, ausgetrocknet und fleischlos durch ein Leben in Meditation und kompromißloser Askese. Nur der Morgenmantel aus glänzender Seide paßte nicht ins Bild.

»Brahms«, sagte Reimers feierlich und wies mit einer großen Geste in den von Musik erfüllten Raum. »Wir Hamburger haben ihn zu seinen Lebzeiten nicht besonders verwöhnt.«

Gabler nickte irritiert.

»Er hatte so sehr auf eine Berufung an die Philharmonie gehofft. Aber er war den Stadtvätern offenbar zu jung – und so hat ihn Hamburg an Wien verloren. Bedauerlich!«

Reimers lächelte. Es war ein Lächeln, das seine dünnen Lippen noch schmaler erscheinen und seine pergamentene Haut knistern ließ. Gabler fröstelte, als er dieses Lächeln sah.

»Ich bin Ehrenmitglied der Brahms-Stiftung«, erklärte Reimers sachlich. »Ich hatte das Gefühl, ich könnte so in meinem Leben vielleicht doch noch etwas Nützliches tun. Trotz dieses Dinges da ...«, er wies auf den leeren Rollstuhl, der unter einem Ölschinken parkte, auf dem sich eine Hansekogge durch das sturmgepeitschte Meer kämpfte.

Du könntest etwas Nützliches tun, indem du mir alles über deinen Kompagnon Knaucke erzählst! dachte Gabler.

Reimers schien Gedanken lesen zu können. Er griff zur Fernbedienung und stellte die Musik leiser. »Ich weiß, Sie sind nicht gekommen, um mit mir über die bedeutenden Söhne dieser Stadt zu reden. Es ist eine Vorliebe alter Männer, Geschichten zu erzählen, die niemanden interessieren ...«

Er machte eine wegwischende Handbewegung. »Es tut mir leid, daß wir unser Gespräch etwas vorverlegen mußten. Aber mein Arzt meint, ich sollte mich sehr rasch einer Operation unterziehen ... Keine Sorge, ich werde Sie nicht mit meiner Krankheitsgeschichte langweilen.«

Gabler gelangte zu der Ansicht, daß es an der Zeit war, zum Thema zu kommen. »Sie waren Knauckes Partner, Herr Reimers.«

Reimers lächelte erneut. »Ich verstehe, daß Sie geradewegs aufs Ziel losmarschieren wollen. Hoffentlich nehmen Sie es mir nicht übel, wenn ich dennoch etwas weiter aushole ...«

Gablers Geduld wurde auf eine harte Probe gestellt.

Reimers mutete ihm eine komplette hanseatische Familiensaga

zu, und seine Historie, die er mit leicht verklärtem Blick vortrug, begann irgendwann in der Mitte des 17. Jahrhunderts. Der Geschichten erzählende alte Mann erinnerte Gabler an einen betagten Schiffsführer, der ein letztes Mal die Strecke entlangschippert, die er Zeit seines Lebens befahren hat, und dabei sein Garn spinnt.

Gablers Blick wanderte unterdessen durch das Zimmer. Breite, matt glänzende Buchrücken reihten sich zu Hunderten aneinander, vergilbte Stiche porträtierten eindrucksvolle alte Raddampfer und Handelsschiffe.

Die Haushälterin brachte Kaffee. Gabler spürte plötzlich die Anspannung der langen Fahrt in seinen Knochen. Er trank schneller, als es schicklich war. Ein Teil seines Bewußtseins beobachtete Reimers und achtete auf Signalwörter wie »Knaucke« oder »Polizei«. Ein anderer Teil driftete nach Hause. Zu Hause lag dieser alberne Kranz in der Küche. Und Anne und Dzieran verbrachten zusammen den Tag – Anne und der »große, hübsche Junge mit den traurigen Augen«, dessen Frau nicht mehr mit ihm redete, weil sie sich vor ihm fürchtete, seit er im Dienst einen Mann erschossen hatte.

52

Dzieran erzählte, als sei in ihm ein Damm gebrochen.

Anne spielte mit ihrem Glas und hörte einfach nur zu. Sie sah ihn auf Gablers altem Ledersofa sitzen – ohne Schuhe, mit untergeschlagenen Beinen, weit ausholend in seinen Gesten – und mußte irgendwann plötzlich lächeln. Er war ein ausgewachsener Polizist, eine männliche, kantige Erscheinung; sein Schulterholster und die hochgekrempelten Hemdsärmel erinnerten sie an die knallharten, gewieften Bullen, die in Fernsehserien durch hektische Großraumbüros tigern. Aber seine Augen wirkten auf eine anrührende Weise verträumt. Fast hatten sie einen kindlichen Ausdruck.

»Hab ich was Komisches gesagt?« erkundigte sich Dzieran verunsichert.

Anne schüttelte den Kopf. »Erzähl nur weiter.«

»Gut«, sagte er und reihte weiter Satz an Satz und Episode an Episode. Er mußte einen riesigen Vorrat von Worten loswerden, einen Vorrat, den er mit sich herumtrug wie eine Last. Sie war ihm unvermutet aufgebürdet worden – an jenem Tag, an dem sich jemand, den er nicht kannte, jemand, den er nie zuvor gesehen hatte, entschloß, ihn als menschliche Hinrichtungsmaschine zu benutzen. Der Vorfall ging als »Notwehr« und »legitimer Schußwaffengebrauch mit Todesfolge« in die Akten ein und hätte damit eigentlich Geschichte sein müssen. Aber seither waren nicht ein Tag und keine Nacht vergangen, ohne daß dieses hartnäckige Stück Vergangenheit sein Bewußtsein blockierte und es unempfindlich machte für all die Dinge, die um ihn herum geschahen.

»Ich konzentriere mich nur noch darauf, dieses alte Stück Film vor meinen Augen ablaufen zu lassen. Ich spiele es mir wieder und wieder vor.«

Anne sah, wie Dzierans Augen den melancholischen Ausdruck, den sie von Gabler kannte, allmählich verloren und unruhig hin- und herwanderten.

»Wir wollten eine Spielothek in der 'Lietze' filzen. Unsere Leute hatten den Tip bekommen, dort würde neuerdings Crack gedealt. Es war kurz nach Mitternacht, als wir da reingingen, vier Kripoleute und fast die komplette Nachtschicht aus dem Abschnitt Bismarckstraße. Es lief alles ganz professionell, ganz ruhig. Aber dann kam dieser Verrückte aus dem Klo, mit gezogenem Revolver, schreiend wie ein Berserker, und er rannte genau auf mich zu, du hättest seine Augen sehen müssen ... Da hab ich geschossen. Kein Mensch konnte ahnen, daß er nur einen Gasrevolver hatte. Von nahem siehst du das natürlich, aber nicht wenn einer in vollem Galopp auf dich zu rast, da denkst du nur noch: der oder du. Zwei Tage später habe ich dann die Akte von dem Typ gelesen. Das war ein ganz armes Schwein, der hat sein halbes Leben in Bonis Ranch verbracht – so heißt bei uns die forensische Abteilung der Bonhoeffer-Nervenklinik in Wittenau. Der Mann galt seit seinem siebzehnten Lebensjahr als suizidgefährdet. Nur hat er's nie so richtig hingekriegt, sich die Pulsadern aufzuschlitzen oder den Kopf in den Gasherd zu stecken. Dafür hat er dann mich engagiert ...

Ich denke immer, wenn ich noch ein bißchen länger gewartet hätte, wäre es nicht dazu gekommen. Dann hätte ich gesehen, daß mit dem Kerl irgendwas nicht stimmt, daß er nur blufft. Oder einer der Kollegen hätte ihn erwischt. Und vielleicht hätte der es besser weggesteckt als ich.«

Dzieran hörte auf, in seine Vergangenheit zu starren und sah Anne wieder in die Augen. »Dann wäre mir diese ganze Zirkus erspart geblieben – dieses vorwurfsvolle Schweigen meiner Frau, die Alpträume und die blöden Sticheleien der Kollegen: Vorsicht, da kommt Dzieran, der Killer, Dzieran, der Erbarmungslose! Und das Schlimmste ist, daß ich bisher mit niemandem darüber reden konnte. – Außer mit dir ...«

Er schwieg verlegen. Die Straßengeräusche drangen wieder in das Zimmer, das tosende Konzert von Automotoren, Straßenbahnen und Preßlufthämmern. Anne sah bis auf den Grund seiner Seele. Irgendwann nahm sie seine Hand und fragte: »Liebst du deine Frau noch?«

Dzieran nickte. »Natürlich liebe ich sie noch.«

»Dann kommt alles wieder in Ordnung!« erklärte sie überzeugt. Einen Augenblick glaubte sie wirklich, sie könnte mit diesem einen Satz Dzierans Alpträume hinwegwischen – wie ein Hexenmeister, der mit einer einzigen imposanten Bewegung seines Mantels die Geschöpfe der Nacht in ihr Reich zurückverbannt.

Dzieran drückte dankbar Annes Hand.

»He!« rief sie, als sie sah, daß ihm die Tränen in die Augen traten. »Warum sollen wir hier in Gablers Wohnhöhle herumhängen. Weißt du was, laß uns irgendwo essen gehen. Ich lade dich ein.«

»Ich lade dich ein!« schlug Dzieran vor. Er lächelte glücklich. Dieser Gabler hatte unverschämtes Glück gehabt, als er diese Frau traf.

»Gut!« sagte Anne. »Laß mich rasch eine Dusche nehmen, und dann ziehen wir los.« Sie verschwand im Bad.

Dzieran preßte die Stirn gegen Gablers ungeputzte Fenster und warf einen abwesenden Blick auf die gegenüberliegende Hausfront. Eine alte Frau hockte auf einem Balkon, grau und verhuscht wie ein Sperling. Sie beobachtete den Verkehr auf der verstopften Straße.

Er schrak zusammen, als Anne im Bad das Radio anwarf. Manche Leute duschen gern heiß, andere Leute duschen gern kalt, dachte Dzieran. Und Anne duscht anscheinend gern laut.

»*Hey, honey, take a walk on the wild side*«, empfahl Lou Reed. Er erzählte seine Geschichte von ein paar ziemlich durchgedrehten Typen, und ein gleitender, schlingernder Baß ließ eine Zeit lang Gablers alte Schrankwand erbeben, bevor ein Saxophon resignierend klarstellte, daß man tage- und nächtelang saufen, reden, vögeln und umherziehen konnte, ohne daß das Leben auch nur ein bißchen überschaubarer wurde.

Das Glas an seiner Stirn fühlte sich kühl an. Dann klingelte es, und er ging zur Tür.

»I said, hey, honey, take a walk on the wild side!«

Er sang ein bißchen mit, ein wenig schief, immer einen halben Ton daneben. Nach einem Blick durch den Spion verzog er den Mund, aber er öffnete.

Ein feuriger Orkan fegte ihn von den Beinen, ein wütender Schlag gegen die Brust. Sein Kopf schlug auf den Boden, die Schädelwand brach wie eine Eierschale.

Aber das spürte Dzieran schon nicht mehr.

53

Seit der Jahrhundertwende gehörten die Reimers, wollte man ihrem verwelkten Sproß Glauben schenken, zum Immobilien-Adel der Hansestadt. Reimers Großvater war mit dem Überseehandel zu Geld gekommen und hatte es dann in den Erwerb von Grundstücken und Häusern gesteckt.

Gabler hockte in seinem klobigen Sessel und ließ seinen Blick zwischen Reimers verwittertem Gesicht und den alten Bildern hin- und herwandern. Die akkuraten, altersfleckigen Stiche erinnerten ihn an die Illustrationen in den »Jules Verne«-Büchern, die er als kleiner Junge gelesen hatte. Er ertappte sich bei der Frage, wie lange Reimers wohl noch brauchen würde, bis er zum Kern seines Berichtes vordrang. Der alte Mann forstete sich derweilen weiter durch die Nachkriegsgeschichte seines Clans.

Zwei Weltkriege hatten die vermögendsten Handelshäuser der Hansestadt ruiniert, aber die Reimers vergrößerten zur gleichen Zeit Zug um Zug ihren Besitz. Dabei gehörte es offenbar zum Ehrenkodex der erzprotestantischen Sippe, sich bei der Vermehrung ihres Reichtums keinesfalls unlauterer Mittel zu bedienen. Reimers hielt es für angebracht, ausdrücklich darauf hinzuweisen.

»Ich erinnere mich noch, wie ich als kleiner Bub mit meinem Großvater ein Kaffeehaus aufsuchte. Wir trafen dort auf einen Hamburger Kaufmann. Dieser Filou hatte gerade Konkurs gemacht, aber er trug feinen Zwirn, trank Kognak und rauchte genüßlich eine dicke Zigarre. Ich werde nie vergessen, wie wütend mein Großvater war! Die beiden waren zusammen in die Schule gegangen, aber seit diesem Tag sprach er nie wieder ein Wort mit dem Mann.« Reimers weiße Brauen schoben sich ängstlich zusammen, als sei er immer noch der kleine Junge, der seinem vor Zorn dampfenden Großvater in einem Hamburger Kaffeehaus gegenübersaß.

»Ein Konkurs war für ihn ein Schiffbruch, und bei einem Schiffbruch hat der Kapitän zuerst an die Sicherheit der Passagiere zu denken und ganz zuletzt an sich selbst«, erläuterte er Gabler sein Berufsethos. »Und wenn das Rettungsboot voll ist, muß der Kapitän notfalls auf der Brücke bleiben, bis das Wasser über seinem Haupt zusammenschlägt.«

Er brauchte eine Weile, um sich zu beruhigen. Dann strömte der Fluß seiner Erzählung wieder ruhiger dahin. »Wie ich schon sagte – für die alten Handelshäuser war der Krieg eine Katastrophe – die alliierten Bombenangriffe verwüsteten die Industrieanlagen im Hafen und natürlich auch die Arbeitersiedlungen. Die feinen Patrizierhäuser an der Palmaille und in Harvestehude – und damit der Grundstock unseres Familienkapitals – waren allerdings kaum von Zerstörungen betroffen. Erst Ende der Fünfziger reduzierte eine Fehlspekulation das Vermögen meiner Familie erheblich. Sie brachte meinen Vater ins Grab und mich an die Spitze des Unternehmens.«

Reimers wanderte weiter durch die Landschaften seiner Erinnerung. Er gelangte im August '61 an, in einem durch den Mauerbau isolierten Westberlin, dem Tausende in panischer Angst vor den Russen den Rücken kehrten. In der Frontstadt fand Reimers ein neues Betätigungsfeld. Er kaufte Grundstücke und Häuser zu Spottpreisen und lernte sehr rasch, wie man im Subventions- und Abschreibungsparadies Berlin auf seine Kosten kam.

»Ich baute Geschäftshäuser am Kurfürstendamm und Sozialwohnungen im Wedding, und jede einzelne Mark, die ich investierte, machte sich bezahlt. Anfang der achtziger Jahre traf ich dann auf Knaucke. Der Mann machte einen guten Eindruck auf mich: er war arbeitsam, bescheiden und voller guter Ideen.«

Aus der Bekanntschaft wurde eine Partnerschaft. Im Mai 1981 gründeten der Immobilienmakler und der Rechtsanwalt eine Bauträgergesellschaft – »KNAUCKE & REIMERS GMBH & CO. KG«.

Bis hierhin hatte Gabler keine Schwierigkeiten, dem alten Herrn zu folgen, aber jetzt wurden die Zusammenhänge ein wenig komplexer.

»Knaucke«, fuhr Reimers fort, »hatte in Charlottenburg ein außerordentlich attraktives Grundstück aufgetan. Ideal für einen gemischten Wohn- und Bürokomplex. Wir schlossen einen Erbbaurechtsvertrag ab; die Finanzierung war kein Problem, es gab genug Kommanditisten, die über unser Abschreibungsobjekt Steuern sparen wollten. Die Baugenehmigung und die Abrißgenehmigung für das alte Miethaus, das auf dem Grundstück stand, besorgte Knaucke über einen befreundeten Baustadtrat. Nach dem Antes-Skandal waren die Politiker zwar alle ein bißchen dünnhäutig, aber Knaucke kriegte das trotzdem hin. Manöver dieser Art waren seine Stärke …«

Ein bitterer Zug erschien um Reimers welke Lippen. »Leider weigerten sich mehrere Mietparteien, zu dem von uns festgelegten Termin auszuziehen. Nun, Knaucke löste auch dieses Problem auf seine Weise. Im November 1982 brannte das Haus ab. Es gab einen Todesfall – eine Rentnerin sprang auf der Flucht vor den Flammen aus dem Fenster. Ihre Wohnung lag in der zweiten Etage.«

Gabler setzte zum Sprechen an, aber Reimers stoppte ihn mit einer Handbewegung. »Natürlich hat die Polizei ermittelt. Ohne Ergebnis.«

Der alte Mann stemmte sich erregt in seinem Sessel hoch. Er wies mit einer Kopfbewegung auf den Polizisten. »Dort, wo Sie jetzt sitzen, hat Knaucke geschworen, er hätte mit der Brandstiftung nichts zu tun. Natürlich habe ich ihm nicht geglaubt! Wie hätte ich?«

Reimers ließ den Kopf auf seine Brust sinken. Der kurze, heftige Ausbruch schien ihn erschöpft zu haben – er sank kraftlos in den Sessel zurück. Gabler sprang auf, um ihm zu helfen, aber Reimers winkte ab, ohne ihn anzusehen. »Der Ordner auf dem Sekretär …« murmelte er erschöpft.

Gabler folgte dem Fingerzeig seiner fleckigen Hand – auf dem barocken Sekretär lag eine schmale Ledermappe.

»Diese Papiere sind für Sie«, bedeutete ihm Reimers.

Der Berliner warf einen Blick auf das erste Blatt – ein maschinegeschriebener Brief mit dem Kopf der Detektei SCHIMMELPFENNIG.

»Nachdem die Staatsanwaltschaft das Ermittlungsverfahren eingestellt hatte«, erklärte Reimers, »habe ich persönlich Nachforschungen anstellen lassen. Eine renommierte Berliner Detektei hat herausgefunden, was jeder längst ahnte – für den 'warmen Abriß' hatte Knaucke einen alten Bekannten aus seiner Frankfurter Zeit angeheuert. Wie das genau lief, können Sie dem Ermittlungsbericht entnehmen. Muß ich noch sagen, warum ich meine Partnerschaft mit Knaucke löste?«

Gabler fiel es schwer, das alles zu verdauen. Wieso hatte die Kripo nicht herausgefunden, was einer ganz gewöhnlichen Detektei nicht verborgen geblieben war? Hatte jemand die Ermittlungen verschlampt oder gar willentlich verschleppt?

»Und deshalb hat es nie einen Prozeß gegeben?« sagte Gabler mehr zu sich »Und deshalb hat es nie einen Prozeß gegeben?« sagte Gabler mehr zu sich selbst als zu Reimers.

Der alte Mann machte einen erschöpften Eindruck. »Ich habe eine Kopie dieses Berichtes an die Polizei geschickt. Es kam nie eine Antwort. Dafür tauchte Knaucke bei mir auf. Er wußte über alles Bescheid. Haben Sie eine Erklärung dafür?«

Gabler nickte gedankenverloren. Der Rechtsanwalt mußte einen Hinweis erhalten haben. »Knaucke hatte einen Handlanger bei der Justiz?!«

Reimers sah das ähnlich. »Oder bei der Polizei! Jedenfalls machte er mir klar, daß ich gut daran täte, mein Wissen für mich zu behalten. Anderenfalls ...«

»Anderenfalls?« forschte Gabler.

»... hätte ich nicht dieses gesegnete Alter erreicht. Aber wie das Schicksal so spielt – jetzt habe ich Knaucke sogar überlebt. Es scheint, als hätte die Gerechtigkeit am Ende auf wunderbare Weise doch noch gesiegt.«

Gabler wurde unbehaglich zumute, als er Reimers zynisches Lächeln sah. Plötzlich schien ein intensiver Geruch von Vergangenheit in der Luft zu liegen, der Geruch vergilbter Tagebuchseiten und zu Staub zerfallener Erinnerungen.

»Tun Sie mir einen Gefallen«, bat der weißhaarige Immobilienhai. Sein Tonfall ließ vermuten, daß er die Audienz als beendet betrachtete. »Lesen Sie diese Papiere an einem anderen Ort. Ich habe Ihnen alles gesagt, was ich weiß. Und offengestanden – ich bin müde. Das ist nicht sehr höflich, aber ein Mann in meiner Verfassung hat nicht mehr viel Zeit, um höflich zu sein.«

Weißer Kies knirschte unter Gablers Schuhen, als er die Villa verließ. Er warf einen letzten Blick auf die verspielte Fassade, hinter der ein müder, alter Mann Zeitreisen unternahm, während er seine wunde Seele an Brahms-Konzerten labte.

Er fühlte den Lederüberzug der Aktenmappe in seiner Hand. Reimers hatte den Ermittlungsbericht der Detektei mehr als zehn Jahre aufbewahrt. Ebenso lange hatte ihn die Angst daran gehindert, sein Wissen mit jemandem zu teilen. Die Angst vor Knaucke, der jetzt tot war, ermordet, was Reimers offensichtlich auf eine unheimliche Weise amüsierte. Und die Angst vor einem Unbekannten, der dafür zu sorgen wußte, daß sich weder Polizei noch Justiz auf Knaucke eingeschossen hatten.

Knaucke, Speranza und – ein großer Unbekannter. Ein flotter Dreier!

Wenn man das einmal wußte, war alles andere recht einfach.

54

Horstmüller verfolgte regungslos das düstere, tragikomische Ballett, das die Beamten von der Spurensicherung aufführten, während sie auf Zehenspitzen Gablers Wohnung erkundeten. Er saß auf einem Stuhl in der Küche und gab sich einer verzweifelten Wut hin, die ihn immer wieder aufs neue packte, wenn er an Gabler dachte. Am Gasherd lehnte dieser lächerliche Kranz, der vermutlich von irgendeinem Friedhof gestohlen worden war – ein groteskes Requisit, aber auch eine Warnung, die Gabler besser ernst genommen hätte.

Horstmüller massierte sich stöhnend die Schläfen. Noch am Vormittag hatte er das beruhigende Gefühl gehabt, allmählich Kontrolle über den Fall zu gewinnen. Aber jetzt fühlte er sich schon wieder wie ein Schiffbrüchiger, der in einem leckgeschlagenen Kahn durch die Wasserwüste treibt. Kein Land in Sicht.

Draußen setzte die Dämmerung ein. Die Deckenbeleuchtung

im Korridor funktionierte nicht. Nachdem ein paar Lampen aufgestellt worden waren, tänzelten die Leute von der Spurensicherung als schwarze Scherenschnitte durch Horstmüllers Blickfeld, wie in einem chinesischen Schattentheater. Es fiel ihnen jetzt leichter, nicht in die blutigen Überreste und Knochensplitter zu treten, die zwei 8-mm-Projektile aus Dzieran herausgerissen hatten. Die Schüsse waren aus nächster Nähe abgefeuert worden – Dzierans Kleidung trug Schmauchspuren – die Projektile hatten seinen Körper in Brusthöhe durchschlagen.

Mein Gott, das arme Mädchen! dachte Horstmüller, als er sich ausmalte, was Gablers Freundin empfunden haben mochte, nachdem sie begriffen hatte, daß der blutige, verkrümmte Körper zu ihren Füßen Dzieran war. Sie muß vor Entsetzen fast verrückt geworden sein!

Inzwischen saß sie unten im Krankenwagen. Vermutlich hatte sie der Arzt längst mit einem Beruhigungsmittel vollgepumpt, damit sie aufhörte zu schreien. Vielleicht dämmerte sie bereits still vor sich hin, umfangen von glücklichem Vergessen, so lange wenigstens, bis sie erwachen und sich an alles erinnern würde. Und die Erinnerung an diesen Tag würde sie verfolgen wie ein gnadenloser Gläubiger, der seinem Schuldner nicht einen Pfennig nachläßt.

Dabei hätte ein Anruf genügt!

Der Gedanke ließ ihn nicht los. Niemand hätte den Kranz – eindeutig eine Todesdrohung! – mit einem Lächeln abgetan.

Horstmüller ließ sich ein Glas Wasser einlaufen und stürzte es in einem Zug hinunter. Danach fühlte er sich nicht besser. Er fädelte sich durch den Menschenauflauf in Gablers Wohnung und rannte die Treppen hinunter, durch ein Spalier von Blicken. Die Hausbewohner diskutierten seit einer halben Stunde den Vorfall im vierten Stock.

»Scheiße!« brüllte Horstmüller.

Zwei Türen schlugen zu. Dann hörte er die polternden Schritte eines Mannes, der in Panik die Treppe hinaufstürzte, stolpernd, fluchend, drei, vier Stufen auf einmal nehmend.

Niemand mußte ihm erklären, daß dieser Mann Gabler war.

»Deiner Freundin ist nichts passiert«, sagte Horstmüller, als sie sich gegenüberstanden.

»Ich weiß«, keuchte Gabler. »Laß mich durch!«

»Was willst du da oben?« Seine Stimme klang ruhig, aber unter ihrer spiegelglatten Oberfläche braute sich ein Beben zusammen.

Gabler entging das nicht. »Ich will sehen, was passiert ist. Und du wirst mich nicht daran hindern.«

Horstmüller trat einen Schritt zur Seite.

Gabler schoß an ihm vorbei.

»Na, dann sieh ihn dir an!« schrie ihm Horstmüller hinterher. »Am besten, du packst ihm deinen wunderschönen Kranz gleich mit auf die Bahre. Er wird ein bißchen blutig werden dabei, aber was macht das schon – Dzieran stört es nicht mehr. Und bedank dich bei ihm – schließlich hat er für dich den Kugelfang gespielt!«

Danach war die Stille im Haus mit Händen zu greifen.

Hinter den Türen liefen die Fernseher weiter. »Glücksrad« ging in die letzte Runde.

Zwei Etagen höher stand Gabler auf dem Treppenabsatz, zermartert von Selbstvorwürfen und Angst. Er hatte nicht den Mut, seine Wohnung zu betreten.

Horstmüller hörte seine Schritte, als er umkehrte, langsame Schritte, die keine Stufe ausließen.

»Was soll das heißen – er hat für mich den Kugelfang gespielt?« Gabler war leichenfahl. Fast tat er Horstmüller leid. Aber es gab keinen Anlaß, ihm etwas zu ersparen. Gabler war für den toten Polizisten in seiner Wohnung mitverantwortlich.

»Dzieran ist liquidiert worden. Sie haben ihn getroffen, aber sie meinten dich!«

Gabler steckte seine Hände in die Hosentasche. Sie zitterten. Er sah Dzieran vor sich, breitschultrig und muskulös, in einem Hemd, das er sich selbst gebügelt hatte, weil sich seine Frau um solche Dinge nicht mehr kümmerte. Der schmale Lederriemen des Schulterholsters hatte sich in den Stoff gedrückt, als er sich nach vorn beugte, um Anne Champagner nachzugießen.

»Aber Dzieran ... Er war doch bewaffnet!«

»Sehr gut hast du deinen Freund aber nicht gekannt«, stellte Horstmüller sachlich fest. »Offensichtlich hat er seine Waffe nicht mehr getragen, seit ihm die Geschichte mit diesem Verrückten in der Lietzenburger passiert ist.«

»Aber er trug doch ...«

»Das Holster? Tja, anscheinend trug er das, damit seine famosen Kollegen nicht merkten, wie dreckig es ihm ging. Na, na, das ist doch kein Grund, aus den Latschen zu kippen ...«

Er fing Gabler, dem die Beine wegknickten wie einem erschöpften Marathonläufer, rechtzeitig auf. Danach hockten sie zu zweit auf dem Treppenabsatz.

»Ich bringe dich zu mir nach Hause«, kündigte Horstmüller an. »Dich und Anne – wenn es der Arzt erlaubt. Annelies kann sich um euch kümmern. Wirklich, ich hätte gedacht, ich würde deine neue Freundin auf eine andere Weise kennenlernen ...«

Eine gute Stunde später machten sie sich auf den Weg.

Horstmüllers Straße tauchte aus der Dunkelheit auf, eine gutbürgerliche Häuserzeile, adrette Architektenhäuser mit gepflegten Vorgärten, kurz das, was Horstmüller gemeinhin als »anständige Gegend« bezeichnete.

Anne wurde ins Bett gesteckt, und Gabler hockte auf der Terrasse, kaute an Annelies Horstmüllers Kanapees und durfte den besten Calvados ihres Mannes probieren – nachdem er versprochen hatte, nicht über die Markierung hinauszutrinken, die sein Gastgeber auf dem Etikett angebracht hatte.

»Nur ein bißchen Nervenmassage!« verwarnte ihn Horstmüller. »Ich muß gleich wieder weg, und wenn ich zurückkomme und du hängst hier sturzbetrunken rum, fliegst du achtkantig raus! Da kenn ich nichts. Alkohol ist keine Lösung!« Der letzte Satz klang nicht sehr überzeugend.

»Alles klar?« fragte Horstmüller. Damit wollte er gehen, aber als er Gablers bleiches Gesicht sah, setzte er sich noch ein paar Minuten zu ihm. Der Junge sah hundeelend aus, und irgendwie hatte er das Bedürfnis, ihm ein paar tröstende Worte zu sagen.

»Du weißt, daß es dich diesmal wirklich deinen Job kosten kann?« Hm! dachte er. Das war kein guter Anfang.

Gabler nickte mutlos. »Vielleicht schmeiße ich sowieso bald alles hin.«

»Brillant!« erklärte Horstmüller sarkastisch. »Das ist die Lösung – schmeiß alles hin! Du kündigst einfach und wirst Vertreter für Stahlkochtöpfe. Oder du machst einen Schraubenladen auf. Jürgen Gabler: Befestigungstechnik/Schrauben/Normteile – klingt doch toll, oder nicht? Übrigens – was ist das?!«

Er hatte die braune Ledermappe in Gablers Hand entdeckt.

55

Die Detektei SCHIMMELPFENNIG führte eine »1910« im Briefkopf, ein sinnfälliger Hinweis auf ihr Gründungsjahr. Zwei Brüder – ein Hausbesitzer und ein Oberinspektor der preußischen Justiz – hatten die AUSKUNFTEI M. SCHIMMELPFENNIG, DETEKTEI- UND WACHINSTITUT, ins Leben gerufen, zu einer Zeit, da Philipp Marlowe und Samuel Spade noch kleine Hosenscheißer waren, die unter der Bettdecke billige Kriminalgeschichten lasen.

SCHIMMELPFENNIG hatte Reimers eine Rechnung über satte achttausend Mark gestellt, aber der Schlußbericht im Brandfall Hirschfeldstraße 43 war sein Geld wert.

Horstmüller studierte ihn in der Direktion, und je näher der Zeiger seiner Uhr auf Mitternacht rückte, desto klarer wurde ihm, daß die Ermittlungen gegen Knaucke unbeschreiblich nachlässig geführt worden waren.

Am 24.12.1982, um 14.23 Uhr, so hieß es im Bericht, *traf sich die Zielperson am Lützowufer/Ecke Landgrafenstraße unter konspirativen Umständen mit einer männlichen Person, die im Nachhinein anhand ihres Fahrzeugkennzeichens identifiziert werden konnte (siehe Foto 42 und 43).*

Lützowufer/Ecke Landgrafenstraße – das ist ja pikant, dachte Horstmüller.

Das Treffen hatte quasi unter den Augen der Polizei stattgefunden – die Direktion Verbrechensbekämpfung in der Keithstraße lag nur einen Block weiter in Richtung Zoo. Im übrigen fand er es bemerkenswert, daß es für die Detektei offensichtlich kein Problem dargestellt hatte, die Flensburger Kfz-Halter-Kartei anzuzapfen, was eine helfende Hand im Polizeiapparat voraussetzte.

Bei Knauckes Kontaktperson handelte es sich um einen gewissen Günther Bauer aus Frankfurt am Main. Der Mann war zweimal vorbestraft – in beiden Fällen wegen Brandstiftung! Auch das hatte SCHIMMELPFENNIG sicher nicht ohne gute Kontakte zu den Ordnungshütern herausgefunden.

Im Verlauf des Treffens, so berichtete der private Ermittler weiter, *übergab die Zielperson Bauer einen unbeschrifteten Briefumschlag. Daraufhin verließ Bauer umgehend den Ort des Treffens (Foto 44 – 50).*

An diesem Punkt der Recherche angelangt, hatte SCHIMMEL-

PFENNIG – mit Einwilligung des Klienten Reimers – einen Mann nach Frankfurt geschickt. Dieser Ausflug trieb zwar die Rechnung in astronomische Höhen, trug aber auch etwas ein: die Information, daß sich Bauer, offenbar ein Mensch, der etwas schwach im Geiste war, vor seinen Saufkumpanen mit einem »Auftrag« brüstete, der ihm viel Geld eingebracht hatte.

Nach Aussagen von W., einem der Zechgenossen des Bauer, habe dieser zum genauen Inhalt dieses »Auftrages« zunächst nichts sagen wollen. Erst unter starkem Alkoholeinfluß soll er erklärt haben, sein »Job« hätte darin bestanden, ein Abbruchhaus in Berlin »abzufackeln«.

(W. wurde für diese Information ein Betrag von 100,- DM quittungsfrei ausgehändigt – siehe auch beiliegende Rechnung.) Einer Notiz aus der Hand Reimers' entnahm Horstmüller, daß der Immobilienhai diesen Bericht am 10. April 1983 an die Brandkommission der Direktion Verbrechensbekämpfung übermittelt hatte.

Horstmüller nahm sich den Vorgang »Knaucke« vor und suchte den Ermittlungsbericht der Staatsanwaltschaft in der Brandsache mit Todesfolge, Hirschfeldstraße 43. Der untersuchungsführende Staatsanwalt wiederholte fast wortgetreu die Formulierungen des Schlußberichtes der Brandkommission, den ein Kriminalhauptkommissar Johannes Kotterba verfaßt hatte.

Horstmüller zog verblüfft die Augenbrauen hoch – er kannte Kotterba. Vor zwölf Jahren hatten sie sich zusammen durch den Fröschel-Lehrgang geboxt, der ihnen die Pforten zur mittleren Laufbahn und zum ersten Kommissarsdienstgrad geöffnet hatte. Soweit er wußte, war Kotterba ein gewissenhafter, ja haarspalterischer Ermittler.

Die kriminaltechnische Untersuchung - so schloß Kotterbas Bericht – *hat zweifelsfrei ergeben, daß das Mietshaus Hirschfeldstraße 43 vorsätzlich abgebrannt wurde. Die bisherigen Ermittlungen und Vernehmungen von Zeugen und Verdächtigen haben jedoch nicht zur Feststellung eines Täters geführt.*

Die Staatsanwaltschaft hatte das Ermittlungsverfahren nach zehnmonatiger Recherche Anfang Oktober 1983 eingestellt. Der Bericht der Detektei wurde in den Unterlagen an keiner Stelle erwähnt.

Eine heikle Geschichte, stellte Horstmüller fest. Er war etwas ratlos. Sollte er seinen alten Kumpel Kotterba anrufen? Aber wenn der Bursche damals den Bericht der Detektei verschlampt hatte, oder was noch schlimmer wäre, wenn er ihn durch den Reißwolf gejagt hatte, dann war er reif für den Kadi.

Es würde mir kein Vergnügen bereiten, einen Kollegen abzuschießen, dachte Horstmüller. Ihm wurde unbehaglich zumute. Er warf einen Blick auf die Uhr – es war kurz vor halb eins. Die Frustration nistete sich tief in seinen Magen ein. Wenn er jetzt einen Fehler machte, geriet sein eigener Kopf in Gefahr. Was Kotterba da verbockt hatte, wissentlich oder aus Versehen, war Strafvereitlung im Amt – alles andere als eine verzeihliche Sünde. Ganz klar, der Fall fiel unter die Hoheit der Disziplinarabteilung. Er würde den Teufel tun, Kotterba durch einen mitternächtlichen Anruf zu warnen! Nur ein Idiot würde auf so eine blöde Weise seinen Arsch riskieren!

Kurzentschlossen griff er zum Telefon.

Ein Freizeichen.

»Kotterba«, meldete sich eine verärgerte Stimme.

Leg einfach auf! schoß es Horstmüller durch den Kopf. Leg auf, warte bis morgen früh und schalte deinen Referatsleiter ein. KaDeWe wird schon wissen, was in einem solchen Fall zu tun ist.

Er legte nicht auf. Stattdessen nannte er seinen Namen.

»Horstmüller? Dir haben sie wohl ins Gehirn geschifft? Ich muß morgen früh um fünf raus!«

»Hör mal!« beschwichtigte er Kotterba. »Es ist wichtig. Du hast vor zehn Jahren mal gegen eine Bauträgergesellschaft ermittelt – die KNAUCKE & REIMERS GMBH & CO. KG.«

»Na und?!« bellte Kotterba.

»Denk nach! Es ist wichtig!«

Kotterba dachte nach. Anscheinend hatte ihn Horstmüllers eindringlicher Ton von der Wichtigkeit der Angelegenheit überzeugt. »Ich erinnere mich an den Fall«, vermeldete er nach einer Weile. »Aber ich habe die Ermittlungen damals nicht geführt.«

»Wieso steht dann deine Unterschrift unter dem Bericht?«

»Immer die Ruhe. Also Ermittlungsführer war ein Kollege. Dem haben sie dann bei einer Mai-Demo in Kreuzberg eine mit Sand gefüllte Bierdose an den Kopf geknallt.«

Horstmüller überkam eine böse Ahnung. Gut möglich, daß der Bursche danach sein Gedächtnis verloren hatte und seine Tage seither in geistiger Umnachtung zubrachte – in einer Nervenklinik oder in einem Heim für geschütztes Wohnen. Vielleicht hatte man ihn auch zum Staatsschutz versetzt.

»Und?« bohrte sich seine Stimme in das Telefon. »Was ist aus dem Mann geworden?«

»Er kam ins Krankenhaus. Und weil er da ein paar Wochen rumlag, hab ich für ihn die Akte abgeschlossen. Er meinte, aus dem Fall wäre ohnehin nichts mehr rauszuholen.«

Horstmüller atmete auf. Damit war Kotterba aus dem Schneider. Reimers hatte den Bericht der Detektei schon im April an die Brandkommission geschickt. Einen Monat, bevor der Sachbearbeiter von einem Autonomen abgeschossen wurde, und damit auch einen Monat, bevor Kotterba die Akte abgeschlossen hatte.

»Hör mal, Kotterba, einen Augenblick lang habe ich gedacht, deine Pension ist in Gefahr.«

Der Mann am anderen Ende der Leitung war plötzlich hellwach. »Was soll der Scheiß? Und was willst du eigentlich?«

»Das erzähl ich dir alles noch«, beschwichtigte ihn Horstmüller.

»Versprochen?« fragte Kotterba mißtrauisch.

»Klar doch!«

»Na, gut. War das dann alles?«

»Natürlich nicht. Wie heißt der Mann, der die Bierbüchse gegen den Kopf gekriegt hat?«

56

Gabler saß auf der Terrasse. Es war eine milde Nacht, und er hatte sich in eine Decke gehüllt wie ein Kurpatient, aber plötzlich begannen seine Zähne klappernd aufeinanderzuschlagen. Er war sich nicht sicher, ob diese Kälte nicht aus seinem Inneren kam. Mit einem schlechten Gewissen – der Calvados-Pegel stand weit unter Horstmüllers Markierung – stellte er die Flasche in die Hausbar zurück.

Er sah nach Anne, die schlief wie ein Engel, scheinbar unberührt von dem, was ihr an diesem Tag zugestoßen war. Ihre Haut fühlte sich warm und lebendig an.

»Ausgerechnet in der Hundefutterabteilung«, sagte sie im Traum. Sie lächelte dabei. Gabler fühlte, wie ihm die Rührung die Kehle zudrückte. Er verließ das Zimmer, ehe ihm die Tränen in die Augen traten.

Wenn Anne morgen früh aufwachte, würde sie sich an alles erinnern, und nichts konnte dann jemals wieder so sein, wie es war. Die blutbeschmierten Tapeten in seinem Flur würde er herunterreißen und die Dielen scheuern, bis die Haut an seinen Fingerkuppen schwammig-weiße Falten schlug – aber lag ein Sinn darin? Seit ein paar Stunden war jeder Gegenstand in seiner Wohnung eine Metapher für Tod.

Er angelte sich seine Lederjacke vom Haken. Die Tür fiel hinter ihm leise ins Schloß. Eigentlich hatte er nur vor, ein paar Schritte zu gehen, aber als er nach ein paar hundert Metern an einer Telefonzelle vorbeikam, rief er Köglmeier an und nahm sich dann ein Taxi.

»Ich brauchte einfach jemanden zum Reden«, erklärte Gabler, als er bei ihm in der Tür stand.

Köglmeier lächelte traurig. »Komm rein.«

Natürlich wußte er Bescheid. Ein erschossener Kollege – so eine Nachricht ging wie ein Lauffeuer durch die Direktion. Er stellte eine Flasche und zwei Gläser auf den Tisch.

Gabler winkte ab. »Für mich nicht. Schätze, ich habe für heute genug.«

Köglmeier legte ihm die Hand auf die Schulter. Er suchte nach Worten, fand keine und drückte Gabler dann einfach fest den Arm.

»Schon gut«, sagte Gabler. »Ich weiß schon, was du mir sagen willst.«

Köglmeier nickte, ging zum Tisch und stürzte ein Glas Whisky hinunter. Seine großen, hervorstehenden Augen schimmerten feucht.

Verdammt! dachte Gabler. Es nimmt ihn richtig mit. Sicher versteht er das alles ebensowenig wie ich. Noch vor zwei Tagen sind wir zu viert durch die Kneipen gezogen. Es war wundervoll, wir hatten einen Riesenspaß ... Und jetzt ist Dzieran tot.

Gabler grub sich die Fäuste in die brennenden Augenhöhlen. »Warum hat er die Tür aufgemacht?«

»Wie?« fragte Köglmeier geistesabwesend. Sein Blick klebte wie hypnotisiert auf den funkelnden Feldern des leeren Kristallglases, das er in seiner kleinen, schwammigen Hand hin- und herdrehte.

»Warum hat er diesem Kerl die Tür aufgemacht?« wiederholte Gabler seine Frage. »Verstehst du nicht, wie merkwürdig das ist?«

»Nein«, sagte Köglmeier müde.

Gabler wurde laut. »Sie haben mir diesen Kranz geschickt, sie haben sich regelrecht angekündigt! Und Dzieran wußte das. Ich habe ihn gebeten, auf Anne aufzupassen, weil ich Angst um sie hatte. Also warum hat er einem Wildfremden die Tür aufgemacht? Wie konnte er so verdammt unvorsichtig sein?«

»Müssen wir wirklich jetzt darüber reden?« fragte Köglmeier apathisch. »Es ist nach Mitternacht.«

»Entschuldige«, sagte Gabler. Köglmeier schien mit den Nerven wirklich runter zu sein. Er hatte nicht einmal danach gefragt, was sein Gespräch mit Reimers gebracht hatte.

»Ich glaube, ich hau besser wieder ab.«

Er griff nach seiner Jacke. Köglmeier bat ihn nicht zu bleiben, und Gabler konnte ihn verstehen. Warum sollte er den Rest der Nacht mit einem Kollegen verbringen, der schon jetzt den Eindruck erweckte, er könne jede Minute durchdrehen. »Keine Angst!« beruhigte er Köglmeier. »Wenn ich ausraste, dann nicht bei dir. Du mußt mich nicht in die Klapsmühle schleifen.« Er brachte es fertig zu lächeln, als er das sagte.

Köglmeier lächelte traurig zurück.

Sie gaben sich die Hand, die Tür schloß sich hinter Gabler.

Als eine Minute später das Licht im Haus erlosch, stand er noch immer auf dem Treppenabsatz. Er bewegte sich nicht. Er stand regungslos in der Dunkelheit und starrte auf den phosphoreszierenden Knopf eines Lichtschalters, der gespenstisch glühte, wie das einzige Auge eines Horrorwesens, das nächtens durch verhexte Apartmenthäuser schweift.

Warum hatte Dzieran dem Killer die Tür geöffnet? Warum hatte er einem Unbekannten vertraut?

Die Frage ist falsch, dachte Gabler. Sie ist falsch, weil sie von einer falschen Voraussetzung ausgeht – der Voraussetzung, daß Dzieran leichtfertig, unbedacht und unprofessionell gehandelt hatte. Aber Dzieran war ein Profi! Und er hatte die Tür geöffnet, weil er den Mann kannte, den er durch den Spion auf dem Treppenabsatz warten sah!

Eine Treppe höher ging eine Tür. Das Licht flackerte wieder auf. Ein alter Herr trug seinen fetten kleinen Köter an Gabler vorbei. »Er kann nicht mehr so richtig laufen!« erklärte er ungefragt. »Er hatte eine Operation.«

Dann sah er das Gesicht des Mannes, mit dem er redete, und er machte, daß er weiterkam.

Der Anschlag galt mir! hielt Gabler fest. Er galt nicht Dzieran. Der Killer mußte annehmen, daß ich die Tür öffnen würde. Er wußte, daß ich durch den Kranz gewarnt war, und schoß deshalb, sobald die Tür einen Spalt offen stand und die Konturen eines Mannes sichtbar wurden! Nur so kann es gewesen sein. Aber wenn Dzieran den Mann kannte, dem er die Tür geöffnet hatte, dann könnte das bedeuten, daß ich ihn auch kenne!

Das Licht ging aus, und er stand wieder im Dunkeln, verzweifelt darum bemüht, den Weg aus dem Labyrinth zu finden, in dessen Zentrum er plötzlich stand.

57

Horstmüller hockte vor einem Schreibtisch, der nicht in seinem Dienstzimmer stand, und pinselte ihn unter Zuhilfenahme eines Zephyr-Pinsels mit Magna-Brush-Pulver ein. Er war auf der Suche nach etwas, das aussah wie der Abdruck eines rechten Daumens. Neben ihm auf dem Boden lag ein Spurensicherungs-Umhängebesteck, das beliebte Kleinbesteck, das, wie es im Polizei-Handbuch hieß, *sämtliche zur Fingerspurensicherung und zur Anfertigung von Vergleichsabdrücken notwendigen Teile* enthielt.

Irgendwann muß ich meine Frau anrufen, dachte Horstmüller. Eigentlich hatte er gegen eins zu Hause sein wollen, aber daran war jetzt nicht mehr zu denken.

Er arbeitete das Pulver in die mikroskopisch feinen Glasfaserbündel ein und quirlte die losen Partikel aus dem Zephyr-Pinsel, den er dann senkrecht über die schmale Kante der obersten Containerschublade hielt. Die Faserenden hatten einen leichten Kontakt zur Oberfläche, während er den Pinsel aus dem Handgelenk in rascher Frequenz über die Schubladenkante schwingen ließ. Er arbeitete sich langsam und gleichmäßig wie ein Industrieroboter voran, bis sich auf halbem Wege eine erstklassige Daumenspur herauskristallisierte. Er zog sie mit einer Folie ab, klebte sie auf ein Karteiblatt und musterte sie kritisch.

Dann grinste er. Gelernt ist gelernt!

Der Abdruck war vollkommen – eine kleine, abstrakte Grafik, die an die Darstellung eines Hügels auf einer Landkarte erinnerte. Der Terminusbereich und das linke Delta des Daumens waren perfekt wiedergegeben. Er hielt zum Vergleich den Abdruck dagegen, der auf Knauckes ROLEX gefunden worden war. Die Identität der beiden Abdrücke stand außer Frage.

So, dachte Horstmüller. Damit ist der Fall Knaucke gelöst. Jetzt muß ich nur noch ein paar Leute zusammentrommeln und eine Festnahme durchführen. Gabler flippt aus, wenn ich ihm das sage!

Horstmüller angelte triumphierend nach dem Telefonhörer. Seine Frau schien nicht gerade erbaut über den Anruf.

»Ich warne dich!« drohte sie ihm. »Wenn du nicht einen vernünftigen Grund dafür hast, mich aus dem Schlaf zu reißen, kannst du dir morgen was anhören!«

»Immer die Ruhe, Schatz!« beruhigte er Annelies routiniert. »Hol mir mal schnell den Gabler ans Telefon; ich hab eine Nachricht für ihn, die ihn von den Beinen hauen wird.«

Sie knurrte und legte den Hörer neben das Telefon. Er lauschte auf das kosmische Rauschen und formulierte in Gedanken seine Siegesmeldung.

»Halt dich fest!« meldete sich Annelies zurück. »Der Gabler ist nicht mehr da.«

58

Hätte sich Gabler umgedreht, hätte er vielleicht bemerkt, daß sich ein Auge vor den Spion schob, der in Köglmeiers Tür eingelassen war. Ein helles, etwas hervorquellendes Auge, das den Mann vor der Tür aufmerksam betrachtete, die Pupille öffnete und verengte sich im Rhythmus des an- und ausgehenden Lichtes. Aus der merkwürdig verkrümmten Perspektive des Spions wirkte Gabler, der wie festgewurzelt auf dem Treppenabsatz stand, zwergenhaft und verwachsen.

Geh endlich! dachte der Mann hinter Tür. Verschwinde!

Köglmeier öffnete, nachdem es zum dritten Mal lang und ausdauernd geklingelt hatte.

»Da bin ich schon wieder. Tut mir leid!« sagte Gabler. »Ich hab da ein paar Fragen, mit denen komme ich einfach nicht klar.«

Köglmeier versuchte, sich ein Lächeln abzuringen, aber er brachte es nicht zustande. »Das macht doch nichts«, tröstete er seinen späten Gast.

Gabler lächelte. »Ich wußte, daß du Verständnis für mich haben würdest.«

»Gehen wir in die Küche. Ich mache uns einen Tee.«

»Ach, laß nur.« Gabler sah Köglmeiers blasses, übermüdetes Gesicht – die rotgeränderten Fischaugen und die verkniffenen Mundwinkel. Er hatte jegliche Sympathie für ihn verloren.

»Weißt du, worüber ich da draußen die ganze Zeit nachgedacht habe? Ich habe mich gefragt, ob der Mann, der Dzieran erschossen hat, vielleicht ein Polizist war. Jemand, der eigentlich vorhatte, zu verhindern, daß ich zu Reimers fahre. Vielleicht, weil mir Reimers die Geschichte eines Falles erzählen wollte, in dem ein korrupter Bulle eine Rolle spielen könnte.«

Köglmeier war nicht mehr in der Lage, seine Wut zu verbergen. Seine roten Augen blitzten zornig auf. »Ach ja? Und warum erzählst du mir das alles?«

Gabler schoß seine nächste Frage ab wie eine kurze, bellende MG-Garbe. »Was hast du im November '82 gemacht, Köglmeier? Warst du da in der Brandkommission?«

»Du hast Mut«, sagte Köglmeier. »Aber ich weiß nicht, ob das gut für deine Karriere ist.« Seine Stimme klang selbstbewußt, als er das sagte. Es war das Selbstbewußtsein eines Mannes, der eine Pistole in der Hand hält.

»Das ist nicht deine Dienstwaffe«, stellte Gabler mit trockener Kehle fest.

»Das ist richtig«, bestätigte Köglmeier. Die Waffe in seiner Hand war eine 14-schüssige Browning, Kaliber 8-Millimeter.

»Dzieran ist mit 8-Millimeter-Projektilen erschossen worden«, murmelte Gabler.

»Dir entgeht aber auch gar nichts«, höhnte Köglmeier. »Wenn du deine Reise nach Hamburg nicht vorverlegt hättest, lägst du jetzt an Dzierans Stelle auf dem Obduktionstisch. Aber keine Angst, du wirst ihm bald Gesellschaft leisten.«

Die Mündung der Browning dirigierte Gabler ins Wohnzimmer. Die Whiskyflasche stand immer noch auf dem Tisch.

»Trink das!« wies ihn Köglmeier an.

Gabler trank.

Köglmeier sah ihm grinsend zu. Er stand unter Stress, aber es war eine heiße, euphorische Erregung, die seine Blutgefäße weitete und seinen Puls beschleunigte, das stimulierende Gefühl der

Herausforderung, des Risikos, wie es Schuljungen empfinden, die zum ersten Mal erfolgreich einen Supermarktstand geplündert haben.

Gabler trank, die Mündung der Waffe an der Schläfe. Er hatte Angst.

Köglmeier lächelte ein irres Lächeln.

Gabler betete, daß alles aufhörte.

59

Um drei Uhr nachts umstellte ein SEK Köglmeiers Wohnhaus. Zwanzig mit Bleiwesten und Vollschutzhelmen gepanzerte Beamte, die durch die Dunkelheit hüpften wie aufgeplusterte, mit grauer Tarnfarbe gespritzte Kanarienvögel.

Horstmüller hatte KaDeWe persönlich aus dem Bett geholt und drückte sich nun mit ihm hinter der Front herum. Der Referatsleiter und Chef der SOKO 'KORSAR' war noch immer dabei, die Tatsachen zu verdauen, mit denen Horstmüller ihn auf dem Weg hierher überhäuft hatte.

»Und du meinst wirklich, Köglmeier hat Knaucke auf dem Gewissen?« erkundigte er sich zwischen zwei Walkie-talkie-Kommandos.

»Der Fingerabdruck auf Knauckes ROLEX stammt eindeutig von Köglmeier.« Horstmüller grinste zufrieden. Sein mitternächtlicher Einbruch in das Referat 'Wirtschaftsdelikte' hatte sich gelohnt.

»Köglmeier war nicht tatortberechtigt«, erinnerte sich KaDeWe.

»Korrekt«, bestätigte Horstmüller.

»Und diese alberne Inszenierung – das verschnürte Zicklein?«

»Das ist doch ganz klar, damit wollte er den Verdacht auf die Mafia lenken. Er kannte aus dem Tatortbericht alle Informationen über den Mord an Minore und hat die ganze Show dann mit Knaucke – leicht variiert – noch mal von vorn abgezogen. Von den Geldscheinen bis zu den ersten zwei Ziffern von Speranzas Telefonnummer. Was ein bißchen überzogen war. Das hätte ja bedeutet, daß beide Opfer faktisch zum gleichen Zeitpunkt umgekommen wären – nachdem sie die ersten beiden Ziffern von Speranzas Telefonnummer gewählt hatten. Für mich sah das von Anfang an nach einem typischen Situationsfehler aus.«

Horstmüller glaubte fast selbst, was er sagte. Immerhin war ihm die Doublette tatsächlich merkwürdig vorgekommen.

»Hm!« KaDeWe dachte laut nach. »Seit sich die OK an Knaucke festgebissen hatte, wurde der Mann für Köglmeier eine latente Gefahr.«

»Das war das Motiv!« verkündete Horstmüller im Brustton der Überzeugung. »Irgendwann hätten wir Knaucke überführt, Köglmeier wäre nach dem Domino-Prinzip als nächster gefallen, und dann hätten wir herausgefunden, wie diese wunderbare Freundschaft zwischen ihm und Knaucke begonnen hatte – mit dem Vertuschen eines Mordes. Wie in 'Casablanca'.«

KaDeWe griente und zitierte Capitaine Renault: »Verhaften Sie die üblichen Verdächtigen!«

Horstmüller gab das Grinsen zurück. »Nur, daß es in der Brandsache mit Todesfolge, die Köglmeier zu bearbeiten hatte, keine Verdächtigen gab. Köglmeier hat Knaucke den Rücken freigehalten und kassiert. Und er dürfte sich auch als Informant für Speranza nützlich gemacht haben, wobei Knaucke als Nachrichtenhändler aktiv wurde. Alles klappte wie am Schnürchen. Und jedes Mitglied des Trios machte seinen Schnitt.«

»Wir sind in einen Sumpf geraten!« stellte KaDeWe betrübt fest. Immerhin war ein deutscher Polizist auf die Gegenseite übergegangen. Ein Mitglied der von ihm geleiteten SOKO.

»Diesen Sumpf legen wir jetzt trocken!« tröstete ihn Horstmüller.

Sie lösten sich aus dem Halbdunkel der Straßenecke, die ihnen bislang Sichtdeckung gewährt hatte, überquerten die Straße und drückten sich die Häuserfront entlang – zwei in die Jahre gekommene Beamte, der eine leicht übergewichtig, der andere mit der etwas bemüht wirkenden Sportivität eines Mannes, der auf dem Golfplatz verzweifelt gegen altersbedingte Haltungsschäden ankämpft. Sechs SEK-Leute erwarteten sie auf Höhe des Eingangs zu Köglmeiers Wohnhaus.

»Alles bereit!« vermeldete ein drahtiger Obermeister. »Wir öffnen jetzt die Haustür.«

»Moment mal!« verwarnte ihn KaDeWe, der nichts so sehr haßte wie Kompetenzüberschreitungen. »Die Leitung des Einsatzes liegt in meinen Händen, damit das mal klar ist! Öffnen Sie die Eingangstür – jetzt!«

Das Team arbeitete sich die Treppen hoch, in präzise aufeinander abgestimmten taktischen Zügen — zwei Mann voraus, sichern, zwei Mann hinterher, zwei Mann Nachhut — eine elegante Choreographie, die sogar Horstmüller, der dergleichen nicht zum ersten Mal sah, Bewunderung abnötigte.

Er selbst spazierte dem leichtfüßig vorauständelnden Ensemble mit KaDeWe hinterher, Gleichmut vortäuschend, doch nicht ohne die Erregung zu spüren, die einen Jäger packt, wenn sich ihm im Mondschein ein prächtiger Zwölfender auf Schußentfernung nähert.

Er zog seine Dienstwaffe.

»Es wird ernst, was?« fragte KaDeWe. Er folgte dem Beispiel seines Unterstellten.

Sie standen eine halbe Treppe unterhalb von Köglmeiers Eigentumswohnung, an deren Türschloß sich einer der SEK-Leute im Schein einer Taschenlampe zu schaffen machte. Sein Schatten schaukelte an der Decke umher. Er erinnerte Horstmüller an die ins Riesenhafte vergrößerte Silhouette eines Zwergkaninchens, das in den Suchscheinwerfer einer Grenzschutz-Patrouille geraten ist.

Irgendwie kamen die Leute mit dem Schloß nicht klar. Es gab ein kurzes, verdächtiges Knacksen, das Horstmüller einen Schauer über die Wirbelsäule jagte.

»Der Nachschlüssel ist abgebrochen«, vermeldete das Zwergkaninchen in der Bleiweste.

»So eine gottverdammte Scheiße!« fauchte KaDeWe, wie immer um Sachlichkeit bemüht. »Was haben wir für eine Alternative?«

Der clevere Obermeister war nicht um eine Antwort verlegen: »Wir könnten das Schloß aufbohren!« schlug er vor.

»Wohl verrückt geworden? Stürmen Sie die Bude!«

Zwei Mann nahmen Anlauf und rammten die Tür. Es tat sich nichts. KaDeWe rastete aus und goß die Schalen seines Zorns über den Obermeister aus, der die etwas hilflosen Bemühungen seiner Leute schamerfüllt verfolgte.

Im Haus öffneten sich die ersten Türen.

»Ruhe da oben!« beschwerte sich ein wütender Mieter. »Sonst hol ich die Polizei!«

Horstmüller hielt es nicht mehr aus. »Macht mal Platz!«

Die SEK-Leute wichen mit niedergeschlagenen Augen zurück.

Der Hauptkommissar durchbrach die Wohnungstür, nicht ohne sich eine leichte Prellung an der linken Schulter zuzuziehen, aber eben doch mit einer ungestümen Anmut, einer durchschlagenden Grazie, der nichts und niemand widerstehen konnte. Sechs SEK-Leute huschten durch die entstandene Bresche, die Stiefel der Männer donnerten schwer über den Parkettboden, die Mündungen ihrer Waffen schnüffelten in allen vier Zimmern herum.

»Und?« fragte KaDeWe, der vor der Wohnungstür darauf wartete, daß ihm Köglmeier gefesselt und geknebelt ausgeliefert wurde.

Die Hausbewohner, die sich, nur mit Pantoffeln und Morgenmänteln bekleidet, in einem lockeren Halbkreis hinter ihm aufgebaut hatten, reckten neugierig die Hälse.

Aber Köglmeier hatte seine Festnahme verpaßt. Er war einfach nicht daheim gewesen.

60

Gabler kam wieder zu sich. Vielleicht war es der Schmerz, der ihn das Bewußtsein wiedererlangen ließ. Er strahlte aus seinem Nackenbereich bis in die Fingerspitzen, heiß und erbarmungslos, als seien all seine Adern und Sehnen durch glühende Drähte ersetzt worden.

Sein Gehirn begann, im Akkord zu arbeiten. Es hatte allen Grund dazu. Ein Mann, der eingeschlossen in den Kofferraum eines Mazda, abgefüllt mit einem Liter Roggenwhisky, ruhiggestellt durch einen Hieb mit dem Totschläger seiner Hinrichtung entgegensieht, tut gut daran, sich ein paar Gedanken über seine Zukunft zu machen.

Er wußte nicht, wie lange er bewußtlos gewesen war. Vielleicht zehn Minuten, vielleicht eine Stunde.

Köglmeier fuhr gemächlich. Er war ein umsichtiger Mensch und hatte offensichtlich keine Lust, in eine nächtliche Verkehrskontrolle zu geraten.

Gabler stöhnte. Jede Unebenheit im Straßenbelag drückte ihm den Mageninhalt in die Kehle, jede Kurve verursachte ihm Übelkeit. Er hatte das starke Bedürfnis, sich zu übergeben.

Was Köglmeier mit ihm vorhatte, lag auf der Hand – verzweifelt wie sein Gegner Gabler war, nach dem Tod seines Freundes Dzieran von Selbstzweifeln und Schuldgefühlen geplagt, gab er einen exzellenten Suizidkandidaten ab.

Wie wird er es machen? grübelte Gabler, attackiert von Brechreiz und Atemnot. Vielleicht wirft er mich von irgendeiner Brücke. Und ich werde viel zu besoffen sein, um mich zu wehren. Dieser verdammte fischäugige Bastard!

Genau genommen war er nicht betrunken. Er kämpfte nur mit einer fortschreitenden Roggenwhisky-Vergiftung, die ihn früher oder später bewegungsunfähig machen würde. Eher früher.

Die Zeit lief gegen ihn.

Er tastete in seiner nach Gummi und Öl riechenden Grabkammer umher, gegen die Platzangst ankämpfend, die sich in einem Teil seines Bewußtseins einzunisten begann.

Sein Fuß stieß gegen ein schweres, metallisches Bündel, das mit einem leisen Klirren antwortete.

Das Werkzeugset.

Er zog es mit den Hacken zu sich heran und öffnete es. Dieses einfache kleine Geschicklichkeitsspiel kostete ihn fünf Minuten. Seine Hände, die sich heiß und stumpf anfühlten, als steckten sie in dicken Handschuhen, tasteten die Werkzeuge ab.

Ein schwerer Schraubenschlüssel – als Waffe gut zu gebrauchen, wenn man davon absah, daß Köglmeier eine Browning besaß, den an Knaucke getesteten Totschläger und die Walther P 6, die er Gabler vorsorglich abgenommen hatte.

Gabler legte den Schraubenschlüssel neben sich, tastete weiter und stieß auf eine Dose Glasreinigungsspray und den Wagenheber. Ein leises Triumphgefühl blühte in ihm auf, die beruhigende Gewißheit, daß er eine Chance hatte. Dann nahm Köglmeier eine Kurve, und Gabler schwanden die Sinne. Er spürte, daß er gleich das Bewußtsein verlieren würde, steckte sich den Zeigefinger in den Hals und erbrach einen Teil seines Mageninhalts auf das Werkzeugset.

Ekel schüttelte ihn. Dann kam die Angst – wenn er sich erneut übergab, nachdem ihn der Alkohol endgültig erledigt hatte, würde er wahrscheinlich an Annelies Horstmüllers Kanapees ersticken.

Er versuchte den Wagenheber unter dem Schloß des Kofferraums anzusetzen, rutschte ab, versuchte es erneut und widerstand dem Impuls, einfach den Kopf sinken zu lassen und dem kreiselnden, von Lichterscheinungen durchzuckten Chaos um sich herum zu entrinnen, indem er bewußtlos wurde.

Köglmeier hielt. Der Motor lief weiter, wahrscheinlich stand der Wagen an einer Ampel. Nach dreißig quälenden Sekunden ging die Fahrt weiter. Gabler atmete auf, soweit das in dieser von Gestank erfüllten Gruft möglich war.

Irgendwann verkeilte sich der Wagenheber zwischen dem Boden und dem Schloß, und er begann zu pumpen. An der nächsten Kreuzung sprang die Kofferraumhaube auf …

Das Licht einer Straßenlaterne fuhr ihm in die Augen. Er wußte, daß er nicht viel Zeit hatte, kletterte halbblind aus dem Wagen und vollführte, von Übelkeit geschüttelt, eine groteske Pirouette, die ihn auf den Gehsteig taumeln ließ.

Die Ampel sprang auf grün, Köglmeier fuhr wieder an, bemerkte dann aber, was in seinem Rücken geschah, und setzte den Wagen zurück.

Gabler zwang sich, die Augen aufzureißen. Er nutzte die fünf Sekunden, die ihm Köglmeiers Manöver ließ, um sich zu orientieren — er stand auf einer einsamen Einkaufsstraße.

Keine Menschenseele zu sehen!

Direkt vor ihm lag ein Uhrmachergeschäft. Das Schaufenster war nicht vergittert. Köglmeiers Wagen kam quietschend zum Stehen. Die Fahrertür schwang auf.

Gabler holte aus und schleuderte den Wagenheber in das Schaufenster. Dann sprang er hinterher. Noch bevor er das sorgfältige Arrangement der Dekoration durchbrach, schlug die Alarmanlage an. Hinter ihm stürzten die Reste der Glasscheibe singend in sich zusammen. Gabler raffte den Wagenheber auf, schleppte sich durch den Verkaufsraum und ließ sich hinter den Tresen fallen, auf dem die Registrierkasse stand. Unten angekommen fuhr er sich über die Stirn — auf seinem Handrücken blieben raupendicke Blutspuren zurück, aber er spürte die Schnitte in seinem Gesicht nicht.

»Komm da raus!« schrie Köglmeier.

Ein leises Knirschen von Glassplittern, ein knisterndes Mahlen, kaum wahrnehmbar hinter dem nervtötenden Geheul der Alarmanlage.

Fünf Schritte bis zum Tresen, dachte Gabler.

Er zählte mit. Fünf-vier-drei ...

»Ich kann dich sehen!« flüsterte Köglmeier.

Jetzt! dachte Gabler.

»Komm hoch!« fauchte Köglmeier. Seine Hüfte stieß gegen den Kassentisch.

Der Wagenheber flog sirrend an seiner Schläfe vorbei. Köglmeier machte eine verspätete Ausweichbewegung, sein Kopf zuckte zur Seite, er knickte in den Kniegelenken leicht ein — ein träger Reflex auf ein Ereignis, das längst Vergangenheit war.

Gabler schoß hoch und fegte mit der Linken die Waffe aus seinem Körperbereich. Er war zu betrunken, um die Hand des Mannes zu packen, aber das Glasspray, das er Köglmeier, ohne zu zielen, zwischen die Augen jagte, tat seine Wirkung. Köglmeier schrie überrascht auf, grub sich die Fäuste in die Augen und kündigte Gabler einen vernichtenden Vergeltungsschlag an.

»Ich bring dich um!«

Gabler nutzte die Zeit, die Köglmeier benötigte, um sein Sehvermögen wiederzuerlangen, um auf die andere Seite des Kassenpultes zu hechten. Es war keine besonders elegante Rolle, eher ein hilfloses Stürzen und Fallen, aber der Sprung ermöglichte es ihm, sich erneut mit dem Wagenheber zu bewaffnen. Köglmeier, geblendet, vor Schmerz und Zorn schreiend, fuhr herum. Seine Browning nahm Witterung auf.

Gabler fischte eine Handattrappe aus dem Trümmerhaufen, der einmal die Schaufensterdekoration gewesen war, und warf sie hinter den Kassentisch. Er war sich sicher, daß der alte Trick funktionieren würde, aber Köglmeier riß für eine Sekunde heulend die Augen auf. Er sah ihn. Die Mündung der Browning schwenkte in seine Richtung, fauchte auf, und Gabler spürte, wie ihm das Projektil über den rechten Oberschenkel fuhr. Er stürzte sich auf Köglmeier, schlitterte über einen glitzernden Film aus Glassplittern auf ihn zu und riß ihn von den Beinen. Noch während Köglmeier fiel, erwischte Gabler ihn das erste Mal mit dem Wagenheber. Nach dem dritten Schlag rührte er sich nicht mehr.

Gabler sah das blutverschmierte Gesicht des Mannes, kroch auf das Schaufenster zu und begann sich in die verwüstete Auslage zu übergeben, während er seine Ohren an dem kraftvollen, auf- und abschwellenden Ton labte, wie er für das Notsignal eines Streifenwagens charakteristisch ist.

Gabler hörte die Türen des Wagens schlagen, und auch dieses Geräusch war Musik in seinen Ohren. Danke! dachte er, während er sich die Seele aus dem Leib kotzte.

»Lusebrink!« alarmierte einer der beiden Streifencops seinen Kollegen.

»Was denn?«

»Guck mal, wer da bricht!«

61

Am Sonntag mittag wurde Gabler auf eigenen Wunsch und gegen den heftigen Widerstand des behandelnden Arztes aus dem Krankenhaus entlassen. Anne und Horstmüller holten ihn ab. Sie küßte ihn und musterte ihn eingehend.

»Dein Gesicht sieht aus wie ein zerkratzter Topfboden«, stellte sie dann fest.

Gabler vermutete, daß sie damit recht hatte. »Wie geht es meinem Vater?«

»Ich hab ihn gestern besucht. Sie haben ihn in ein Drei-Mann-Zimmer gesteckt, zusammen mit einem Professor für Sinologie und einem pensionierten Besamer. Die drei amüsieren sich wie Bolle.«

Gabler grinste. »Und was macht unser Freund Köglmeier?« erkundigte er sich bei Horstmüller, der verlegen in der Gegend herumstand und die Schäfchenwolken am Himmel musterte.

»Ähm, Köglmeier?«

»Genau. Der Typ mit den blauen Wildlederschuhen, du erinnerst dich. Die waren mir sofort verdächtig.«

»Wenn sein Prozeß beginnt, ist er bestimmt wieder auf den Beinen.

»Hör mal ...«, sagte Gabler und stockte. Er hatte das Gefühl, Horstmüller etwas Nettes sagen zu müssen. Eigentlich ist das alte Ekel ein ganz feiner Kerl, dachte er. Hat mich sogar im Krankenhaus besucht, wer hätte das für möglich gehalten?

Er suchte nach Worten, quetschte am Ende ein gerührtes »Danke!« heraus und wechselte etwas unvermittelt das Thema, was seinem verschämt lächelnden Partner ganz recht schien.

»So«, erklärte Horstmüller, nachdem er neuerlich Zeuge eines vehementen Austauschs von Zärtlichkeiten geworden war, »jetzt muß ich aber abhauen. Die Pflicht ruft.«

»Tja«, druckste Gabler herum, »wir müssen dann auch los.« Schätze, ich mag diesen sackgroben, polternden Bürokraten! gestand er sich ein. Aus einer Gefühlsaufwallung heraus boxte er Horstmüller zärtlich gegen das Brustbein. Horstmüller knallte ihm im Gegenzug huldvoll die Rechte auf die Schulter. Das gemischte Doppel trennte sich, eine Träne im Knopfloch.

Gabler war nicht in der Verfassung, um zu fahren, deshalb setzte sich Anne hinter das Steuer.

Eine halbe Stunde Autobahn, dann kam das Dorf in Sicht, und alles war wie eine Woche zuvor. Der Traktor ratterte, den Tag des Herrn mißachtend, über das Spargelfeld am Ortseingang, und die neue Straße glänzte nach einem Regenschauer schwarz und makellos sauber.

»Das scheint alles so lange her …« flüsterte Anne traurig. »Als würde ich an den Ort meiner Kindheit zurückkehren, und alles ist wie früher, nur älter und kleiner, irgendwie zusammengeschrumpft …«

Gabler kannte dieses Gefühl.

Grüppchen von alten Männern in schwarzen Hosen und fleckigen Pullovern hockten auf den Terrassen ihrer unscheinbaren Häuser. Ihrer Aufmerksamkeit entging nichts.

»Halt hier mal an«, bat er Anne.

Sie sah ihm nach, wie er aus dem Auto stieg und auf einen der Greise zuging. Einem Handschlag folgte eine kurze Verhandlung, dann stand der Mann auf, verschwand und kam mit einer Motorsäge zurück. Er erklärte Gabler die Funktion und wies dann mit ausgestrecktem Arm über das Dorf hinweg – in Richtung der Teiche, die ihr Gabler gezeigt hatte, als sie das erste Mal hier gewesen waren.

Gabler kam zurückgestampft, blaß und leicht erregt, sie sah es an seinen unruhigen Augen.

»Was wird das denn?« erkundigte sie sich.

»Keine Sorge«, sagte er. »Ich schulde jemandem noch eine Kleinigkeit.«

Sie fuhr weiter, mißtrauisch, etwas ängstlich. Gabler war ein Meister darin, sich von einer Katastrophe in die andere zu lavieren. Und die Motorsäge auf dem Rücksitz, nicht mehr ganz neu, aber robust und sehr, sehr groß wirkend, verströmte mit ihrem Öl- und Benzingeruch auch die Ankündigung eines neuerlichen Infernos.

Er lotste Anne einen kleinen Privatweg hinauf, auf dem die Räder knirschend von runden Feldsteinen abrutschten. Ein paar hundert Meter weiter vorn tauchte ein langgestreckter, schotenförmiger Teich auf. Der Wagen schlingerte hin und her wie ein Kanu auf einem Wildwasserlauf.

Sie hielten vor einem Bungalow, der einfach aussah, aber vermutlich eine Menge Geld gekostet hatte, obwohl er in Leichtbauweise ausgeführt worden war. Er lag direkt am Wasser, umgeben von einem stabilen Drahtzaun.

»Und nun?« fragte Anne.

Gablers Stimme klang feierlich: »Es kommt der Tag, da will die Säge sägen!«

Er stieg aus, deponierte seine Jacke im Wagen und schulterte die Säge. Das Tor zum Grundstück stand offen.

Gabler warf die Säge an und probierte sie zuerst an den Reifen eines Jeeps aus, der vor dem Bungalow parkte. Offensichtlich fand er das Ergebnis befriedigend, denn er grinste Anne fröhlich zu und machte sich dann an der Haustür zu schaffen, die er nach ein paar Rüttlern kurzerhand eintrat, um sich dann in Fensterrichtung durch die armdünne Ytong-Wand durchzusägen. Der schrille Gesang des Trennwerkzeugs hallte weit über den Teich.

Hinter Anne hielten zwei Autos – ein Trabbi und ein Wartburg. Ein paar alte Männer stiegen aus, bauten sich schweigend zu einem kleinen, aber kompakten Fanblock auf und sahen Gabler bei der Arbeit zu.

»Das is Porenbeton«, erklärte einer der Alten. »Da geht so ein Sägeblatt durch wie durch Butter!«

Gabler fräste eine zweite, parallel verlaufende Schneise in die Frontwand und sägte dann, das wollüstig kreischende Blatt diagonal ansetzend, systematisch Segmente heraus, die etwa die Größe von Schreibtischplatten besaßen. Als ihm das zu langweilig wurde, stanzte er das Fenster aus der Wand. Es zerbarst klirrend auf den Gehwegsteinen.

In Annes Rücken sammelten sich immer mehr alte Männer, die zum Teil ihre Enkel mitgebracht hatten. Sie genossen Gablers Vorstellung sichtlich und warfen sich ab und an einen Blick zu, der von ihrem Wissen darum kündete, daß sie einen erhabenen Augenblick erlebten.

Gabler sägte mit verbissener Freude, nicht sehr planvoll, eher improvisierend. Nachdem er der Frontwand zu einer reizvollen Transparenz verholfen hatte, begann er mit der Gestaltung der Seitenwände. Allmählich gewann die Wochenendbehausung einen Ausdruck verspielter Luftigkeit, eine raffinierte architektonische Lösung, die allerdings ein bißchen auf Kosten der Stabilität ging.

Butler Jablonski, angetan mit Latzhose und Gummistiefeln, machte bereits einen etwas gestreßten Eindruck, als er mit seinem Angelzeug den Hang hinaufstürmte, der von der Bootsanlegestelle zu seinem Bungalow führte. Er warf einen entgeisterten Blick auf Gabler, dann auf das Publikum, dann wieder auf Gabler. Kein Wort kam über seine von Panik und Entsetzen versiegelten Lippen.

Gabler spürte Jablonskis Anwesenheit in seinem Rücken, drehte sich um und winkte ihm ausgelassen zu.

Er war mit der rechten Wand nahezu fertig, der Bungalow neigte sich soeben unter einem berstenden Aufstöhnen ein Stück teichwärts.

Jetzt ging eine Veränderung in Jablonski vor. Sein Gesicht nahm einen ungesund roten Ausdruck an. Er setzte sich in Bewegung wie eine Dampflok, die langsam in Fahrt kommt. Die Distanz zwischen ihm und Gabler schmolz zusehends. Das Publikum hielt den Atem an, als Jablonski Gabler bei der Schulter packte und ihn zu sich herumriß.

Gabler beantwortete diesen unfreundlichen Akt energisch, aber nicht ohne den Grundsatz der Verhältnismäßigkeit zu wahren. Er griff Butler Jablonski an die Kehle, warf ihn gegen die Hauswand und führte ihm dann das laufende Sägeblatt vor, indem er dicht neben Jablonskis rechtem Ohr eine daumendicke Bresche in die Wand legte. Das Werkzeug — eine 1,8-PS-Profi-Benzinkettensäge mit Kettenbremse, Vibrationsdämpfung und einem vierzig Zentimeter langen Schwert — warf einen beeindruckenden Ytong-Mehl-Schweif aus, der sich wie Tau auf Jablonskis buschige Augenbrauen legte.

»Sie sind ja verrückt, Gabler!« beschwerte sich der Makler, aber Gabler hatte für seinen Protest kein Ohr.

»Halt die Schnauze, Jablonski. Schönen Gruß von Speranza. Er meint, die Idee für das Kuh-Massaker wär auf deinem Mist gewachsen. Und weißt du was, ich glaube ihm.«

Jablonski schielte entsetzt auf die rotierende Kette vor seiner Nasenspitze.

»Und du hast Pech«, fuhr Gabler fort. »Speranza ist Mitglied in der Italienischen Tierschutz-Liga, er mag das gar nicht, wenn jemand unsere vierbeinigen Freunde quält. Und er meint, du hättest deine Kompetenzen in dieser Angelegenheit eindeutig überschritten. Du bist zum Abschuß freigegeben.«

An dieser Stelle stellte Gabler die Säge ab. Er legte sie beiseite, um Butler Jablonski mit beiden Händen packen zu können. Dann warf er den Makler gegen die kariöse Wand des Bungalows, der sich unter dem Aufprall ächzend nach hinten neigte und schließlich stöhnend zusammenbrach.

Gabler drehte sich um und sah den Dorfpolizisten Kubisch auf sich zukommen, watschelnden Ganges, mit offener Uniformjacke, was jeder Dienstvorschrift widersprach.

Sie trafen sich auf Höhe des Zauns, der bewachte, was von Butler Jablonskis Bungalow übrig war.

»Tag, Gabler!« sagte Kubisch verlegen.

»Tag, Kubisch!« antwortete Gabler.

Sie sahen sich in die Augen. Kubischs Blick flackerte. Die Staubwolke über dem Bungalow sprach eine deutliche Sprache: Hier war soeben eine Straftat geschehen. Aber da war auch die halbe Einwohnerschaft in seinem Rücken, rechtschaffende Menschen, die ihn von Kindesbeinen auf kannten und ihn einen Schergen und Unrechtshüter schimpfen würden, wenn er Gabler jetzt festnahm. Dieser Verrückte hatte sich in das Herz der Dorfbevölkerung gesägt!

Andererseits konnte er Gabler die Wildost-Methoden nicht durchgehen lassen. Auf gar keinen Fall!

Butler Jablonski grub sich hustend aus den Trümmern seines Besitzes hervor. »Nehmen Sie diesen Wahnsinnigen fest, Kubisch!«

»Halt die Klappe, Jablonski!« sagte ein kleiner Junge, der an der Hand seines Großvaters das Geschehen verfolgte.

Das Publikum murmelte zustimmend.

Kubisch legte Gabler die Hand auf die Schulter. Er wies mit einer Kopfbewegung auf die Trümmer des Bungalows. »Das hat hier keiner gesehen!« verkündete er leise.

Die Menge applaudierte.

Dann zerstreute sie sich.

Leo P. Ard / Michael Illner

Gemischtes Doppel

Kriminalroman
188 Seiten, DM 14,80
ISBN 3-89425-025-9
Deutscher Krimipreis in Bronze 1993

»Mit Tempo, nicht ohne Witz und Pfiff, kenntnisreich und gerade in den Darstellungen rechtsradikaler Haß-Szenerie beängstigend hautnah und milieudicht läuft das ab. Und darum ist der Roman durchaus zu empfehlen: als ordentliche Krimi-Lektüre und zugleich Kompendium der Rituale, Stereotypen, Vorurteile und Macken, die sich im doppelt gemischten Berlin besonders heftig zeigen.« (Der Tagesspiegel)

»Das Buch enthält eine Fülle fein beobachteter, feuilletonistisch oder als lockere Sprüche aufbereiteter Details aus dem Aufschwunggebiet.« (Jan Eik, Die Weltbühne)

»Wer sollte miserabler zusammenarbeiten als der melancholische Parade-Ossi und der bollerige Bilderbuch-Wessi, die Leo P. Ard und Michael Illner in ihrem Krimi auf Verbrecherjagd schicken?« (WAZ, Bochum)

»... zeigen, wie aus vermeintlichen Klischees auch bittere Wahrheit werden kann - und zeichnen ein sehr genaues Bild der heutigen bundesrepublikanischen Wirklichkeit... Die schnodderige Sprache, die nie aufdringlich wirkt und aus der man pausenlos zitieren könnte, schafft federleichte Übergänge.« (taz)

»... denn es lohnt sich schon, sich auf diese spannungsreiche Geschichte einzulassen. Weitere Qualitäten des Buches sind die humorvolle Sprache, mit der Alltägliches satirisch beschrieben wird, und die Aktualität der Ereignisse.« (WDR)

»... da haben die Autoren dem Volk schön auf den Mund geschaut.« (SZ)

»Nicht die Lösung der Kriminalfälle zwingt zum Weiterlesen, sondern Ard und Illners Schreibe.« (Mittelbayerische Zeitung)

grafit